„Du willst sicher wissen, wer dein Vater war", sagte Grondin.
„Jeder fragt früher oder später nach seinem Vater."

Allen Andrews kann auf eine lange literarische Karriere zurückblicken. Er war Herausgeber des *Cherwell* in Oxford und arbeitete nach dem Krieg als Sonderberichterstatter für verschiedene Zeitungen, darunter den *Daily Herald*. Seit 1957 ist er freier Schriftsteller und hat eine Reihe erfolgreicher Bücher veröffentlicht.

Vollständige Taschenbuchausgabe
mit 19 Zeichnungen von Michael Foreman
Droemersche Verlagsanstalt Th. Knaur Nachf., München
Lizenzausgabe mit freundlicher Genehmigung des
Verlages Molden-S. Seewald GmbH
Titel der Originalausgabe »The Pig Plantagenet«

Aus dem Englischen von Inge Wiskott-Riedel

Umschlaggestaltung Höpfner-Thoma, München
Umschlagillustration Michael Foreman
Druck und Bindung Ebner Ulm
Printed in Germany · 1 · 10 · 1284
ISBN 3-426-01190-5

1. Auflage

Allen Andrews:

Das Schwein Plantagenet

Ein Märchen für Erwachsene

Knaur

Chize
Les Josses
Souligne
Casse Tombereau
Les Voires
Paitou
Blgotte
La Tranchee
Beauchamp
Guirande
Vallans
Pineau

Romagne
Chateau Crespin
La Ville
Bel Air
Pied du Fut
Les Combles

Für Xavier und Caroline

Der Autor ließ sich von Michel Héloins „Le Roman de Fulbert" inspirieren.

Inhalt

1

Alles Getier auf Erden

Bafrin, der Falke, flog steil nach oben. Es machte ihm Spaß, so rasch und kerzengerade aufzusteigen, daß er ohne die langen Gleitflüge auskam, die er sich sonst zwischen den Serien rascher Flügelschläge gönnte. Das hob er sich alles auf, bis er in luftiger Höhe an die Stelle kam, die er sich des Morgensports wegen und um einen guten Ausblick zu haben vorgenommen hatte. Dann erst segelte er in herrlichstem Genuß dahin, so verträumt und unersättlich wie eine Herzogin von Aquitaine beim Liebesfest. Unter ihm lag Poitou.

Die dunklen Waldungen, die die lebendige Landkarte dort unten beherrschten, sahen aus wie ein Tintenfleck, den ein Eroberer leichten Mutes auf Pergament gespritzt hatte. Es gab jedoch Anzeichen dafür, daß kluge Mächte das alte Regime herausgefordert und ganz schöne Breschen geschlagen hatten. So wirkte die Burg Crespin mit ihren herrschaftlichen Ländereien wie ein grüngraues Schlüsselloch am Rande des schwarzen Flecks. Einen braunen, nicht so scharf umrissenen Fleck, der eher wie aus der Waldgrenze herausgebissen schien, bildete der einsame Hof La Tranchée. Hoch im Norden, wo Bafrin sich selten aufhielt, lichtete sich der schwarze Wald, und die Bäume zogen sich zurück, um Platz für den Fluß zu schaffen, der eine gelbe Stadt umspülte.

Aus dem Innenhof der Burg blitzten in regelmäßigen Abständen silbrige Lichtstrahlen auf und trafen Bafrins Augen. Etwas unnatürlich Gleichförmiges, Abgemessenes und Bedrohliches ging dort unten vor, und dies schon seit vielen Tagen. Ein Graben umgab das schwerbefestigte Gebäude, dessen mit Türmen und Zinnen bewehrte Ringmauer mehrere Höfe und den im Innersten liegenden quadratischen Burgfried schützte. Von den Gewölben bis zu den Zinnen war alles durch Wendeltreppen miteinander verbunden, hinter denen sich die wunderschöne Halle sowie die von der Galerie abgehenden Herrschaftszimmer verbargen. Jenseits der Zugbrücke, vor dem großen Burgtor, lag die schnurgerade Dorfstraße, zu deren Seiten die Häuser nach hinten auf zwei riesige Felder gingen – das einzige kultivierte Land ringsum. Es war eine ziemlich weite Fläche, aber von Bafrins hohem Blickfeld aus stellten Burg, Dorf und Felder nur ein kleines Stück bewohnbaren Landes dar, das man aus dem dunklen Forst herausgekratzt hatte und dessen Verbindung mit anderen, weit entfernten menschlichen Behausungen in einem schmalen Waldpfad bestand, der sich schüchtern unter den Bäumen hindurchwand.

Viel kleiner als die Lichtung um die Burg war diejenige des weit draußen liegenden Waldhofes La Tranchée. Die hohe Steinmauer und der Schutzgraben um Haus und Ställe reichten an einem Punkt bis fast an den dichten Wald heran, dem man das Ackerland abgerungen hatte. Auf der anderen Seite jedoch ging Ginstergebüsch in Gestrüpp, Gestrüpp in Unterholz und dieses in eine offene Lichtung und das sumpfige Ufer eines Bächleins über. Die Farm stand mit dem Rücken zum Wald, lag jedoch nach Süden ganz offen da.

Das Mädchen Adele stand in der Tür des blitzsauberen Schweinestalls im Hof von La Tranchée und betrachtete Plantagenet, der seinerseits das Mädchen ebenso aufmerksam ansah. Adele hob kaum merklich den Kopf und sagte ohne jede religiöse Inbrunst, vielmehr in einem Ton, als wüßte sie, zu wem sie sprach: „Gepriesen seist du, oh Herr, für alle deine Kreaturen, Schwester Sonne und Bruder Mond, Bruder Wind und Schwester Wasser, Bruder Feuer und Mutter Erde und meinen Bruder, das Schweinchen Plantagenet." Sie beugte sich vor und massierte ihm ein wenig die Schultern. Plantagenet ließ sich das von ihr mit größtem Genuß gefallen; hob ein anderer nur einen Finger, so schoß er schon pfeilschnell unter das Stroh seines Kobens. Sie ist die einzige auf dem ganzen Hof, dachte er, die mich nicht drückt, um zu sehen, wieviel Fett ich unter der Schwarte habe. Gepriesen sei der Herr für meine Schwester Adele.

Plantagenet bediente sich nicht Adeles Sprache, sondern seiner eigenen, die gewandt und leicht war – wie Gedanken – und die von allen Tieren verwendet wird. Er verstand alles, was Adele zu ihm sagte; weniger gut jedoch konnte er ihrer Unterhaltung mit anderen folgen. Er verstand auch Adeles Vater, Maître Brémand, sehr gut, wenn er zu ihm sprach, denn auch dieser hatte eine kleine Schwäche für Plantagenet. Die meisten Haustiere verstanden die Menschen, von denen sie geliebt oder gehaßt wurden; alles übrige Sprechen war jedoch, bis auf wenige Worte, in ihren Ohren ein einziges Kauderwelsch. Die freien Tiere erkannten erstaunlich viele menschliche Worte und imitierten sie manchmal im Spiel, aber es waren alles sehr grobe Ausdrücke, die man eigentlich nicht wiederholen sollte – es sei denn, man tat es in völliger Unschuld. Die Waldtiere trafen meist nur auf Menschen, die schrien und fluchten und mit

Waffen herumfuchtelten. Sie stuften sie als unberechenbare wilde Tiere ein, die immer nur brüllten, und nannten sie nachsichtig Alraunen – nach den zweibeinigen giftigen Pflanzen, die kreischen, wenn man sie aus dem Boden zieht.

Plantagenet gab sich ganz der angenehmen Berührung von Adeles festen Melkerinnenhänden hin. Er war ein wenig geistesabwesend und wußte nicht mehr, ob er den lieben Gott ihretwegen tatsächlich oder nur in Gedanken gepriesen hatte – so sehr ähnelte sich beides. Geizkragen war er keiner, und so sagte er laut: „Gepriesen sei der Herr für meine Schwester Adele."

Ein einsamer Schrei tönte vom Himmel; es klang wie ein heiseres, verzweifeltes Aufstoßen. Plantagenet sah gar nicht erst zum verwaschenen blauen Himmel hoch. Er konnte die Ursache dessen, was er gehört hatte, nie erkennen, und wenn er es versuchte, tränten ihm die Augen. Ganz offenbar ermutigte sich einer der Falken mit einem kleinen persönlichen Fluch, ehe er sich in einen Kraftausbruch stürzte. Vermutlich war es der edle Bafrin.

Mit festen, freudigen Flügelschlägen stieg Bafrin senkrecht auf und ging dann in die Schwebe, wobei er sich durch gelegentliches Schlagen der Schwungfedern im Aufwind hielt. Wieder sah er das glitzernde Aufblitzen. Er konzentrierte seine Aufmerksamkeit auf die Burg Crespin und bemerkte nun auf der Sonnenseite eines Innenhofes eine Gruppe Alraunen, die lange, glänzende Äste in rhythmischer Weise herumzogen. Erst auf und nieder, dann vor und zurück. Ein einsamer Alraun stand vor ihnen und hatte anscheinend nichts Besseres zu tun, als die anderen anzubrüllen. Alle kreischten, als habe man sie eben aus dem Boden gezogen. Es waren aber zwei Arten von Schreien zu unterscheiden. Fast alle Alraunen, die ununterbrochen die glitzernden Äste vorstießen und zurückholten, waren nach Bafrins Meinung offenbar kurz vor dem Abkratzen oder befanden sich zumindest in tiefster Erschöpfung, auch wenn sie jung und entzückend tolpatschig wie Bärenjunge wirkten. Um ihr schlimmes Schicksal wissend, versuchten sie wohl durch gemeinsame Gebete und die Beschwörung ihrer Herdenunsterblichkeit die Kraft zur Überwindung der dunklen Schatten zu finden. Ihr düsterer Chor stieg als monotoner und absolut hoffnungsloser Gesang zu Bafrins Ohren empor: „Eins, zwei, drei, vier, Spieß auf, Spieß nieder, fünf, sechs, sieben, acht, Spieß rein, Spieß raus!" Der bemerkenswert verschrumpelte Alraun vor diesen unglückseligen Kreaturen heulte nicht nur viel lauter und durchdringender, sein Jodeln erklang auch genau viermal so schnell wie das Stöhnen der heiligen Opfer, so daß zu allen ihren Bewegungen ein rasches, schrilles Getrommel erklang, aus dem Bafrin heraushörte: „*Rein* ins Gedärm, *dreht* das Gedärm, *raus* mit dem Gedärm", und bei jeder vierten Bewegung steigerte er sich noch zu einem dreimal so schnellen Gebabbel: „Gräß-gräß-gräßlicher Feind." Letzteres sabberte der runzelige Alraun manchmal direkt in das Gesicht eines der schwitzenden Opfer hinein, und die darauffolgende Schimpfkanonade war offensichtlich von lebensbedrohender Gefährlichkeit, denn das klare Gesicht errötete nicht in jugendlicher Schamhaftigkeit, sondern erstarrte geradezu aufgrund dieser tödlichen Kränkung.

Bafrin verschwendete keine weitere Zeit darauf, das Unverständliche verstehen zu wollen, und kreiste weiter über dem Wald. An ihren Spitzen lichteten sich die Bäume, und wenn er Glück hatte, ließ sich vielleicht eine törichte Waldtaube sehen. Manche Kreaturen schienen so bedauernswert dumm zu sein, daß es sowohl eine Pflicht wie eine Freude war, sie sich zum Mittagessen einzuverleiben. Für die Überlebenden bedeutete dies eine solide ökologische Schulung. Man brauchte nur die grasenden Schafe zu beobachten, wie sie sich mit jedem träumerischen Knabbern dem Gebiet des Wolfes Hurlaud näherten.

Der verschrumpelte Alraun in der Burg kletterte jetzt festen Schrittes die Wendeltreppe zu den Zinnen empor, wobei er durch jedes vierte Guckloch blickte, um festzustellen, ob seine Untergebenen, obwohl sie ihn nicht mehr sehen konnten, auch noch schön schwitzten. Von der Plattform des Turmes gönnte auch er sich einen Blick über den Wald. Dieser Anblick schien ihm jedoch Schmerzen zu bereiten, denn er machte instinktiv eine scharfe Kehrtwendung und fluchte auf die Kreaturen hinunter, die er ohne jeden Zweifel in seiner Gewalt hatte.

Der dunkle Forst stellte eine abgelegene, ganz eigene Welt dar, in der die Tiere herrschten. Menschen durchquerten ihn nur unter Schwierigkeiten und fühlten sich dabei immer unbehaglich. Es war ein kühler Dschungel, in dem am Fuße der hohen Stämme steil aufwachsendes Unterholz seine Bajonette aufstellte und sich zum lebenden Stacheldraht formierte, während heruntergefallene Äste unübersteigbare Hürden bildeten und Dornbüsche sich zu Fallen aufbauten. Sie alle versperrten den Menschen, die sich hier hereinwagten, den Weg, neckten und verwirrten sie. Reiter versuchten hier nie einzudringen. Das Fußvolk bewaffnete sich mit Äxten und Messern und verrichtete seine Hackarbeit nach Möglichkeit unter der Deckung von Bogenschützen und Speerwerfern, denn man fürchtete die Herren des Waldes, die jederzeit zornig hervorstürzen konnten. Die Furcht war abergläubisch, fern von Vernunftgründen und ohne Vertrautheit mit der Lage, und nicht einmal die Eigennamen der Kreaturen, die man fürchtete, waren bekannt, obwohl sie doch den klügeren Haustieren allen geläufig waren.

In seiner Höhle im Gebiet von Bel Air, die mit Moos und Farnteppichen schön ausstaffiert war, bedachte der Wolf Hurlaud gerade ohne allzu große Sorgen die normalen Probleme der Jahreszeit. Schön ordentlich verteilt schlief seine Familie um ihn herum, das heißt Grand Gueule tat nur so, denn er dachte, es sei wohl an der Zeit, die Wache zu übernehmen und seinen Vater ruhen zu lassen. Mit einem Blick aus seinen gelben Augen – merkwürdig schräg standen die eckigen Pupillen – erkannte Hurlaud den Wachzustand Grand Gueules. Trotzdem blieb er aufmerksam. Er war in guter Form, fit wie nur je, und unbestrittener Führer des Rudels, wann immer es sich formierte. Das war er allerdings eher aufgrund seiner Verdienste als seiner Herkunft wegen – er kam wohl aus guter Familie, aber seinen geachteten Namen, Hurlaud vom großen Wald, hatte er sich persönlich verdient. Diesen Titel benutzte er allerdings äußerst selten.

Er betrachtete die um ihn gescharte Familie. Der kleine Braille, Grand Gueule und Voreau waren etwa achtzehn Monate alt und würden sich nach dem kommenden Winter sicher auf eigene Füße stellen. Ein herrliches Jahr der Junggesellenfreiheit erwartete die drei, und danach würden sie um das Leben Bescheid wissen. Er selbst und Madame Pernale hatten im kommenden Mai wieder die Verantwortung für einen neuen Wurf zu tragen. Die Babys, Aube und Barthus, waren schon fast ein halbes Jahr alt, eigentlich durfte man sie gar nicht mehr als Kleinkinder ansehen. Schon in ein paar Wochen würden sie sich ins Freie wagen und unter seiner und Madame Pernales sorgsamer Führung jagen lernen – Hurlaud bezog sich sogar in Gedanken immer sehr respektvoll auf seine Frau. An den Beeren im Wald erkannte er, daß kein leichter Winter zu erwarten war und folglich die Rudeljagd mit größerer Disziplin als im letzten Jahr organisiert werden mußte. Das bedeutete, daß er auch auf die Eigenwilligkeiten seiner eigenen Söhne, vor allem Grand Gueules, zu achten hatte. Man durfte ihnen nichts durchgehen lassen, andererseits aber war auch zu bedenken, daß die Führer von morgen oft recht wild sind. Zu hart durfte man sie nicht anpacken. Väter neigen immer zu Extremen, in Härte oder Nachsicht. Vielleicht war ein Gespräch mit seinem Bruder Baclin vonnöten, dem stellvertretenden Führer des Rudels.

So grübelte Hurlaud noch bis in den Nachmittag hinein und machte dann ein Schläfchen, ehe er auf die Jagd ging. Die jungen Soldaten bemühten sich im Burghof weiter um ihren Nervenzusammenbruch. Im Hof von La Tranchée machte es sich das Schweinchen Plantagenet gemütlich, während es an Adele dachte, wurde dann aber höchst ungemütlich zu Gedanken über andere Menschen aufgestachelt, die es einfach nie unterlassen konnten, an seiner Schwarte zu fühlen, und über gewisse Tiere, unter ihnen Hurlaud vom großen Wald, der nichts für gebratene Schwarte übrig hatte, Schweine jedoch gern roh fraß.

Plantagenet war durch die Umstände seiner Geburt und Adoption ein einsamer Pionier, der sich in drei Sphären bewegte: von seinem sauberen Strohbett zu dem ihn umgebenden weltlichen Getriebe des Wirtschaftshofes bis hin zum summenden Außenraum des dahinterliegenden grenzenlosen Waldes, der ihn ebensostark anzog, wie er ihm Angst einjagte. Wie jeder Grenzbewohner mußte er sich jeweils mühsam auf das Vorhandene einstellen. Als geselliges Wesen mit einer verständlichen Sehnsucht nach Zugehörigkeit hatte er die Einfachheit herzlicher Gefühle mit der komplizierten Vielfalt seiner menschlichen Umgebung und der unausweichlichen Tatsache, daß nur die Tüchtigsten überleben, in Einklang zu bringen. Diese Probleme hätte ein vorsichtigerer Schöpfer einem einfältigen Schwein wohl ersparen können, noch dazu einem sündhaft unvollkommenen Schwein, das nicht sehr pflichtbewußt und nur in Angst willfährig war und an Rache übergroße Freude hatte.

Aber selbst in niedergeschlagenster Laune faßte Plantagenet wieder Mut bei dem Gedanken an die eine Tugend, die ihn vielleicht retten würde – Adele versicherte ihm immer wieder, daß sie ihn fast göttlich mache: Er war ein sauberes Schwein. Er liebte es, in Sauberkeit zu leben, sah dies aber selbst nicht als besondere Tugend an, er war eben so geschaffen, und vermutlich gab es zu dem ganzen Thema ohnehin allerhand Für und Wider. Manchmal begegneten die Aussätzigen Plantagenet auf dem Weg von ihrem isolierten Haus zu dem Loch in der Kirchenmauer, durch das sie die Wandlung mitansehen durften; sie läuteten ihre gesprungenen Glocken und riefen traurig ihr „Unsauber, unsauber" vor sich hin. Oft war Plantagenet danach zumute, mit einem Schild um den Hals zu ihnen zu laufen. In Adeles schönsten Buchstaben und mit der Unterschrift des Gutsverwalters hätte er gerne sein „Sehr sauber, sehr sauber" vor sich hergetragen. Dann wollte er sie freundlich mit dem Rüssel stupsen und damit zeigen, daß er sich nicht für sauberer als sie hielt und außerdem ohnehin wisse, daß sie nur selten ansteckend waren. Das einzige Mal, als er dies versuchte, natürlich ohne ein Schild um den Hals, stießen ihn die Leprakranken jedoch weg und nannten ihn ein schmutziges Schwein. Hoho! Vielleicht war es doch einfacher, seine Ambitionen als Avantgarde-Philosoph aufzugeben und den Haustierstatus zu akzeptieren. Er

blickte sich um. Abgesehen von der Sache mit der Schwarte – und damit wurde seine immer wache Skepsis schon fertig – hatte das Haustierdasein seine Vorzüge. Er betrachtete wohlwollend die schöne Ordnung auf La Tranchée.

Das solide steinerne Haus war in H-Form gebaut. Die Wohnräume der Brémands lagen auf dem Querstrich des H, und ihre Fenster gingen auf den Haupthof hinaus. Links davon lagen die Zimmer der Knechte und Mägde und rechts die Schlafräume für die ständigen Taglöhner und für die Handwerker, die soundsoviele Tage pro Jahr Arbeit leisten mußten. Manche besaßen bereits eigenen Boden oder warteten hier oder anderswo auf eine Landzuteilung.

Der eine Längsstrich des H enthielt die Ställe für Rinder, Pferde und Schafe, am anderen lagen die Tenne sowie die Getreide- und Futterspeicher. Der Hinterhof stand voller Mistkarren, Erntewagen, Wägelchen, Flachsbrechen, Obstpressen und allerlei anderem Gerät. Sein Viereck wurde von einem neuen Anbau durchbrochen, in dem die Geflügelhäuser, der Schweinestall und eine weitere geräumige Tenne untergebracht waren.

Das Ganze umgab eine gut drei Meter hohe Mauer aus Feldsteinen mit einer Zugbrücke, die von einem stabil gebauten Brückenhaus aus, das gegenüber Maître Brémands Gehöft lag, betätigt wurde. Jeden Abend schloß man sorgsam die schweren eisenbeschlagenen Eichentüren. Vor der Mauer lag ein breiter und tiefer Wassergraben, denn an der einen Seite des Hofes begann in Steinwurfnähe der Wald, und es gab Jahreszeiten, in denen die Waldtiere Hunger hatten. Gegen die kräftig schwimmenden Füchse war nicht viel auszurichten, aber ansonsten bot der volle Graben recht guten Schutz.

Bafrin, der Falke, flog steil nach oben. Unter ihm lag Poitou.

Die Wirtschaftsgebäude wurden sauber und ordentlich gehalten, ihre Wände waren mit Kalk geweißt. Der Haupthof war mit Steinen gepflastert, deren Zwischenräume regelmäßig vom Unkraut befreit wurden. Das Geflügel – Hühner, Gänse, Enten und Perlhühner – ließ es sich dort gutgehen.

Für die Verteidigung und die täglich anfallende Arbeit waren sechs ständige Taglöhner und jeweils drei Handwerker da. Zwei sehr hübsche und tüchtige Mägde besorgten den Haushalt und die Küche. Vier Wachhunde vervollständigten die Sicherheitsstreitkräfte; das gefährlichste Tier unter ihnen war eine kräftige Dogge namens Hargneu. Außerdem gab es da den Jagdhund Rupert, der seinem Herrn besonders ans Herz gewachsen war.

Mit seiner Frau, Madame Mathilda, und seinem einzigen überlebenden Kind Adele stand Maître Brémand dieser kleinen Welt vor. Die Leute erinnerten sich an seinen Sohn und Erben, einen Jungen, den alle liebten, der aber noch vor dem Stimmbruch mit einer Horde verführter Kinder zu einem aussichtslosen Kreuzzug aufgebrochen und verschollen war; er wurde für tot gehalten. Ganz selten nur brachen die Eltern noch in leidenschaftlichen Zorn über den Verlust ihres Sohnes aus, was Adele aber nicht verbitterte, denn sie hielt es mit dem kleinen Bruder Franziskus, der – damals noch kein Heiliger – Mensch und Tier, Freund und Feind, Opfer und Verführer mit gleicher Liebe betrachtete.

Maître Brémand war ziemlich grimmig, wie es oft Menschen sind, deren Leben ein einziger Kampf gegen die widerspenstige Erde ist. Madame Mathilda gab zu Hause den Ton an, und man flüsterte sich in Dorf und Stadt zu, daß sie auch außerhalb ihres Bereiches recht herrschsüchtig sei. Den Helfern im Haus und auf dem Feld waren die Brémands jedoch faire und anständige

Herrschaften. Und die unkomplizierte junge Adele, die ihrer Mutter im Haushalt zur Hand ging, behandelte jeden als Freund und bezauberte alle mit ihrem Lachen und ihrer fröhlichen Laune. Sie war für die gute Stimmung im Haus verantwortlich wie ihre Eltern für das gute Leben. Denn sie lebten gut. Die Keller waren gefüllt mit edlen Weinen, auf die Maître Brémand sehr stolz war, und auf den Regalen häuften sich die feinsten Speisen – herrlicher Schinken, Pasteten, Eier und alle Sorten Mehl. Maître Brémand war ein tüchtiger und wohlhabender Landwirt, und der ausgezeichnete Zustand seiner Felder brachte ihm viele Komplimente seines Herrn, Messire de Frébois, ein, der keine Gelegenheit versäumte, einen Krug von seines Pächters bestem Wein auf dem Heimweg von der Jagd zu verkosten. Diese Wertschätzung entschädigte Brémand für die Nadelstiche der Eifersucht, die aus anderen Richtungen kamen.

Plantagenet lebte in seinem Stall im neuen Anbau des hinteren Wirtschaftshofes. Er war vor vier Jahren als rundliches rosafarbenes Ferkel auf La Tranchée eingetroffen, ein Geschenk von Maître Brémands Bruder zum Dank für eine Dienstleistung. Um seine Geburt wob sich ein Geheimnis. Er war ein Findling. Man hatte ihn im Wald neben einem gestreiften Ferkel aus einer Wildschweinbrut gefunden, und er zeigte große Anhänglichkeit an seine Unglücksgefährtin, was ihr jedoch nicht das Leben rettete. Mit einem Apfel im Rüssel wurde sie schon nach einer Woche zum Abendessen serviert. Adele adoptierte das kleine Ferkel höchstpersönlich und gab ihm auch seinen Namen nach der gerade blühenden *Plante Genet*, einem Ginsterstrauch, von dem sie einen Zweig über seiner Krippe befestigte. Brémand ließ den Schweinestall bauen und installierte den neuen Gast darin. Gleich vom ersten Tag an wehrte sich Plantagenet dagegen, dort eingesperrt zu werden, und fraß keinen Bissen mehr. Jeden Tag wurde er magerer, und Adele, der er ans Herz gewachsen war, verzweifelte schon. Schließlich erhielt Plantagenet die Erlaubnis, sich unter dem Geflügel im Hof zu ergehen, solange er es nicht ängstigte; eine weitere Voraussetzung war, daß er lernte, die Tür seines Stalles zu öffnen und zu schließen. Binnen vierzehn Tagen hatte Adele ihm das perfekt beigebracht.

Neben dieser besonderen Geschicklichkeit besaß Plantagenet noch ein weiteres hervorstechendes Talent. Die Natur hatte ihn mit einer für ein Schwein außergewöhnlichen Schnelligkeit ausgestattet. Er konnte rascher als ein Pferd laufen, vor allem wenn er Gefahr witterte, und bei seiner schüchternen Veranlagung witterte Plantagenet oft Gefahr. Die Freiheit, im Hof herumzustreunen, wurde nach und nach ausgedehnt, bis er schließlich häufig Expeditionen in den Wald unternahm, in deren Verlauf er den Eber Grondin und dessen Familie besuchte, die er als seine ländlichen Verwandten anzusehen beliebte. Er gab jedoch immer sehr acht, keinesfalls seinem Widersacher Hurlaud zu begegnen, der angeblich geschworen hatte, sich als Vorspeise bei einem Bankett Plantagenets magere Schinken zu Gemüte zu führen. Plantagenet fühlte sich seinen Schinken, die er für den bestentwikkelten Teil seiner Anatomie hielt, sehr verbunden. Und jedesmal, wenn er meinte, Hurlauds struppiges Grauhaar und seinen nachdenklichen Blick in einem Versteck oder neben dem Pfad zu entdecken, machte er kehrt und galoppierte auf Teufel komm raus zurück.

Bei keinem der vielen Hindernisrennen, die diesem Manöver folgten, war es Hurlaud jemals gelungen, ihm auch nur einen Schritt näher zu kommen, und er konnte sich dafür nur rächen, indem er Plantagenet den Spottnamen Fliegendes Schwein gab, der aber eigentlich gar keine arge Beschimpfung darstellte und sogar als Kompliment angesehen werden konnte. Der Elster Brousse entging nichts von dieser Spannung, während sie die Wälder nach Gelegenheiten zu kleinen Händeln durchstreifte, und da ihr Witz schärfer war, gab sie Hurlaud den weit schlimmeren Spottnamen Meister Langsam.

Abgesehen von seiner überschweinischen Geschwindigkeit machte Plantagenet keinen besonders klugen Eindruck. Er ließ sich sehr leicht in Verwirrung bringen; ganz gewöhnliches Verhalten anderer schockierte und erstaunte ihn, und er verbrachte schlaflose Nächte in Gedanken darüber. Stets versuchte er, Haustiere und Menschen zu begreifen, wurde jedoch durch seine vagen Deutungen in meist unglaubliche Situationen gebracht, die manchmal fatale Folgen hatten. Auf einem Gebiet jedoch konnte er einen erstaunlichen Erfolg verbuchen: Es kam ihm vor, daß das große Interesse Maître und Madame Brémands und ihrer Dienerschaft sowie die gute Nahrung, die man ihm so freundlich darbot, einen Zweck haben mußten, der vermutlich mit dem dauernden Nachfühlen des Knechts Edmond und dessen unnatürlicher Neugierde bezüglich der Schicht unterhalb der Haut, die Plantagenet als seine Weste betrachtete, zusammenhing. Da er das Motiv nicht ganz begreifen konnte, verhielt er sich bis zu dessen Enträtselung vorsichtig und fraß demzufolge sehr mäßig, hielt auf eine bewundernswert schlanke Figur und zeigte zum tiefsten Bedauern der Erwachsenen auf der Farm keinerlei Neigung, sich zu dem stämmigen Kerl zu entwickeln, den sie sich alle wünschten. Durch kluge, wenn auch mühsame Überlegung war Plantagenet auf die beste Methode gekommen, am Leben zu bleiben und seine Freiheit zu genießen.

Da er es mochte, von Adele gemocht zu werden, und ihr Verhalten in jeder Weise nachahmte, hatte er sich schon früh um Sauberkeit und Ordnung bemüht. Er zog Gras und Unkraut aus den Steinritzen im Hof, säuberte die Steine von daraufgefallenen Körnern, schüttelte sein Strohbett unentwegt auf und schloß auch alle Türen sorgfältig hinter sich. Als der Köter Hargneu eines Tages mit den Knechten auf das Feld gegangen war, warf Plantagenet unabsichtlich die Hundehütte um und entdeckte darunter eine Menge Knochen, altes Brot und allen möglichen Unrat. Eilig trug er alles in die Müllgrube, säuberte den Boden um die Hütte sorgfältig und wartete, glühend vor unschuldigem Stolz, auf die Rückkehr des Hundes. Er erklärte ihm bescheiden, was er getan hatte, und wagte es sogar, ihn wegen der mangelnden Hygiene zu tadeln. Hargneu wurde halb verrückt. Er sprang Plantagenet an und biß ihn, wo er nur mit seinen Zähnen einen Halt fand. Völlig überrascht von dem unvorhergesehenen Gebaren dieses Schurken brach Plantagenet in ein Gequieke aus, das so entsetzlich klang, daß in kürzester Zeit der ganze Haushalt mit Knüppeln und Mistgabeln auf den Hof gelaufen kam in der sicheren Meinung, Wölfe seien eingedrungen. Ehe die Leute die Situation richtig einschätzen konnten, ergriff Hargneu noch die Gelegenheit, Plantagenet in die Jauchegrube zu werfen, die gleich neben dem Kampfplatz lag, so daß das Schwein ein unerwartetes und absolut unerfreuliches Bad nahm. Als sich der Schlamm über seinem Kopf schloß, war Plantagenet sicher, sterben zu müssen, und als er schließlich wieder hochkam, änderte das Gräßliche dieses Pfuhls seine Anschauung nicht im geringsten. Zum ersten Mal in seinem Leben ließ er einen Superschrei von derart schrillem Klang und quälender Dauer ertönen, daß kein normal gebautes Ohr dies längere Zeit ertragen konnte. Mit vor Qual geschlossenen Augen und erbittert gefletschten Zähnen packte Maître Brémand Plantagenet an den Ohren, was aber nur bewirkte, daß dieser noch unerträglicher kreischte. Die Knechte faßten ihn an den Füßen und am Schwanz, und so wurde er schließlich aus seinem ungewollten Bad gezogen. Immer noch verschreckt jammernd, flog er buchstäblich in seinen Stall, wo er sich völlig unter dem Stroh seines bis dahin so ordentlich gebauten Bettes vergrub. Grollend blieb er dort lange in selbstgewählter Verbannung und verweigerte Besuche, Tröstungen und Nahrung, wodurch er noch dünner und, offen gesagt, häßlicher wurde. Wie alle Menschen und Schweine, die sich selbst übermäßig leid tun, dachte er lange und tief über *das Geheimnis des Lebens, niemand versteht mich* und ähnliche Themen nach. Nur die regelmäßigen Besuche der freundlichen Adele brachten ihm etwas Heilung. Es war in dieser Zeit, daß das scheinbar so skeptische Herz Plantagenets einen Schlag tat, der es plötzlich in ganz anderen Sphären tanzen ließ. Genauso unrealistisch wie nur irgendein vom Schlachtgetümmel geschockter Soldat, der von einem ähnlichen Engel gepflegt wird, begann er, Phantasien über Mädchen und Engel zu entwickeln, die sich nicht wieder ganz verscheuchen ließen, als er aus seinen Halluzinationen aufwachte.

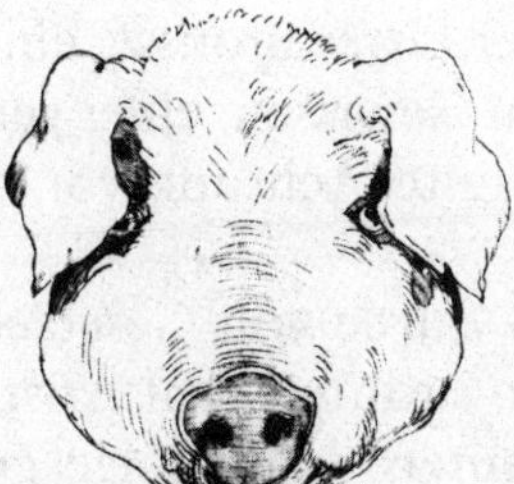

2

Vor dem Andreasfest

Die obersten Herren im Wald waren, unter der ruhigen Führung des Uhus Uhlan des Weisen, des Präsidenten des Tierrates, Hurlaud vom großen Wald, der wilde Eber Grondin und der Bär Flandrin, der aber nie bis ins innerste Dickicht eindrang, da er auf seinen vier Tatzen fünfmal so mächtig wie ein Mensch und, auf den Hinterbeinen stehend, so breit und hoch wie ein Reiter war. Liebenswerte Adjutanten der großen Herren waren der agile Fulgent, Prinz der Füchse, und der edle Bafrin, die eine Art Götterbotendienst versahen, aber voller Würde und ohne die Intrigen Merkurs. Intrige und Boshaftigkeit waren die Domäne der Elster Brousse, einer Unheilstifterin ohne eine Spur von Gewissen, einer geborenen Teufelin, die nicht die geringste Achtung vor den Waldgesetzen hatte.

Denn der Wald wurde von Gesetzen regiert. Gesetze sind eine Form der Ordnung, hat Aristoteles gesagt, und gute Gesetze bedeuten demzufolge gute Ordnung. Sie wurden von niemandem angeordnet, aber jedermann außer Brousse begriff sie und hielt sie vernünftigerweise ein.

Es gab keine „Rechte", aber es gab Instinkt und angeborenen Respekt. Ein Hirsch hatte kein „Recht" darauf, vom Wolf nicht angefallen zu werden, aber er bemühte sich auch aufs äußerste, es nicht geschehen zu lassen. Er konnte sich durch eine viel wirksamere Verteidigungsstrategie vor dem Tod schützen, als sie den jungen Bäumen zur Verfügung stand, die er durch das Verzehren ihrer Rinde und das Reiben seines Geweihs an ihren Stämmen zerstörte. Wenn der Tod durch Krankheit oder Raubtiere eintrat, akzeptierten die Überlebenden die Verkleinerung der Herde. Sie vergaßen den Toten nicht, übertrieben aber auch nicht die Bedeutung der Lebenden in so groben Formen des Selbstmitleids wie Trauer, Groll oder Rache. Ein Wolf tötete nicht zum Spaß, sondern aus Notwendigkeit. Er führte weder Krieg, noch erließ er aus politischen oder sportlichen Gründen Schutzgesetze für das Wild. Die einzige Kreatur, die Politik betrieb, war Brousse, und man hielt sie für bösartig, da sie des Gewinnes wegen – unverhältnismäßig große Macht – gegen das empfindliche Gleichgewicht der Natur anging, demzufolge es im Wald weder Belohnung noch Bestrafung, sondern nur Konsequenzen gab. Es gab keine Rechte, aber es gab Recht und Gerechtigkeit.

Die Burg Crespin unterstand auch Gesetzen, aber diese waren von anderer Art. Hier gab es nicht Recht und Gerechtigkeit, dafür aber viele Rechte. In der Menschenwelt sollten die Gesetze an und für sich da sein, damit die Starken nicht immer alles nach ihrem Willen haben konnten. Aber die Starken hatten sich schon einen guten Vorsprung verschafft, indem sie behaupteten, alles Land gehöre sowieso ihnen; zum Beweis unterhielten sie eine Armee und konnten mit jedermann in ihrem Gebiet tun, was sie wollten. Da es keine allgemein akzeptierte Gerechtigkeit gab, die viel Streit vermieden hätte, mußten die Schwächeren durch kluge Argumente beweisen, daß sie ein Recht darauf hatten, von den Starken nicht schlecht behandelt zu werden. Ehe die Schwachen auf ein Recht pochen konnten, mußten sie stärker werden, jedenfalls stark genug, um Unerlaubtes tun zu können, wie zum Beispiel sich zusammenzurotten, bei ihrem Herrn Bittschriften einzureichen oder Terrorakte zu begehen, während das Gesetz doch eigens festgelegt hatte, daß sie keine Vereinigungen gründen, nicht um geringere Besteuerung bitten oder den Herrn nicht bestrafen durften, wenn er ihre Töchter überfiel. Waren sie einmal stark genug, derart Unerlaubtes zu tun, so wurden die Gesetze dahingehend geändert, daß sie nunmehr ein Recht hatten, diese Dinge zu tun, und sie kein Unrecht mehr waren. Erwischte der Herr sie jedoch, ehe sie stark genug waren, so konnte er sie mit Waffengewalt schlagen, womit bewiesen war, daß sie kein Recht auf die Rechte hatten, die sie beanspruchten.

Gab es Krieg, so wurden jedermanns Rechte durch eine Notstandsgesetzgebung abgeschafft; einzig die Soldaten betraf dies nicht, sie konnten unter dem Kriegsrecht tun, was sie wollten. Natürlich gefiel den Soldaten der Krieg, denn es war ja die einzige Zeit, in der sie denken sollten; das allerdings auch nur so lange, als sich ihre Gedanken darum drehten, den Zivilisten Schaden zuzufügen. Und selbst wenn Friede herrschte, befand sich die Burg Crespin dauernd im Kriegszustand gegen die wilden Tiere, die keinerlei Recht hatten, mit Ausnahme des Rotwilds, das dem Herrn nach dessen eigener Aussage sowieso gehörte – und er besaß eine Armee, um dies zu beweisen. Da der Mensch als einziges Tier andere Tiere zum Vergnügen oder Sport jagte und tötete und da das Rotwild am lustigsten zu jagen und zu töten war, verlieh der Herr von Crespin ihm das Recht, in der Zeit der Aufzucht der Jungen nicht getötet zu werden. Außerdem durften es nur gute Sportsleute töten, die eine spezielle Erlaubnis des Herrn hatten.

Im Haushalt von La Tranchée gab es nur wenige Rechte – Maître Brémand erkannte an, daß das Gut im Grunde dem Herrn von Crespin, Messire de Frébois, gehörte und daß es den vom Herrn geforderten Pachtzins wert war. Dafür gestand der Herr Maître Brémand seinen Helfern gegenüber freie Hand zu. Es gab noch eine andere Art Recht, das aber niemand erwähnte, weil es nirgendwo niedergeschrieben war, daß nämlich Maître Brémands Frau, Madame Mathilda, diesem und allen anderen Aufträge nach ihrem Wunsch geben konnte. Bezüglich des Verhältnisses zwischen Maître Brémand und Mathilda zu Adele und Adeles zu ihnen gab es eigentlich kaum Rechtsfragen. Gelegentlich mochte Maître Brémand wohl etwas von elterlicher Verantwortung und töchterlichem Gehorsam erwähnen; er war leicht erregbar, machte sich immer zu viele Sorgen und wurde daher rasch wütend, aber nie auf lange Zeit. Man hielt sich mehr an die Liebe, die für Adele viel wirklicher als Rechte und Pflichten war und viel offensichtlicher, denn sie fühlte sie geradezu aus sich strömen, wie Wasser aus einer Quelle. Ihre Eltern gingen übrigens, wie sie merkte, auch sehr verschwenderisch damit um.

Es ist ein Paradoxon, daß die Menschen nicht nur die grausamsten Wesen, sondern auch die liebevollsten sein können. Es hat wohl etwas mit der Situation Adams und Evas nach dem Sündenfall zu tun, als der Herr fast bedauernd erklärte, diese Menschen seien wie Götter und könnten das Gute und Böse erkennen, und zwar viel genauer als andere Wesen. Während also der Mensch einerseits das einzige Tier ist, das aus Spaß oder politischen Gründen tötet, weiß er andererseits auch als einziges

Tier, daß er sterben muß und daß seine Frau einmal sterben muß und seine Tochter auch. Diese Erkenntnis kann die Menschen ängstlich oder rebellisch oder sentimental machen. Das Begreifen des Todes kann sie aber auch dazu bringen, Liebe zu verströmen, so wie ein Tierjunges oder ein Menschenbaby in der Mutter Milch entstehen und ausströmen läßt. Adele war so voll von Liebe, daß sie darin sogar das Schweinchen Plantagenet miteinbezog, ohne dies je für ungewöhnlich zu halten. Maître Brémand war wohl der Meinung, daß seine Tochter da ein wenig weit ging, mußte aber zugeben, daß auch seine eigenen Gefühle für Plantagenet durchaus gemischt waren, teils war er ihm Hätscheltier, teils Fleischlieferant. Nicht klar war ihm (wohl aber Adele), daß er in seinen Gefühlen für den englischen Jagdhund Rupert fast die gleiche Intensität erreicht hatte, mit der seine Tochter Plantagenet liebte. Was Madame Mathilda betraf, so nannte sie die beiden unnatürlich rührselig. Sie selbst zündete täglich eine Kerze für ihren toten Sohn an.

Maître Brémand pfiff fröhlich Rupert, dem Beagle, während er spätnachmittags sein Pferd bestieg, um uneingeladen zum wohlhabendsten der weit verstreut wohnenden Nachbarn, zu Maître Pineau, zu reiten. Er freute sich auf ein gemütliches Essen und jeglichen Klatsch, den das Haus bieten mochte. Mit dem Hund an seiner Seite – Rupert war nicht der Typ, der hinterdreinlief – ritt Brémand in einem weiten Bogen auf sein Ziel zu. Die Abkürzung durch eine Ausbuchtung des Waldes lag ihm nicht, auch wenn es sich dabei um einen erkennbaren Pfad handelte, der sogar eine Verbindung zur Hauptroute in die Marktstadt darstellte. Aber selbst diese war nur ein verstohlener, schlecht sichtbarer Weg, der sich durch Gebüsch und Dickicht und zwischen hochmütigen Eichen, denen er sorgsam auswich, dahinschlängelte. Er wurde nie richtig in Ordnung gehalten, so daß das Unterholz ihn immer stärker überwucherte. Junge Triebe nagten an ihm, und die riesigen Bäume, die sich unbeschnitten in die Höhe streckten, verdunkelten ihn mit ihrem Blätterdach.

Zweimal im Jahr erwachte er jedoch für kurze Zeit zu fiebriger Lebendigkeit. Kurz vor den Märkten im Mai und November besetzten ihn die groben Mietfuhrleute von Beauchamp fast in seiner ganzen Länge bis zur Marktstadt. Dann schrien und schlugen sie auf ihre riesigen weißen Ochsen ein, die die Wagen der umliegenden Landwirte zogen. Sie transportierten Weizen aus Les Girolles, Gerste aus Le Busseau, Zicklein von Granzay und Gänse von Gript. Zusammen mit den Schaf- und Rinderhirten und dem Privatverkehr bildeten sie eine fast ununterbrochene Prozession, die gut zwei und, in einem guten Jahr, auch drei Tage dauerte.

Die Expedition beschäftigte die Menschen schon wochenlang zuvor. Die Bewohner der Weiler und isoliert liegenden Höfe trafen sich abends im Haus des einen oder andern und lernten einander langsam über einer Specksuppe und einem Schnäpschen wieder kennen. Vor einem Kaminfeuer, in dem Ulmenstümpfe langsam verbrannten, redeten sie über alles und nichts, denn sie wollten von ihren eigenen Geschäften nicht zu früh zuviel verraten. Manchmal belebte junger Wein das Gespräch. Als Brémand bei Maître Pineau ankam, fing die noch etwas steife Atmosphäre gerade an, gesellig zu werden.

Jeder kalkulierte insgeheim seine Möglichkeiten durch, wie er am besten zu seinem Geld kommen und seinen Profit an der Ernte oder an den aufgezogenen Tieren machen konnte. Wichtig war es, beim kommenden Markt gut abzuschneiden und beim Fest des heiligen Andreas gut zu verkaufen, denn das entschied darüber, in welchem Stil man den Winter verbringen würde. Außerdem durfte eine uralte Tradition nicht verraten werden – und so wurde gejammert und geschimpft.

Es war ein mittelgutes Jahr gewesen, mehr nicht. Beim Getreide war wohl gerade noch etwas Profit zu machen, aber Geflügel brachte höchstwahrscheinlich kaum etwas ein. Die Felder hatten sich vom trockenen Frühjahr nicht erholt. Der alte Soundso verlängerte das Futter schon mit den Dreschabfällen – und er war nicht der einzige, Herr Dingsda tat auf Les Grévises das gleiche.

Auf diese Weise erging man sich in genüßlichem Schwatzen. Bald schon würde es an der Zeit sein, für den großen Herbstmarkt anzuspannen. Dann würde man es wissen.

Aber bis dahin mußten sie den Weg durch den großen Wald in Ordnung gebracht haben. Auf einmal wurde es still am Tisch. Einer räusperte sich höchst unnötigerweise, ein anderer fing an, seine Nägel sorgsam mit dem Messer zu schneiden, und ging völlig in dieser Tätigkeit auf. Der große Wald – das magische Tabu-Wort war ausgesprochen worden. Etwas Schweres schien plötzlich auf jedem einzelnen zu lasten. Niemand schien das Schweigen brechen zu wollen, als könnten sie damit verhindern, das … Ding zu erwähnen. Konnte man das nicht auf später verschieben? Aber das Thema mußte in Angriff genommen werden.

„Der Pfad scheint in schlechtem Zustand zu sein“, murrte Maître Henriot. Der Beagle Rupert spitzte die Ohren. Er verstand Henriot besser als die anderen Fremden, weil Henriot ihn haßte. Teilweise wegen seiner englischen Abkunft, teilweise wegen seiner englischen Reserviertheit – er pflegte mit dem Schwanz nicht ganz so heuchlerisch zu wackeln wie andere Hunde –, größtenteils aber, weil Rupert ein Geschenk von Messire de Frébois von der Burg Crespin an Brémand war und Henriot umsonst auf ein ähnliches Geschenk ihres gemeinsamen Herrn gewartet hatte. „Es ist sinnlos, wenn wir dem Pfad folgen und dann beim Hirschübergang versinken", fuhr Henriot fort. „Der Regen der letzten Tage wird den Übergang in Sumpfland verwandelt haben, da könnt ihr sicher sein. Wir würden einfach in den Spuren vom letzten Jahr steckenbleiben. Und den Sumpf mit Reisig aufzufüllen, kostet eine Unmenge Zeit und Arbeit."

„Es wäre sicher besser, über Malperthuis zu gehen", meinte ein schüchterner Mann mit Bart, den Rupert als den Salbeizüchter Clément erkannte. „Dort ist der Boden wenigstens fest. Es ist natürlich ein langer Umweg ..."

„Und wenn man die Stadt erreicht hat, haben die Leute aus der Ebene schon alles zu Phantasiepreisen verkauft", hakte die Witwe Bigotte ein und fuhr dann hämisch fort: „Die Herden können wir unmöglich beim Hirschübergang durchtreiben. Da wimmelt es ja von Wölfen. Lucas und Jobert waren am Donnerstag dort, um das Dickicht zurückzuschneiden. Sie haben Wölfe gesehen, und zwar verdammt furchtlose Wölfe oder jedenfalls frech wie der Teufel. Sie waren nur zwei Schritte vom Weg entfernt und sahen ihnen doch glatt bei der Arbeit zu. Die zwei kriegten ganz schön Angst. Ihr wißt doch auch, daß mir Wölfe voriges Jahr drei Lämmer geholt haben."

Die Stimme der Witwe Bigotte schnatterte weiter, während sie bei ihren Unheilsvisionen genüßlich aus Mücken Elefanten machte. Und schließlich war die Stunde gekommen, da sie den Salbeizüchter Clément umbringen konnte.

Es gibt wohl gewisse Leute, die die Straße über Malperthuis vorziehen. Das verstehe ich durchaus. *Ihr* ganzes

Gut ist ja in den Wagen, die von Männern und Hunden geschützt sind. *Sie* werden nicht von den Wölfen geholt. Sie haben ja nichts Lebendiges zu verlieren außer ihrem eigenen elenden Körper, und ihr könnt Gift drauf nehmen, daß sie Wachen genug dabei haben, um die eigene Haut zu retten. *Sie* wollen über Malperthuis ziehen. Was macht es ihnen aus, daß die Route länger ist? Ihre Säcke wiegen bei der Ankunft noch das gleiche. Aber bei uns, die wir Tiere aufziehen, wird jedes Vieh pro Tag mindestens zwei Pfund verlieren auf dem Todesweg. Je länger sie brauchen, um so weniger haben wir zu verkaufen. Und wir wissen alle, in welch traurigem Zustand sie ankommen. Warum befiehlt seine Eminenz nicht, daß wir die Guirande bei Souligné überqueren und einen Pilgerzug nach Beauchamp machen?"

Während der letzten Sätze hatte sich ein leises Murmeln erhoben, das schließlich zu einem abweisenden Gebrüll anschwoll, in dem die Schlußworte ertranken, so daß niemand sich überlegen konnte, ob diese einen guten Vorschlag enthielten oder nicht. Madame Bigotte war wohlbekannt als geizige Witwe mit einem äußerst kleinen Herzen, was sich freilich nicht absolut sicher nachweisen ließ, und sehr dürren Beinen, die unableugbar waren. Böse Nachrede behauptete, daß ihr Mann diese Welt nach fünfzig Jahren geringer Zuneigung, harter Worte und geiziger Behandlung nicht ungern verlassen habe.

„Aber, aber", unterbrach der Gastgeber Pineau das Streitgespräch. Das Beschwichtigen fiel ihm leicht, denn er besaß zweifellos die besten Äcker. „Wir werden doch nicht in einer solchen Zeit streiten oder jammern. Bilden wir einfach zwei Gruppen. Die Herden gehen über die Hirschkreuzung zur Stadt, der andere Zug mit den schweren Lasten wird über Malperthuis geleitet. Unsere

Schutzkräfte teilen wir auf beide Züge auf. Ich selbst kann eine hübsche Anzahl Männer dazu beisteuern." Er klang sehr selbstsicher, und diese Selbstsicherheit steckte an. „Wölfe? Wenn ein paar dieser Schufte ihre grauen Perücken aus dem Buschwerk stecken, werden wir sie schon herzlich willkommen heißen."

Pineaus Rede wurde mit allgemeinem Gelächter quittiert, und man machte sich gemeinsam daran, die Organisation der zwei Gruppen im Detail zu besprechen.

3

Es braut sich etwas zusammen

Nach dem Regen kam aus dem Norden der trockene kalte Herbstwind, den man in Poitou La Bise nennt, und es gelang ihm, die letzten Blätter, die noch an den tropfnassen Bäumen hingen, zu lösen. Sie bedeckten den Boden wie ein leicht durchweichter Teppich, über den Grondin mit größter Freude trottete, mochte er doch diese Jahreszeit ganz besonders. Der Wind hatte die Luft noch nicht völlig getrocknet, weißer Dampf stieg vom Boden der Lichtung auf, die der Eber für seine Futtersuche ausgewählt hatte, und ein saurer Geruch von altem Gras und feuchter Rinde hing in der Luft. In den Nebelschwaden konnte man die riesige schwarze Gestalt Grondins kaum sehen, wie er da mit dem Rüsssel die Blätter nach frischgefallenen Eicheln durchstöberte.

Zwei scharfe Augen hatten ihn jedoch beobachtet, und schon sägte sich eine krächzende Stimme durch den Nebel in seine Ohren.

„Ah! Herr von Grondin! Sie sind mir aber ein früher Vogel! Von wegen Vogel! Hehehe!" Gekünsteltes Gelächter folgte, so wenig überzeugend wie bei einem Komödianten, der allen Glauben an die Zuhörerschaft bereits verloren hat. „Was tun Sie denn in diesem fernen Winkel der Wälder? Sie sind drei Meilen ab vom Weg. Ist die Ernte in Les Combles schlecht ausgefallen, oder hat einer Ihrer Schwerenöter alles eingeheimst? Eicheln suchen in diesem Winkel! Wer ist denn hier der Herr im Walde? Etwa nicht *Sie*?"

Der Keiler Grondin war ein zäher Bursche, ein Einzelgänger, oft traurig, angeblich mürrisch. Niemand, nicht einmal Hurlaud und sein Rudel, fing gerne Streit mit ihm an. Man hielt sich in respektvoller Entfernung von seinen gewaltigen Hauern. Seine hundertfünfzig Kilogramm behaartes Fleisch machten ihn praktisch unverwundbar. Er war es nicht gewöhnt, als Herr von Grondin angesprochen zu werden, außer der Sprecher meinte es ehrlich; und man pflegte ihn auch nicht wegen seiner Futtergewohnheiten zu verspotten. Normalerweise hätte er auf solche Impertinenz mit einem gefährlichen Stoß seiner Hauer reagiert, aber er war hier nicht auf seinem eigenen Gebiet, und außerdem kam es ihm vor, als ob die Fragerin agiler sei als die Kreaturen, die sonst seinen Weg kreuzten. Unheilvoll blickte er zu dem Punkt hinauf, von dem die schrille Stimme kam.

Es war die Elster Brousse, die ihn bei einem Routine-Erkundungsflug von ihrem Nest auf der hohen Buche neben Pied du Fût aus entdeckt hatte und ihm gefolgt war.

Unheilstiftendes Geklatsche, dachte Grondin. Diese Hexe hatte nichts als Galle und Frechheit zu verhökern, aber da sie stets bohrte und spionierte, wußte sie fast immer alles, was in der Welt des Waldes vor sich ging. Vielleicht konnte sie mal nützlich sein.

„Keiner weiß besser als Sie, meine liebe Dame", sagte Grondin mit erzwungener Freundlichkeit, „daß in Les Combles kein Mangel an Eicheln herrscht. Im Augen-

blick suche ich jedoch nach einer bestimmten Information."

„Da könnte ich Ihnen vielleicht dienlich sein", antwortete Brousse mit plötzlichem Interesse und ließ sich kraft eines einzigen Schwanzwippers drei Astgabeln tiefer nieder.

„Es wundert mich sehr", sagte Grondin, „daß bisher noch niemand auf der Burg in das komische Jagdhorn gekrächzt und all die idiotischen Hunde auf mich gehetzt hat. Wir kennen doch alle den Herbst. Zehn Jahre schon hetzen sie mich, wenn die Schläge kahl werden, in die Ebene hinaus. Diese Stille bedeutet nichts Gutes, und ich möchte den Grund dafür herausfinden."

„Ach, *das*", flötete der Vogel recht hochmütig, „bei allem Respekt, liebster Herr, aber die Leute in der Burg haben im Augenblick mehr im Kopf, als einen Riesenkeiler in seiner Schwarte zum Schwitzen zu bringen."

Grondin zuckte kaum merklich zusammen. Dieser Galgenvogel, dieser Eierdieb trieb es ein wenig zu stark. Sein Rüssel begann vor Zorn zu zittern, aber die Elster saß noch ein wenig zu hoch, als daß er sie hätte erreichen können.

„Und was geht denn vor?" fragte Grondin so nebenbei wie möglich.

„Das ist gar keine einfache Sache. Bald kommt doch das große Gelage, das Andreasfest in der Stadt, und sie bereiten schon alles dafür vor."

„Und was hat das damit zu tun?"

„Kein Wunder", sagte die Elster spöttisch, „daß Ihr Euch nicht auf dem laufenden halten könnt, wenn Ihr Euch in Les Combles so eifrig den Bauch vollschlagt."

Die Waldtiere trafen meist nur auf Menschen, die schrien und fluchten und mit Waffen herumfuchtelten.

Grondin verhielt sich ruhig, aber sprungbereit, und seine Blicke sprühten Funken.

„Jetzt ist doch die Zeit", fuhr Brousse fort, „ in der Hurlaud mit seiner fröhlichen Rotte im Dickicht herumtobt, in den Schluchten Massaker anrichtet und auf den Lichtungen aufräumt. Sogar bis in die Ebene wagen sie sich hinaus."

„Blödsinn!" knurrte Grondin. „Was hat das mit mir zu tun?"

Die Elster stieß einen erschreckenden Laut aus, den man auf der anderen Seite des Ozeans sofort als das Geräusch einer Klapperschlange auf Raubzug identifiziert hätte. Dabei lachte die Gute – oder bemühte sich zumindest nach bestem Können darum. „Was das mit Euch zu tun hat?" gackerte sie. „Wenn Frébois, der dunkle, hübsche, kriegerische Herr von Crespin, beschließen sollte, die Waffen gegen ein Meer von Hurlauds *und alle seine Freunde* zu richten und Euch mit aller Macht aus dem Land zu treiben, dann hätte das wohl etwas mit Euch zu tun – und dabei könnten die Menschen noch weit Schlimmeres mit Euch anstellen, mein lieber Herr. Es würde Euch sehr wohl betreffen, wenn Ihr beim zwangsweisen Davonlaufen fünfzehn Kilo verlieren würdet." Die Elster erstickte fast an ihrem hilflosen Gelächter und wand sich dabei qualvoll, ehe sie sich genügend in die Gewalt bekam, um noch hinzuzufügen: „Was Ihr allerdings wohl kaum bemerken würdet."

„Na und?" sagte Grondin bedrohlich ruhig, und sein Tonfall durchdrang sogar das galoppierende Delirium, das die Elster eben zu überkommen schien. Mit einem schwarzweißen Flügelwirbel brachte sie sich zwei Handbreit höher in Sicherheit.

Dann richtete sie ihren Blick ganz scharf auf den Keiler, um die Wirkung ihrer nun folgenden Worte festzustellen, die sie in dunkler Wahrsager-Vieldeutigkeit vorbrachte: „Es könnte sein, daß eine Straße weiter das, was Ihr nicht erwartet, gleich dreifach passieren wird. Dreifaches Maß also: drei Wochen, drei Tage, drei Stunden, drei *Minuten.*" Brousse summte und zischte drohend weiter: „Ein dunkler Mann, leicht in Zorn zu bringen, aber durch eindringliche Bitten nur schwer zur Tat zu bewegen, wird von Trunkenheit und Völlerei entzündet, aufgrund eines durch Eigensinn erfolgten Unglücks Enttäuschung und Verwirrung bringen, was möglicherweise zu Krankheit und Tod führt, jedenfalls aber einer gewichtigen Person eine Landesverweisung einbringt, welche Person aber gerade noch von einer aufrichtigen, hellhäutigen Person informiert wird, die trotz der großen Gefahr, die sie durch ihre Unklugheit riskiert, keineswegs selbstsüchtig und verräterisch handelt, sondern unerwartete gute Nachricht liefern wird, die die Enttäuschung und Verwirrung, Krankheit und Tod, Landesverweisung und Ruin bei einem weiteren geheimen Treffen verhindern könnte, wenn die betreffende Person ein erfolgreiches Vorgehen mit Hilfe der diskreten Tugend der aufrichtigen, hellhäutigen Freundin ehrlich wünscht."

„Hellhäutig!" sagte Grondin und sah die Elster scharf an. „Was meinst du damit? Und wo nimmst du nur all diesen intimen Klatsch her? Du bist doch genausoleicht erkennbar wie ein schwarzweiß gekleideter Minnesänger." Grondins schwerfälliger Witz konnte jedoch seine Verstörtheit nicht verbergen.

Brousse wandte ihren Blick von ihm ab und bewunderte sich selbst von Kopf bis Fuß, putzte ihre Federn und sagte mit unerträglicher Herablassung: „Ich habe eben gewisse körperliche Eigenschaften, die es mir ermöglichen, hoch und rasch zu reisen und viel von der Welt zu sehen. Ihr solltet Euch vielleicht auch ein Paar

Flügel anschaffen. Allerdings müßtet Ihr Euch ein Riesenpaar besorgen, um auch nur in die Höhe dieses Zweiges zu kommen, von dem aus Ihr mich jetzt zu gerne erwischen würdet."

Halb verrückt vor Zorn rammte Grondin den Baum in der vagen Hoffnung, Brousse dadurch von ihrem Zweig herunterzuwerfen. Die Eiche erzitterte, aber Brousse hatte sich schon rechtzeitig vorgesehen. Sie flog flatternd auf und verspottete ihn weiter: „Spart Eure Kräfte für das Laufen auf, Grondin. Vielleicht müßt Ihr schon bald davontrotten. Aber keine Angst, Brousse ist ja nah. Sie bringt Euch stets die neuesten Liquidierungsnachrichten. Ihr braucht mich nicht aufzusuchen, ich komme schon zu Euch. Mit Fanfare und allem Trara."

Diese Begegnung hinterließ bei Grondin nur einen schmerzenden Rüssel und viele ungemütliche Gedanken. „Wenn ich diese Unglückshexe je erwischen sollte, bleiben gerade genug Federn übrig, um eine Heuschrecke einzukleiden", schwor er sich.

Wenn aber nun die elende Kreatur doch die Wahrheit gesagt hatte?

4

Einer schiebt's dem andern zu

Blaß erhob sich der Tag und wanderte mühsam über den Herbstwald. Der Morgennebel stieg langsam hoch und ließ eine dünne weiße Samtdecke, die nur hier und da von schwarzem Fallholz durchbrochen wurde, auf dem Blätterboden zurück.

Im Innersten des Dickichts streckte sich Hurlaud genüßlich auf der Schwelle zu seinem Bau. Das spielerische Blaffen und Knurren drinnen zeigte an, daß seine jüngsten Kleinen sich halbherzig gegen das Lecken und Säubern wehrten, das ihre Mutter, die edle Dame Pernale, ihnen eifrig zuteil werden ließ.

Die ganze Familie Hurlaud, die sich am Abend zuvor an einem Schaf der Witwe Bigotte gütlich getan hatte, das um einen Schritt zu weit ins Unterholz geraten war, machte Morgentoilette. Auf dem Boden verteilt lagen die abgeknabberten Knochen und Reste des Festes, die bezeugten, welch königliches Bankett hier stattgefunden hatte.

Winzige Muskeln bewegten sich in Hurlauds Gesicht. Sein feines Gehör und die empfindsame Nase informierten ihn, daß Grondin irgendwo in der Nähe war. Er legte sich zu keiner Zeit gerne mit dem Keiler an; jetzt aber, wo ihn kein Hunger mehr plagte und auf eine Weile für seine Familie gesorgt war, hatte er noch weniger Lust dazu. Er zog es daher vor, eine hochmütige Gleichgültigkeit an den Tag zu legen und so zu tun, als kümmere ihn Grondin überhaupt nicht. Gleichzeitig aber hielt er sorgsam Ausschau nach unvorhersehbaren Aktionen dieses „Fettsacks", wie er den schwarzen Keiler bei sich nannte.

Seit dem Treffen mit der Elster war Grondins Zorn noch nicht verraucht, und noch viel weniger hatte er seine Beunruhigung abschütteln können. Leise vor sich hinmurmelnd, trottete er mit kurzen Schritten über den Pfad. Der Gegenwart des Wolfes war er sich wohl bewußt, als er nahe an dessen Bau vorbeizog. Er hatte ihn sogar schon gesehen, ließ es sich aber durch nichts anmerken.

„Sie sehen blendend aus, Monseigneur", sagte Hurlaud, als Grondin neben ihm auftauchte.

„Tatsächlich?" erwiderte der Eber und tat sehr überrascht. Man sollte ihm anmerken, wie langweilig es ihm war, sich in ein Gespräch einlassen zu müssen. „Na, was ist denn das da? Ihr scheint ja ein nettes Fest gefeiert zu haben." Er wies mit dem Rüssel auf die gräßlichen Überbleibsel am Boden.

„O ja, ich hatte mich heftig gegen einen Räuber zu wehren. Kam doch so ein Schurke hier zu meinem Lager mit weiß Gott was für bösen Absichten. Ich mußte mich mächtig verteidigen, sonst hätte mich der Grobian tatsächlich umgebracht."

Dieser Zynismus war zuviel für Grondin. Er fuhr vertraulicher fort: „Unbegründete Aggression? Und das soll ich glauben? Seit wann müßt Ihr Euch gegen die Kampfwut von Schafen wehren? Eine ganz neue Entwicklung!

Sind Sie dem Abrüstungskomitee beigetreten? Haben Sie Ihre Schneidwerkzeuge verloren?"

Hurlaud brach in ein großes Gelächter aus, wobei er zwei blendende Reihen messerscharfer Zähne entblößte.

„Na, da bin ich ja beruhigt", meinte Grondin. „Ich muß Ihnen aber jetzt etwas sagen, das Sie wohl weniger belustigen wird."

„Ist Ihnen etwas passiert, Monseigneur? Sie wirken so erregt", sagte der Wolf, plötzlich beunruhigt und innerlich zum Abwehrsprung bereit.

„Ich hatte eben einen Streit mit der doppelgesichtigen Elster Brousse. Diese launische Hexe ist frech wie der Teufel! Aber ich muß zugeben, daß sie sich für ihre Bosheit stark ins Zeug legt. Die hat vielleicht Nerven! Quetscht sich doch unter das Strohdach von Dorfhäusern und hat sogar ein Versteck im Kamin der Burg. Sie horcht bei jedermann und erfährt alles, was sich so tut."

„Was zum Beispiel?" fragte Hurlaud gespannt.

„Ach, im Augenblick nichts Besonderes", sagte Grondin beiläufig. „Vor dem Fest des heiligen Andreas passiert vielleicht etwas im Wald." Er grunzte kurz und fuhr dann noch beiläufiger fort: „Ich könnte mir vorstellen, daß es einige Aufregung im Wald gibt und Sie und die Ihren Verlangen nach frischer Luft verspüren werden, sofern Ihre Beine Sie weit und schnell genug tragen."

Hurlaud hatte etwas von seiner gelassenen Haltung verloren; er nahm die Sache keineswegs so leicht, wie Grondin sie hinzustellen versuchte. Eine fürchterliche Grimasse schneidend, setzte er sich und schwieg eine Weile. Grondin tat, als sei er überhaupt nicht aufgeregt. Er blieb dem Anschein nach ganz ruhig stehen und blickte Hurlaud mitleidig und besorgt an.

Dies entging dem Wolf nicht, und er nahm sich vor, es dem häßlichen Fettsack schon heimzuzahlen. „Ich sehe ein, daß ich und meine Familie dringend irgendwelche Maßnahmen ergreifen müssen. Meine respektvolle Freundschaft Ihnen gegenüber läßt mich jedoch auch an *Sie* denken. Wenn ich und die Meinen laufen müssen, so werden wir das tun, Monseigneur, dessen können Sie gewiß sein. Die Natur hat uns mit den Mitteln für einen solchen Abgang ausgestattet; wir sind sehr schnell. Da Sie schon die große Freundlichkeit hatten, mich zu warnen, werden wir ganz bestimmt imstande sein, uns zu retten. Nun aber, Monseigneur, muß ich, nachdem ich meine Dankbarkeit zum Ausdruck gebracht habe, auch meine Befürchtungen Ihretwegen äußern. Ihr Alter fordert meinen Respekt. Ja, Sie sind ein wahrer Veteran. Aber ich habe den schmerzlichen Verdacht, daß Ihre Beine Sie in dem Tempo, das uns diese Glatzköpfe wahrscheinlich aufdrängen werden, nicht sehr weit tragen werden. Wenn Sie durch glückliche Umstände die Guirande doch erreichen sollten, werden Sie schon viel von Ihrer Kondition eingebüßt haben. Der Gedanke tut mir weh, daß dieses bewundernswerte Bäuchlein, diese eleganten Kurven, zu denen ich Sie mit Freuden beglückwünsche, durch den notwendigen Rückzug werden leiden müssen, ja, daß Ihre erzwungene Schlankheitskur in eine *reductio ad absurdum* ausarten könnte."

Hurlauds Tonfall war so höflich und besorgt, daß Grondin keinen Grund hatte, sich beleidigt zu zeigen. Die Situation war auf jeden Fall peinlich für ihn. Hurlaud hatte schlau seinen Pfeffer gestreut. Hier konnte der Eber sein Gesicht nicht mehr wahren.

Er schüttelte mißmutig den Kopf. „Wenn das, was man hört, sich bewahrheitet, sollten alle flüchten", gab er zu, „und je eher um so besser. Wir müssen jede Gelegenheit wahrnehmen. In dieser Sache tragen Sie jedoch, Messire, eine schwere Verantwortung."

Hurlaud wollte schon protestieren, aber Grondin schnitt ihm das Wort ab.

„Jetzt rede ich", donnerte er in immer lauterer Empörung. „Drei Jahre lang haben eure Rudel in Wald und Feld gewütet. Niemand traut sich mehr ohne bewaffnete Reiter in diese Gegend. Jeder Transport, der von Sansais nach Maire durch den Wald zieht, muß schwer beschützt werden. Kaum wandert eine Herde etwas abseits, greift Ihr sie sofort an. Grast ein Schaf nur zwei Schritte von seinen Kameraden entfernt, stürzt Ihr Euch schon darauf. Ihr habt alles getan, die Geduld der Leute ringsum zu erschöpfen. Sie erinnern sich wohl noch an das Blutbad, das Ihre Brüder letztes Jahr kurz vor Weihnachten bei Maître Lhuillier angerichtet haben? Nichts, was grunzt, gackert oder schnattert, hat überlebt. Und dann die bösen Streiche, die Sie meinem Cousin Plantagenet gespielt haben! Sie werden zugeben, daß wir alle für die Grausamkeiten, die Sie und die Ihren verübt haben, leiden müssen."

„Beruhigen Sie sich, beruhigen Sie sich doch, Monseigneur! Nichts ist vollkommen, und jeder hat seine Schwächen. Ist es mein Fehler, daß ich nicht von Eicheln leben kann? Haben Sie nie das Stöhnen unserer hungernden Kinder gehört? Dabei könnte man glatt den Geist aufgeben. Ich lebe im Wald und tue nichts Böses. Aber wenn man mir Böses tut, lasse ich es die anderen spüren. Ich finde das nur fair. Dieser Lhuillier ist als geizig bekannt, ein ganz und gar schlechter und lasterhafter Herr. Das sagt sogar seine Dogge Fussault. Meinen Sie, daß ich das alles erfinde? Und was das Schaf von gestern oder vorgestern betrifft, na schön, mit der Aggression habe ich vielleicht übertrieben. Aber der Hof kann es sich leisten, und die Witwe Bigotte ist ein Hexenweib. Das weiß auch ein jeder. Es ist mir sogar zu Ohren gekommen, daß manch einer im Dorf sich ins Fäustchen gelacht hat, weil ich dieses armselige Mutterschaf geklaut habe. Um meiner hungernden Kinder willen – was hätte ich denn tun sollen? Die Frau selbst angreifen? Die hätte höchstens ein paar Pfund äußerst zähes Fleisch angegeben. Da nahm ich lieber ein Schaf. Nun ja, ein paar Lämmchen auch. Aber die wären ja ohne ihre Mutter traurig gewesen. Ach, das alles ist doch gar nichts. Und was Ihren Cousin betrifft, da muß ich Sie doch bitten, mir Gerechtigkeit widerfahren zu lassen. Dieser Plantagenet ist das dümmste Tier, das ich kenne. Ich hatte nicht die geringste Absicht, ihn aufzufressen, ich wollte ihn nur erschrecken. Was ist denn dabei?" Da er sich schon einmal so beredt verteidigte, blieb er gleich beim Thema. „Ich würde sagen, man darf mich nicht als den einzigen hinstellen, der das heraufbeschworen hat, was uns jetzt droht", sagte er in beziehungsvollem Tonfall und wurde dann ganz vertraulich. „Wie es scheint, hat im vergangenen September in der Michaelsnacht eine Anzahl glaubwürdiger Zeugen in der Nähe der Burg Crespin bei hellem Mondschein – halten Sie sich fest – fünf oder sechs schwarze Ungetüme gesehen, die systematisch ein Rübenfeld umgruben. Offenbar ist dabei viel Schaden angerichtet worden. Bösartige Informanten meldeten die Sache gleich in der Burg. Möglicherweise hat dieser Überfall Messire de Frébois sehr erzürnt, und vielleicht hat er sich deshalb entschlossen, eine besondere Streitmacht gegen die Räuber aufzustellen." Mit noch dumpferer Stimme und betont mitleidvollem Blick schloß Hurlaud: „Ich glaube natürlich nicht ein Wort davon, aber wer leichtgläubig genug ist, es für wahr zu halten, fühlt sich vielleicht bemüßigt, besondere Maßnahmen zu ergreifen."

Grondin hatte plötzlich gegen einen Erstickungsanfall zu kämpfen und begann sich unter Anzeichen größter

Verlegenheit lautstark zu räuspern. Jenes Rübenfeld war ihm freilich bestens in Erinnerung. Aber wie hatte dieser Schuft Hurlaud Wind davon bekommen? Der Eber erkannte, daß er keineswegs mehr als Staatsanwalt fungierte, sondern plötzlich in eine verzweifelte Verteidigungsstellung gedrängt worden war und sich dringend zu einer Besprechung mit seinem Klienten zurückzichen mußte. Da er nicht in der Öffentlichkeit dabei gesehen werden wollte, wie er mit sich selber sprach, täuschte er starke Bauchschmerzen vor und verabschiedete sich eiligst. „Gott schütze Sie, Hurlaud, und die Ihren."

„Und Sie auch, Monseigneur", sagte der Wolf, unterwürfiger denn je, und steckte im Verbeugen seine Schnauze unter die rechte Pfote, um sich herzhaft eins lachen zu können.

5
Familienrat

Grondin war zwar nicht das, was Erzieher einen hellen Kopf nennen, aber dumm war er auch nicht. Man konnte ihn als das „Salz der Erde" betrachten in einem Sinn, den dieser Ausspruch hatte, bevor die Elite ihn aufgriff, um damit das geringe Volk zu bezeichnen, das zur Verteidigung eben jener Elite zu sterben bereit war. Grondin war bereit, für sein Gebiet und seine Familie zu sterben – obwohl er als Eber kein großer Familienmensch war –, aber er war nicht bereit, gedankenlos zu sterben oder wenn sich auch nur die geringste Chance bot, das, woran er hing, verteidigen zu können und gleichzeitig sein Leben zu bewahren. Als nicht sehr heller Kopf war er nicht übersensibel, aber als nicht ganz dummer Kopf wußte er, daß das Gerücht über einen Beutezug der Alraunen in den Wald (und damit die Notwendigkeit, einen Überlebensplan zu entwickeln) die wichtigste, allerdings noch unbestätigte Nachricht des Tages darstellte. Da er das „Salz der Erde" verkörperte, war seine Lebensanschauung erdnah und abgeklärt. Die Tatsache, daß Hurlaud sein langsameres Denken dazu benutzt hatte, ihn in Schwierigkeiten zu bringen, war erinnernswert, aber nicht zu verurteilen. Grondin konnte dies akzeptieren, wie er viele Rückschläge und Niederlagen akzeptierte, bei denen er überall mehr vermutete, als in Wirklichkeit dahintersteckte, denn seine Philosophie wählte, falls es eine Wahl gab, immer die pessimistische Interpretation. So zum Beispiel auch, was die Zukunft Plantagenets anging. Während Grondin sich langsam in seine Heimatregion Les Combles zurückbegab, kam ihm ganz leicht der Geruch Plantagenets in die Nase, und sofort stellte er sich eine Szene vor, bei der der gute Wille Maître Brémands der schlimmstmöglichen Auslegung unterworfen wurde. Der Bauer, der gerade zu diesem Zeitpunkt Grondins weißen Cousin fütterte, hatte sich bisher offensichtlich gütig gezeigt, aber Grondin bezweifelte keinen Augenblick, daß der Kerl insgeheim einen bösen, düsteren Zweck verfolgte.

Das Gehöft von La Tranchée lag, ganz vergoldet im klaren Herbstsonnenschein, gut sichtbar vor ihm. Grondin war jedoch keiner, der von Menschen gemachte Schönheit genoß – selbst wenn das Panorama einen Umweg wert war. Außerdem wußte er, daß er kurzsichtig war. Er gönnte daher dem Anwesen keinen Blick, erschnüffelte es jedoch sorgsam, wie ein Weinprüfer, spuckte aus und trottete weiter.

Inzwischen war Plantagenet vor weiterem Schmollen durch die Wonnen seines Herzens gerettet worden, schwelgte er doch jetzt in der wunderbaren Erkenntnis, daß er alle liebte, weil er Adele verbunden war. Das ist wohl das positivste Nebenprodukt, das der Zauber junger Liebe hervorbringt, ehe das Doppelgespann Selbstsucht und Eifersucht die Blumenwiese beschmutzt, von der es sich nährt. Plantagenet hatte den Wunsch, die Liebe und Güte, die er für alle Kreaturen auf dieser Erde empfand, zu beweisen, und zu den Empfängern seiner sichtbaren Freundschaft mußte natürlich auch ein Hund gehören. In der richtigen Annahme, daß bei Hargneu die Zeit für eine liebevolle Umarmung wohl kaum reif war, packte ihn das Verlangen, dem Hund Pommard auf dem weit entfernt liegenden Gut Les Voiries ein großzügiges Geschenk zu bringen. Bei seinen täglichen Forschungsreisen war er vor einiger Zeit öfter bis in den entlegenen Wald von Chizé vorgedrungen, und auf einer dieser Expeditionen hatte er Pommard auf dem genau zwischen La Tranchée und der Lichtung von Paitout liegenden Hof kennengelernt. Nach ein paar wohlerzogenen Höflichkeiten hatte Pommard Plantagenet freundlich eingeladen, sein Mahl mit ihm zu teilen. Diese nette Geste hatte das Schwein so beeindruckt, daß es jetzt beschloß, alle Knochen oder Brotreste, die es auf La Tranchée finden konnte, zu sammeln und sie dem eben wieder erinnerten Gefährten zu bringen.

Da es beim Transport seiner Geschenke wohl Schwierigkeiten geben würde, er aber so geschickt im Türöffnen und -schließen war, entschied Plantagenet, sich den *cabas*, einen langen, flachen Korb, auszuleihen, den die edle Dame Mathilda sehr praktisch griffbereit, das heißt rüsselbereit für ihn, im Korridor aufgehängt hatte. Dann kam ihm der Gedanke, daß Brot und Knochen vielleicht unhygienisch waren, und es schien ihm besser, sich aus Frau Mathildas Vorratskammer zu bedienen. Fröhlich füllte er den Korb mit Würsten, verschiedenen Käsesorten und delikaten Pasteten, die hier schon sorgfältig für Weihnachten gelagert waren, wobei er durchaus nur solches auswählte, was ihm für den Gaumen seines lieben Freundes am passendsten erschien. Dabei war er einige Male ehrlich im Zweifel, ob diese oder jene Pastete vor Pommard Gnade finden würde, und konnte sich erst entscheiden, nachdem er selbst ein Stückchen davon gekostet hatte. Endlich war die Sammlung komplett, und er machte sich mit dem knarrenden Korb auf den Weg. Und traf im Korridor genau auf Maître Brémand, der unerwartet zurückgekehrt war.

Ein Fehler Brémands – den er selbst zugab – war es, bei der bloßen Andeutung, daß jemand sich an seinem Eigentum zu schaffen gemacht hatte, in wilden Zorn auszubrechen. Er begriff, was Plantagenet getan hat, wußte allerdings nicht, wohin dieser mit seinem Korb wollte. Es folgten besitzerliche Schläge, belebt durch höchst nuancenreiche Schreie Plantagenets, der in seiner eigenen Sprache die Reinheit seiner Absichten zu erklären versuchte. Verstärkt wurde der Lärm noch durch das heulende Gelächter des gräßlichen Hargneu, der den ganzen Vorfall unglaublich genoß. Mit dem Geschick der Verzweiflung entzog sich Plantagenet der Prügelstrafe, flitzte in seinen Stall und tauchte tief unter das Stroh.

Nachdem er derart ungerecht wegen des Versuchs einer guten Tat geschlagen worden war, schienen düstere Reflexionen über das Geheimnis des Lebens durchaus angebracht. Die Seligkeit seiner Liebesgefühle für Adele durchflutete ihn jedoch nach wie vor, und trotz der Momente schwärzester Rebellion und tiefster Philosophie brach die Fröhlichkeit wieder durch. Er kam zu dem Schluß, daß es keinen Sinn hatte, den Stall von seinem Platz tief im Innersten des Strohs aus melancholisch zu fragen: Warum wurde ich geboren? Der Stall gab überhaupt keine Antwort. Viel besser war es, sich draußen darüber Luft zu machen, in die Welt hinauszugehen und *irgend etwas zu tun.*

Plantagenet öffnete den Rüssel, um das Wetter und die Tageszeit festzustellen. Wegen seiner von ihm untrennbaren „Weste" fühlte er Zugluft oder Veränderungen der Temperatur immer erst viel später, als für ihn günstig war,und mit seiner Sehschärfe war es auch nicht weit her. Er „schmeckte" einen schönen Tag, spürbar kürzer schon nach der herbstlichen Tag- und Nachtgleiche, etwas Sonnenschein und Zephirlüfte, die in Windstärke eins übergingen. Es war heller Nachmittag und das Vesperläuten noch weit. Alles sprach für einen Besuch bei seinem Cousin Grondin.

Grondin war nicht daheim, aber er hatte als Hüter des Hauses seine Frau und die übrige Familie dagelassen, mit denen sich Plantagenet lebhaft unterhielt. Madame Albaine ließ es sich gutgehen in ihrer Waldschlucht, faul ausgestreckt lag sie in einer flachen, mit trockenem Moos gepolsterten Grube. Einige andere Saumatronen waren, jederzeit für ein Schwätzchen bereit, in Hörweite. Die Jungen wurden allmählich unruhig und fingen an, Unsinn zu treiben. Pielet, der lebhafteste Sprößling von Albaine und Grondin, der mit sechs Monaten noch sein braun-beige gestreiftes Kinderkleid trug, so daß er aussah, als habe er sich aus Versehen auf einen heißen Grill gelegt, stellte die gute Laune seiner Mutter sehr auf die Probe.

Mehrmals unterbrach sie ihr Gespräch mit Plantagenet, um Pielet durch ein kurzes Grunzen zur Räson zu rufen. Plantagenet beneidete Albaine um dieses Grunzen, das er bei seinen tagträumerischen Plänen gegen den tyrannischen Hargneu einzuüben versuchte. Daß es ihm nicht gelang, war jedoch keineswegs ein trauriges Zeichen seiner Andersartigkeit. Keiner der wilden Eber, nicht einmal Grondin, brachte dieses Grunzen zustande, nur die Säue konnten es.

„Setz dich doch", sagte Albaine, und Plantagenet streckte sich gemütlich in die lange Mulde von Grondins Grasdiwan. Offenbar war das Bett schon tagelang nicht gemacht worden, oder vielleicht hatten auch nur die

Kinder darin herumgetobt. Grondin kam oft nachts nicht heim; nicht, weil er ein schlechter Vater war, sondern weil alle wilden Eber sieben bis acht Monate im Jahr allein herumziehen. Sie haben ein Eremitengemüt, suchen nur nach Nahrung und denken nach und verkehren auch kaum mit anderen Ebern. Sie erkennen ihre Verantwortung für soziale Sicherheit an und halten losen Kontakt mit dem Rudel, kehren aber nur für das lange und manchmal recht lärmende Fest der Kopulation, das im Spätherbst beginnt, ganz in die Gemeinschaft zurück. „Jetzt muß ich mich wieder von vorne um ihn bemühen", lamentierte dann Albaine. „Warum schließen wir Wildschweine uns nicht dieser Bis-daß-der-Tod-uns-scheide-Regelung an, die die Wölfe seit Urzeiten haben? Pernale und Hurlaud sind schon ihr ganzes Leben zusammen. Und wenn man bedenkt, was für ein flotter Kerl dieser Hurlaud ist! Wenn der wollte ..."

Plötzlich zuckte Plantagenet zusammen, den Albaine grunzte Pielet an: „Wart' nur, bis dein Vater heimkommt." „Ich warte ja", gab der Kleine frech zurück.

„Diese Kinder bringen mich noch um", klagte Albaine laut, damit alle es hören konnten. Sie tat, als hätte sie ihre bevorstehende Witwenverbrennung zu verkünden. Die anderen nahmen aber gar keine Notiz davon. Pielet hatte Plantagenets Schwanz entdeckt und untersuchte ihn fasziniert. Er war geringelt, und Pielet kannte nur Schweineschwänze, die glatt und borstig wie ein geteertes Seil herunterhingen. Wie brachte es dieser Schwanz fertig, einen kräftigen, vollkommenen Kreis zu bilden? So rund wie der Mond. War da eine Feder eingebaut wie bei einem Jagdgewehr? Man konnte den Rüssel durch diesen Ring stecken, er war ganz warm. Recht angenehm, aber irgendwie gewagt, eine Einkreisung, von der man wußte, daß man sie jederzeit durchbrechen konnte.

Konnte man es wirklich? Mal versuchen. Nach der Erforschung des Schwanzes als Nasenring startete Pielet eine Tiefenforschung an der Schwanzspitze, wozu er die Zähne benützte. Durch das Wetzen an den oberen Eckzähnen waren die unteren Hauer rasiermesserscharf, und Plantagenet schoß pfeilgerade in die Luft. Ohne diesen kräftigen und raschen Sprung hätte Pielet nie die tadellose Beschneidung durchführen können, die sich jetzt zeigte. Das Schwanzende war ringsum sauber abgeschält. Bei Plantagenets meteorhaftem Aufstieg hatte sich Albaine mühsam aufgerichtet und fiel nun in ihrem Zorn über die Grobheit gegenüber einem Gast buchstäblich über den Sohn her. Zum Glück setzte sie nicht ihre ganze Körperkraft ein. Einhundert Pfund besten Wildschweinfleisches verbargen Pielet völlig; nicht ein einziger Quiekton entwich.

Blutend, aber immer noch freundlich gesinnt, beschloß Plantagenet, sich gleich davonzumachen, da sonst sein unsichtbarer Neffe wohl keine Überlebenschance mehr hatte. „Grondin ist im Kessel hinten?" erkundigte er sich bei Albaine. „Ja, erst durch den Baumtunnel", sagte sie, „dann den Dachsweg entlang und darauf die erste Lichtung nach der Avenue Hurlaud. Du kannst ihn nicht verfehlen." Sie schob sich von Pielet weg, der still und flach wie ein Teppich dalag und auf seine Prügel wartete.

Plantagenet hätte wohl noch ein gutes Wort für seinen Neffen eingelegt, wäre nicht sein Denken durch die letzte Bezeichnung in Albaines Richtungsangabe abgelenkt worden. Er wollte plötzlich gar nicht mehr weiter, aber Albaine sah ihn mit warmer Fürsorge an, und ein Auge des Teppichs namens Pielet stand offen und beob-

Diese Begegnung hinterließ bei Grondin nur einen schmerzenden Rüssel und viele ungemütliche Gedanken.

achtete ihn. Es war ihm peinlich, jetzt so zu handeln, als habe er etwas gegen ihren Mann und Vater. Also tat er so, als müsse er mal, und flüchtete in ein Windengestrüpp, in dem er dann entdeckte, daß dies gar kein Vorwand war. Er nutzte die Gelegenheit, ein wenig nachzudenken.

„Avenue Hurlaud!" sagte er zu sich. „Welch sinnlose Glorifizierung eines Hunnen, eines Vandalen! Monument für einen Volksfeind! Demnächst werden sie die Forststraße Todesweg nennen. Aber jetzt mal ganz ruhig, alter Knabe, das ist ja alles dummes Zeug. Laß dich davon nicht ängstigen, ist doch nur ein Name. Aber Namen sollten angenehm sein, wie der süße Duft, der von einem Veilchengrund aufsteigt. Wenn ich König bin, werde ich den Weg in Avenue Adele umtaufen. Nein, zuerst werde ich ja Prinz, und meine Feenpatin wird Adele in die wunderschöne Sau verwandeln, die sie vor dem Hexenfluch war, und wir werden ... Ach, es ist einfach zu aufregend ... Aber habe ich denn den Mut? Kann ich Adele je ein guter Gefährte sein? Ich hab' ja nicht mal den Mut, ins Unterholz zu gehen und schon gar nicht in den Baumtunnel und die A ..., A ... alles, was dahinterliegt. Ave ... Ave ... *Ora pro nobis*!"

So schnell er konnte, raste Plantagenet durch das Unterholz und tat vor sich selbst, als übe er nur Geschwindigkeit, wie das die Herren taten bei den Wettläufen, um den langweiligen Beginn der Turniere aufzuheizen, während der Burgherr noch beim Essen saß. Als er die Lichtung erreicht hatte, bog er den Rüssel nach rechts zu einem Grinsen und grunzte, während er mit der Brust an ein eingebildetes Zielband stieß, nach links, um den Applaus einer eingebildeten Tribüne entgegenzunehmen: Das zerrissene Band flatterte vor dem Blau eines noch schemenhafteren Phantasiepavillons zu Boden, und aus den Fingern der in Ohnmacht fallenden Adele fiel eine weiße Rose für ein weißes Schwein. Trotz des wilden (und eingebildeten) Beifalls stellten sich aber seine Haare auf, und der Blick seiner rosafarbenen Augen wurde so intensiv, daß man geradezu von einem Hurlaud-Syndrom hätte sprechen können.

Grondin stand stocksteif in den Überresten eines kleinen Tümpels, in dem alles Wasser versickert schien. Sein riesiger Körper war so mit Schlamm bedeckt, daß er wie sein eigenes Tonmodell aussah. Einige Stellen, von der Hitze seiner Haut getrocknet, waren heller.

„Bist du schlecht gelaunt?" fragte Plantagenet.

„Heute nicht. Komm nur herein", sagte Grondin. „Der Schlamm ist schön."

„Ist ja keiner mehr übrig."

„Doch, es gibt noch eine Menge dort, wo auch der herkommt. Da drüben ist ein Loch. Du mußt eben nur die Augen offenhalten."

„Manchmal ist es besser, wenn ich sie schließe", sagte Plantagenet. „Suhlst du dich gerade?"

„Sehe ich aus, als ob ich mich suhle?"

„Nein."

„Warum fragst du dann? ‚Suhlen: sich im Schlamm, Sand oder Wasser herumwälzen. Schweinische Freude an Sinnlichkeit.' Ich *habe* mich gesuhlt. Ich habe mich in schweinischem Genuß gewälzt. Aber jetzt suhle ich mich nicht. Wie du selbst festgestellt hast, habe ich alles aufgebraucht."

„Wie *du* festgestellt hast, ist dort, wo das herkommt, noch viel übrig. Man muß nur die Augen offenhalten."

Plantagenet war der Meinung, daß sein Cousin Grondin in genügend guter Verfassung war, um seine freche Antwort zu akzeptieren. Im nächsten Augenblick jedoch fürchtete er, sich geirrt zu haben. Mit unglaublicher

Schnelligkeit drehte sich der Hals des Keilers herum, und ein leuchtend weißer Hauer fuhr Plantagenets Lende entlang, ohne ihn jedoch zu berühren. So wie ein Oberstaatsanwalt den Angeklagten vor der Verurteilung fixiert, so versuchte Grondins eines Auge jetzt bis in Plantagenets Herz vorzudringen, um zu entdecken, ob es zitterte.

„Hm", sagte er dann befriedigt. „Du wirst ruhiger." Nun gönnte er ihm auch einen Blick aus dem zweiten Auge. „Du willst mich wegen irgend etwas sprechen?"

„Ja, Vetter Grondin."

„Dann setz dich mal, und wir plauschen ein wenig."

Der bloße Gedanke ans Hinsetzen ließ Plantagenet einen unerträglichen Schmerz an seinem abgeschälten Schwanzende empfinden. „Ich möchte lieber nicht sitzen, wenn es dir nichts ausmacht", sagte er und verschluckte großzügig den Namen Pielet. „Bin den ganzen Tag gesessen. Ausstrecken täte mir mal gut. Ansonsten plausche ich gern."

„Hast du was dagegen, wenn wir zuerst essen? Während wir mampfen, können wir ein bißchen palavern, und das eigentliche Gespräch heben wir uns für den Spaziergang nach dem Essen auf."

„Ganz wie du willst", sagte Plantagenet vorsichtig. „Ich muß aber wieder in La Tranchée sein, ehe die Zugbrücke hinaufgeht." Er hatte im Augenblick gar keine Lust zu essen. Es war schon schwierig genug, Maître Brémands Unzufriedenheit wegen der großen Menge Futter, die er täglich übrigließ, zu besänftigen.

„Also, was hättest du gerne?" fragte Grondin. „Wurzeln, Obst oder Nüsse?"

„Ich nehm's, wie's kommt. Bin nicht besonders hungrig."

„Was hast du denn gefrühstückt?"

„Ach, nur meinen Brei."

„Deinen Brei? Was ist denn das?"

„Fünfundsechzig Prozent Gerstenschrot, fünfundzwanzig Prozent Weizenkerne und zehn Prozent Weißfischmehl."

„Du machst wohl Witze!"

„Ich wünschte, ich tät's", sagte Plantagenet hitzig.

„Also dann grab', wo du willst. Ich für mein Teil bin immer schon ein guter Schaufler gewesen." Grondin lieferte gleich den Beweis, indem er, mit den Vorderzähnen fortwährend wie mit einer Barbierschere klappernd , mit dem Rüssel an einer Stelle die Erde sauber wie ein Pflug umdrehte und dabei mit den Säbeln seiner Hauer Wurzeln herausschnitt. Er fraß geschäftig, ohne direkt unangenehm gierig zu wirken, hatte aber doch wenig Zeit für das höfliche Palaver, das er versprochen hatte, und wies Plantagenet nur gelegentlich auf vielversprechende Dessertgenüsse hin. „Sehr schöne Farnanpflanzung hier", grunzte er. „Ich schätze den Ertrag auf fünfundvierzig Tonnen pro Hektar, in einer für den Durchschnittseber erreichbaren Tiefe." Fachmännisch grub er den Boden um, bis er auf die weißen, stärkehaltigen Wurzelstöcke des Farnkrauts stieß, die er dann mit nachdenklicher Befriedigung kaute.

„Also", sagte er zu Plantagenet, nachdem sie sich beide als gesättigt bezeichnet hatten. „Du bist sicher gekommen, um mich über deinen Vater zu befragen."

„Woher wußtest du das?" stieß Plantagenet erstaunt hervor.

„Jeder fragt früher oder später nach seinem Vater."

„Es ist ja nur, weil ich so anders bin."

„Anders als wer? Dein Vater?"

„Vermutlich. Ich weiß es nicht. Anders als du jedenfalls."

„Ist das nicht egal?"

„Ich bin nicht so stark wie du. Nicht so widerstandsfähig, nicht so unabhängig."

„Ist das nicht egal?"

„Für mich nicht."

„Wozu sollte man stark, widerstandsfähig und unabhängig sein – und gelegentlich auch verdammt übellaunig, könnte ich noch hinzufügen –, wenn man auf einem Hof bei einem hübschen Mädchen wohnt, das einem die Ohren krault und deren Vater einen vollstopft mit – hast du wirklich zehn Prozent Weißfischmehl gesagt?"

„Ich hätte das Bauernleben nie akzeptiert, wenn ich nicht ..." Plantagenet zögerte.

„Wunderlich wäre? Behindert? Illegitim?" bohrte Grondin unerbittlich.

„Anders", sagte Plantagenet stur. „Weißhäutig, zart, schwach."

„Unerwünscht", fügte Grondin hinzu, um die Qual noch zu steigern.

„Ich war auch nicht erwünscht, oder? Das sieht doch ein jeder. Ich muß schlechtes Erbe in mir haben. Meine Mutter wollte mich nicht. Und mein Vater?"

„Hast du dir nie vorstellen können, daß man dich mochte?" fragte jetzt Grondin. „Daß man dich *mag*? Dich sogar bewundert? Weiß, zart, schwach, allerdings von erstaunlicher Geschwindigkeit. Wie ich dich da in die Lichtung hereinfegen sah, war mir, als verfolgten dich die Höllenhunde." Plantagenet wurde bei diesen Worten sichtlich fröhlicher. Ihm fiel plötzlich auf, daß sein Vetter vermutlich genau die Wahrheit getroffen hatte. „Weiß, zart, schwach. Du hättest es schwer, dich als Eber durchzusetzen, und noch schwerer, dir hier in den nächsten paar Monaten eine Gefährtin zu erringen. Dir geht's schon ganz gut auf La Tranchée. Du bist in einer Umgebung, die für dich paßt. Hast Freiheit, kriegst zehn Prozent Fischmehl, kannst jederzeit deine Verwandten besuchen ..."

„Verwandte!" sagte Plantagenet verbittert.

„Was meinst du damit?"

„*Sind* sie denn meine Verwandten? Bist du mit mir verwandt?"

„Tiere sind wir alle, oder?" meinte Grondin grausam. *Animalis sum. Animalis nil a me alienum puto.* Kein Teil der Tierwelt entbehrt meiner Sympathie. Was willst du sonst noch?"

„Verwandtschaft", sagte Plantagenet betrübt.

„Na schön", fuhr Grondin in weit weniger aggressivem Tonfall fort. „Du willst also über deinen Vater Bescheid wissen. Wer will das nicht? Ich weiß genau, wenn ich auch nichts *beweisen* kann, wer dein Vater war. Er war ein Teufelskerl namens Tuhart, und er war ein Blutsbruder meines eigenen Vaters. Also bist du mein richtiger Cousin, Vetter Plantagenet. Und er kam bei einer Eberjagd um, als er den Rückzug deiner Mutter deckte – es war vor deiner Geburt. Ich weiß das, aber ich kann es nicht beweisen, und das kann niemand – beweisen, wer sein Vater ist. Aber so schwer es auch ist, als Schwein seinen eigenen Vater zu kennen, braucht es doch dank der Freigebigkeit von Mutter Natur nicht viel Schlauheit, die eigenen Brüder und Schwestern zu kennen. Wir werden ja nicht wie unsere Paarhuferkollegen, das große Rotwild, einzeln geboren, wir kommen nicht als einzelne Spione, sondern in ganzen Bataillonen zur Welt. Wir springen der Reihe nach nur so heraus, als fröhliches Zeichen dafür, daß Vater ins Schwarze getroffen hat. Mit dir zusammen kamen Niort, Claire, Achouart, Quetton, Rance, Pochin und die reizende Hortense zur Welt; letztere wurde leider und unabsichtlich bald nach eurer Geburt von eurer Mutter erstickt, als sie sich auf die Kleine legte. Ich weiß es, da ich neugieriger Knabe dabei war: bei der Geburt und beim Ersticken. Außer dir hatten alle Ferkel die üblichen Streifen, nur du warst weiß, alter Knabe, und eine Woche lang machte ich mir Gedanken darüber. Wärst du jedoch unerwünscht gewesen, meinst du nicht, daß es leicht gewesen wäre für deine Mutter, sich auf dich zu legen und *dich* anstelle der reizenden Hortense zu ersticken oder euch beide zusammen? Deine Mutter hat sogar eine Zitze für dich reserviert, und Zuwiderhandelnde wurden verfolgt. Benimm dich erwachsen und spiel dich nicht als Märtyrer auf!

Von deinem armen Vater hättest du, auch wenn er am Leben geblieben wäre, nicht viel Mitgefühl zu erwarten gehabt; also ist dir nicht viel entgangen. Bei uns ist das einfach nicht so. In unserer Familie zeigt man seine Gefühle nicht, vor allem tun das die lieben alten Papas nicht. Sieh uns doch nur an, wie wir Eber alleine herumstapfen, wir sind einfach nicht gesellig, weder unseren Söhnen noch irgend jemand anderem gegenüber. Und bestimmt nicht gegenüber unseren Vätern. Du bist anders? Da hast du Glück! Mir liegt das Ungesellige einfach im Blut. Ich glaube, ein Eber streitet schon vier Monate vor seiner Geburt zum ersten Mal mit seinem Vater, nämlich wenn er darauf besteht, sich separat einzunisten. Und danach gibt's kein Zurück mehr. Je kompletter die Trennung, um so besser manchmal für beide."

Grondin hielt kurz inne.

„Fühlst du dich ein bißchen besser nach dieser ungewohnten öffentlichen Ansprache?"

„Viel besser, Vetter Grondin."

„Ich fühle mich auch gar nicht schlecht."

Einen langen feierlichen Augenblick standen die beiden Seite an Seite, Nase an Schwanz. Grondin sagte vornehmerweise nichts über Plantagenets gehäutete Extremität. Dann wandten sie einander die Köpfe zu und betrachteten ihre Umgebung.

Tiefste Stille herrschte im ganzen Wald, als wäre die naturgegebene Feindseligkeit einen segensvollen Augenblick lang aufgehoben worden. Der Sonnenschein drang, ohne Aufsehen zu erregen und ohne lästig zu sein, durch das Blattwerk. Ein blaßgelbes Buchenblatt, das einen ganzen Monat früher als nötig herunterfiel, schwebte genüßlich herab, wie eine kapriziöse Fee, die die Wahl ihres Landeplatzes bis zum letzten Moment aufgeschoben hat. Das Schwirren von Vogelflügeln war zu hören, und ein Schauer Bucheckern pladderte auf den Boden.

„In solchen Augenblicken", meinte Grondin, „finde ich Gott sehr großzügig: ein linder Abend; die reine, unnötige, herrliche Extravaganz der Linien dieses Blattes im Flug; das lächelnde Geraschel der Bucheckern als Versprechen für noch viele weitere ihrer Art."

„Preist du Gott in der Buche?" wollte Plantagenet wissen.

„Wir stehen zufällig unter einem Buchenbaum. Wenn wir weitertrotten, stehen wir wieder unter einem anderen. Vielleicht gibt es einen Gott der Buche, oder Gott *ist* die Buche. Auf jeden Fall preise ich ihn. Überqueren wir den Weg, so kommen wir zu den Eichen. Ich weiß bis heute nicht, ob Eicheln oder Bucheckern die größte Gottesgabe für uns Schweine sind. Vielleicht die Eicheln wegen ihrer Größe und die Bucheckern wegen ihrer Zartheit. Wie man sich in jeder Eiche und in jeder Buche einen Gott vorstellen kann, so sollte man das auch bei jeder Rübe, jedem Farn, allen Graswurzeln und vor allem bei den unübertrefflichen Trüffeln tun.

Zu all dem kommt die Tatsache, daß wir hier einen Herbstabend, leicht gewürzt mit philosophischen Gesprächen, genießen. Könntest du, aus Freude an Unterscheidungen, einen Gott der leichten philosophischen Gespräche an einem Herbstabend erahnen, konstruieren, erfinden und daher preisen? Ich halte es für wirtschaftlicher, das heißt einfach besser, nur Gott zu preisen – Gott, Punkt. So kommen wir den Menschen entgegen, und es braucht kein Gott des Schweinebratens geschaffen zu werden."

„Schweinebraten?" wiederholte Plantagenet.

„Ja. Menschen mögen den eben. Schlecht für uns, aber daß es deswegen unmoralisch sein soll, leuchtet mir nicht ein. Gebratenes Schweinefleisch zu essen, mag uns verdorben erscheinen, aber ist es widerlicher als Hurlauds rohes Hammelfleisch? Wir haben hehre Prinzipien, aber bezüglich Diätfragen verhalten wir uns den Wölfen gegenüber erstaunlich stumm. Mir schmecken Schnekken durchaus; was für ein dreckiger Fleischfresser muß ich also sein. Ist Vegetariertum überhaupt eine echte Tugend? Woher will ich denn wissen, daß die saftige Trüffel, die ich in der Erde packe, nicht ebenso aufschreit wie eine Alraune, wenn man sie nur hörte?

Nein! Wir haben nicht das Recht, Gott für uns Schweine zu reservieren und die Menschen wegen des Schweinebratens zu verdammen. Jedenfalls vereinfacht ein universeller Gott meine religiösen Prinzipien. Lobet Gott, den Herrn!"

„Lobet Gott, den Herrn!" sagte Plantagenet. „Lobet Gott, den Herrn, ihr Kreaturen auf Erden!"

6

Ein Massaker wird vorbereitet

Die Burg Crespin erbebte von einer Aktivität, die sich seit einer Woche ständig verstärkte. Diener huschten umher und trugen Essensvorräte und Ausrüstungsteile zusammen. Knechte polierten Sättel und Zaumzeug und striegelten die Pferde, denen man seit kurzem doppelte Haferrationen gab. Die älteren Schützen überprüften mit betonter Ruhe Eberspeere, Bogen und Armbrüste und übten dann unter lauten Zurufen im Hof, um den Rekruten zu zeigen, wie man militärisch vorzugehen hat. Die Dienerinnen und selbst die Damen der Burg beschäftigten sich viel am Backofen und in der Leinenkammer, in der die Schlachtgewänder und Jagdwämse aufbewahrt wurden.

Abseits vom Tumult besprachen sich die Messires de Frébois, des Golletières und des Chaussées, Herren der Regionen Maire, Souligné und Frontenay, in der Stille der großen Halle. Der Grund für all diese ungewöhnliche Geschäftigkeit war die Ausrichtung einer Treibjagd, durch die alle unerwünschten Bewohner des nahen Forstes ein für allemal beseitigt werden sollten. Alles wurde bis ins Detail geplant: Tag, Ort, die genaue Stunde, Aufstellung der Mannschaften und deren Nachhut.

Im Zuge der Vorbereitungen hatte man uniformierte Reiter ausgeschickt, die sämtliche Leibeigenen, Freibauern und Pächter sowie alle übrigen kräftigen Männer in der betreffenden Region auf die Burg Crespin beriefen. Da die Jagd mindestens zwei Tage dauern sollte, hatten die Herren auch die Bürger der freien Städte aufgefordert, durch Entsendung von Männern und Waffen zum Gelingen des Unternehmens beizutragen. Alle kamen sie und waren sehr aufgeregt über die Einladung zu solch einem Fest. Zur angegebenen Stunde saßen sie auf den polierten Bänken in der großen Halle und hörten sich schweigend den Ruf zu den Waffen an, den ihr Herr an sie ergehen ließ.

„Rechtschaffene und tapfere Untergebene unserer Regionen", begann Messire de Frébois, „unsere hochwerten Nachbarn, Messire des Golletières und Messire des Chaussées, die ihr hier seht, haben nach Besprechung mit mir und Maître Lescure, dem Stadtseneschall, den ihr ebenfalls hier zu meiner Rechten seht, beschlossen, all unseren Leuten, ihrem Land und ihrem Besitz dauernden Schutz zu verschaffen.

Im Laufe der vergangenen Jahre haben viele von euch durch die Überfälle wilder Tiere, die in unseren Wäldern hausen und die manchmal kühn bis an unsere Mauern kommen, großen Schaden erlitten. Es ist nun äußerst dringlich geworden, unsere Gebiete auf immer von diesen schädlichen Tieren zu befreien, die im Wald leben und sich dort vermehren und uns so sehr in Angst versetzen."

Diese Erklärung wurde mit wilder Zustimmung begrüßt. Messire de Frébois genoß den Beifall eine Weile und fuhr dann fort:

„Wir haben daher beschlossen, unsere Probleme noch vor dem Andreasfest zu lösen. Es ist unerträglich für euch, eure Herden und Ernteprodukte nicht in die Stadt bringen zu können, ohne Überfällen ausgesetzt zu sein, wie sie im vergangenen Jahr passierten. Die dabei entstandenen ernsten Verluste haben allgemeine Empörung ausgelöst.

Hier also der Plan, den unsere Nachbarn und Freunde und ich vorbereitet haben: Die Jagd wird am kommenden Donnerstag, dem vierten November, Punkt sieben Uhr früh, beginnen. Alles einberufene Personal wird sich bei den jeweiligen Burgen um Punkt fünf Uhr früh einfinden, um dann bis sieben Uhr die vorbereiteten Positionen in enger Formation einzunehmen. Die Übung wird zwei Tage dauern, und während dieser Zeit gibt es keine Abwesenheitserlaubnis, welcher Grund auch immer dafür spräche. Für die Versorgung der Männer mit Nahrung und Waffen ist alles vorbereitet. Die Höfe werden nur von den nicht am Kampf beteiligten Frauen und alten Männern besetzt sein; auf Burg Crespin halten wir jedoch eine Eilstaffel bereit, die jederzeit an bedrohten Punkten eingesetzt werden kann. Alle gesunden Männer, Ackerknechte, Pächter und Bauern unterstellen sich ihrem Herrn. In meinem Sektor sind Brémand, Henriot, Pineau, Jobert und Clément unter meinem Kommando.

Im einzelnen gehen wir wie folgt vor: Messire des Golletières wird für den südlichen Abschnitt des Waldes zwischen Vallans und der Eselsgrube verantwortlich sein. Messire des Chaussées übernimmt den Ostsektor zwischen Vallans und Montamise. Die Seneschalle unter dem Kommando von Maître Lescure sind für den Nordsektor zwischen Montamise und Romagne eingeteilt. Das ist das bei weitem wichtigste Gebiet, aber unsere

Freunde werden von vielen Männern unterstützt, und wir können uns auf ihre Tüchtigkeit verlassen. Ich selbst übernehme die restliche Front, nämlich den Westsektor zwischen Romagne und der Eselsgrube. So wird der ganze Wald völlig blockiert sein.

Wir verfügen insgesamt über sechshundert Mann, die sich wie folgt aufstellen werden: Am Ende einer jeden Kolonne befinden sich die Ritter und die berittenen Bewaffneten jeder Region mit ihren Lanzen und Schwertern. Ihre besondere Aufgabe wird es sein, dem edlen Jagdwild (vor allem dem Rotwild), das ohne Belästigung die Reihen passieren darf, zur Flucht zu verhelfen. Die Reiter werden jedoch alle Wölfe und andere schädliche Tiere, die etwa mit dem Wild zusammen durchschlüpfen wollen, verfolgen und töten.

In der Mitte einer jeden Kolonne befindet sich die eigentliche Schlachttruppe. Sie besteht aus bewaffnetem Fußvolk, das mit Stangen, Bogen, Speeren, Schwertern und Netzen angreift.

Die Vorhut bilden die Treiber mit ihren Sicheln, Speeren und Knüppeln. Sie werden auch mit Hörnern, Trompeten und Trommeln ausgerüstet sein und unter Erzeugung größten Lärms vorrücken, um so die Tiere auf das Ziel aller Truppen, die Lichtung von Paix Partout, zuzutreiben. Dort sollten alle laut Plan um vier Uhr nachmittags eintreffen.

Zweihundert Schritt von Les Combles entfernt wird die vorderste Linie sich hinter die mittlere Formation zurückziehen, so daß die Schlachttruppe nach vorne kommt. Die Treiber werden sich jedoch weiter nebeneinander in einer Linie vorwärtsbewegen, bis ihre Flanken mit denen der Treiber der anderen Kolonnen zusammenstoßen. Dann halten sie an und bilden eine geschlossene quadratische Hecke um die Lichtung. Nur schmale, eigens dafür offen gehaltene und überwachte Spalten in dieser Hecke werden es dem edlen Jagdwild ermöglichen, in die Ebene zu fliehen. Die Exekutionsschwadron wird sich dann langsamer auf das Zentrum von Paix Partout zubewegen und alle folgenden Wildtiere vernichten: Wölfe, Wildschweine, Dachse, Bären, Füchse, Ottern, Luchse und Wiesel – die ganze gräßliche Brut, die uns bis zu dieser Stunde so großen Schaden zufügt.

Manchen Tieren wird es vielleicht trotz unserer Vorsichtsmaßnahmen gelingen, durch den bewaffneten Zaun, in dem wir sie einschließen, zu schlüpfen. Auch sie werden wir vernichten. Die Jagdmeister unserer Lehnsgüter werden mit ihren Hundemeuten alles offene Land, Feld und Halde, durchstöbern, unterstützt von unseren Rittern und berittenen Bewaffneten. Ihr habt alle verfügbaren Doggen und Jagdhunde für die endgültige Ausmerzung der Wildtiere mitzubringen. Nach dem großen Schlachten ziehen wir alle zusammen durch den Forst und durchkämmen ihn nach Wolfs- und Fuchsbauten, Hasen- und Bibergängen und sonstigen Gruben, Höhlen, Löchern, Verstecken und Unterschlüpfen. Frettchen und importierte Terrier werden für diese Suche eingesetzt und haben alle Jungtiere umzubringen. Danach werden wir, so Gott will, unseren wohlverdienten Frieden genießen."

Donnernder Applaus folgte dem Ende seiner Rede. Diener hasteten mit Weinkaraffen durch die Halle, damit jeder auf den Erfolg des Unternehmens trinken konnte. Die Vorfeier ging noch lange weiter, bis sich endlich spätnachts die ländlichen Krieger für die Heimkehr zu Schutzgruppen zusammenschlossen, wenn sie es nicht vorzogen, unter den Tischen zu schlafen.

7

Wie man Heldentum als Lockmittel verwendet

Bourcet war ein bescheidener Spatz, *zu* bescheiden für den Geschmack der meisten Tiere des Waldes. Seiner Schüchternheit und geringen Bedeutung war er sich sehr wohl bewußt, und einzig und allein das Bewußtsein, daß immer noch (obwohl der Marktwert seit den Zeiten, da man zwei Spatzen für einen Kreuzer bekam, weit heruntergerutscht war) kein Spatz ohne Gottes Wissen und Willen zu Boden fällt, hielt ihn aufrecht. Seit kurzem bemühte sich die Elster Brousse um seine Freundschaft, und er war zu gutmütig, dahinter ein Motiv zu vermuten. Und tatsächlich gab es auch keines. Brousse war es einfach leid, nach jedem routinemäßigen Schabernack von den Waldtieren geächtet zu werden. Sie hätte sich mit jedem abgegeben, vor dem sie großtun konnte. Ihr neuer Freund war nun zufällig der liebenswerte Bourcet, und aus Langeweile beschloß Brousse, etwas besonders Freches zu tun. Sie veranlaßte Bourcet, mit ihr zur Burg Crespin zu fliegen, und zeigte ihm, wie er sich dort unter der Kaminabdeckung des großen Saals verstecken konnte. Es war ein toller Platz, um Neuigkeiten mitzukriegen. Sie kamen gerade während der Versammlung an und hörten die ganze feuerspeiende Rede von Messire de Frébois. Die Gewalt dieser Worte erschreckte Bourcet, und das Bedrohliche des wilden Applaudierens entsetzte ihn. Ganz im Gegensatz zu seinem üblichen Zaudern sprach Bourcet leidenschaftlich zur Elster über die Gefahr, in der alle seine im Wald lebenden Freunde schwebten, und sagte, er würde sofort zum Uhu Uhlan dem Weisen, dem Präsidenten des Waldrates, fliegen. Brousse blieb nichts anderes übrig, als zuzustimmen.

Uhlan hatte sein Nest in der großen Eiche bei La Pierre Levée, an der Hirschkreuzung. La Tranchée lag sehr praktisch auf dem Flug von der Burg dorthin, und Brousse schlug vor, auf dem Hofdach etwas auszuruhen.

Die Elster blieb nirgendwo länger als eine Minute, ohne einen Erkundungsflug in die nähere Umgebung zu unternehmen. Sie nannte das „die Dinge einordnen". Bald schon kam sie mit ihrem Bericht zurück. Maître Brémand war noch nicht wieder vom Treffen auf der Burg zurückgekehrt – was auch kaum zu erwarten war, es sei denn, er wäre geradewegs und ohne vom Wein seines Herrn zu kosten hergeeilt. Madame Mathilda hatte Adele erlaubt, aufzubleiben und ihr Gesellschaft zu leisten. Besorgt fragten sie einander, was denn wohl so wichtig sein könne, daß ihr Herr Brémands sofortige Anwesenheit verlangt habe. Alle hatten sich schon zu Bett begeben, außer dem Fliegenden Schweinchen, das wohl vor Erschöpfung zusammengebrochen war, ehe es in seinen Stall stolpern konnte, denn es lag ausgestreckt auf einem Haufen trockener Blätter im Hof.

„Komm mit runter und amüsiere dich auch", sagte Brousse zu Bourcet, der diesmal zögerte und dadurch ins Hintertreffen kam. „Ich habe einen Plan, wie man die Tiere retten kann", zischte Brousse. Ihr strenger Blick warnte Bourcet davor, ihr nicht zu folgen. Dann ließ sie sich vom Dach auf einen Platz ganz in der Nähe von Plantagenets Rüssel fallen. Bourcet zuckte mit den Flügeln, flatterte ebenfalls herunter und landete in etwas respektvollerem Abstand. Der Windstoß bei der Ankunft der Elster wirbelte Staub hoch, so daß Plantagenet niesen mußte. Er öffnete die Augen und erkannte Brousse. Offenbar hatte er von einem Herrenleben unter dem Einfluß seiner Feenpatin geträumt, denn er sprach sehr langsam wie ein Aristokrat.

„Meine liebe Dame! Was verschafft mir die Ehre dieses unerwarteten Besuches?" Ganz still lag Plantagenet auf den Blättern, ohne auch nur einen Fuß zu rühren.

„Eine Angelegenheit von größter Wichtigkeit, mein Herr. Es sind keine Ohren offen außer den unseren, und so kann ich meine Seele erleichtern, ohne daß man es weiterträgt." In einer Mischung aus romantisiertem Lagerfeuerjargon und ebenso ungenauer Diebessprache berichtete Brousse Plantagenet relativ ehrlich, was sie auf der Burg mitangehört hatte. Je länger der Monolog dauerte, um so deutlicher änderte sich Plantagenets Haltung. Seine Besorgtheit wuchs zusehends. Er legte die Ohren zurück, öffnete den großen Rüssel, ließ die Zunge heraushängen, schnüffelte in alle Richtungen und grunzte und stöhnte dabei abwechselnd. Schließlich traten ihm fast seine verstörten Augen aus den Höhlen, und er ließ sich, unfähig zu jeder weiteren Bewegung, voller Entsetzen auf das Blätterbett zurückfallen.

„Aber mein Herr", äußerte Brousse und sah ihn mit ihren hellen Augen unverwandt an, „nehmen Sie sich doch zusammen. Noch sind Sie nicht tot!"

„*Tot?* Ich?" keuchte Plantagenet in recht guter Imitation eines Todesröchelns. „Ich gehöre doch nicht zu den Waldtieren. Man wird doch mich nicht auch liquidieren?"

„Gott allein weiß, wozu die fähig sind", sagte Brousse, höchst erfreut über die Wirkung, die sie bei Plantagenet erzielt hatte. „Sie armer unschuldiger Kerl, meinen Sie denn, daß man in der Hitze des Gefechts einen Unterschied zwischen schwarzen und weißen Schweinen machen wird? Ganz abgesehen davon, daß dieser Mob eine Menge Essen braucht und nach immer mehr Essen schreien wird. Glauben Sie mir, mein Freund, wenn Sie mit heiler Haut da rauskommen wollen, müssen Sie abhauen, ehe Maître Brémand Sie zu Würsten verarbeitet."

Plantagenet sprang von seinem Todesbett, und es gelang ihm, stehen zu bleiben, wenn auch auf arg zittrigen Beinen. Seine Ohren standen jetzt steil nach oben, und er ließ schwache, heisere Entsetzensschreie ertönen. „Etetet", stammelte er, „etetetwas muß geschehen."

„Ganz recht, alter Freund", sagte Brousse mit verstellter Stimme, um ihre geheime Freude zu verbergen. „Gegegewiß muß etetetwas geschehn."

Die nachfolgende Stille wurde nur vom Gackern der Hennen unterbrochen, die ihre Neugierde nicht länger bezwingen konnten und herantrippelten, um die Szene zu beobachten. Plantagenet wollte sich zusammenreißen, fiel aber bei dem Versuch, sein Zittern zu überwinden, fast um. Diese Bewegung genügte, um die Hennen in Alarm zu versetzen. Unter dem schnatternden Protest, sie würden von einem Tyrannen bedrängt, zogen sie ab. Brousse erkannte, daß Plantagenet nicht in der Lage war, das Gespräch weiterzuführen, und man ihm helfen mußte. „Was das Thema Tod betrifft", sagte sie nachdenklich, „so glaube ich wirklich nicht, daß Sie, alter Freund, der Sie allen Tieren im Wald davonlaufen, so fürchterliche Folgen in Betracht ziehen müssen."

Plantagenets entsetzensstarre Augen entspannten sich langsam, und er ließ sich wieder auf das Blätterbett

plumpsen. Es fiel unter ihm mit pneumatischem Stöhnen, das wie ein Seufzer des Höllenwindes in einem fernen Tal klang, zusammen.

„Ja, mein Herr, ob es Ihnen paßt oder nicht, das Schicksal hat Sie dazu auserwählt, auf Ihren stolzen Schultern die Verantwortung für die Sicherheit, ja sogar das Überleben aller zu tragen."

Erdrückt von diesem Gewicht grub sich Plantagenet noch ein wenig tiefer in die Blätter ein.

Brousse versuchte im Dunkeln ihr Kichern zu unterdrücken, was zu recht ordinären Geräuschen führte, und endlich gelang ihr wieder ein Satz: „Sie müssen Ihre Pflicht tun."

„Großer Gott, wie denn?" fragte Plantagenet.

Die Elster, im Grunde eine recht schlechte Schauspielerin, strengte sich an, die schockierte Empörung einer ungeschickten Lehrerin darzustellen. Also wirklich, die Dummheit dieses Schweins war himmelschreiend! „Schließlich haben Sie ja das Leben dieser Kreaturen lange genug geteilt – wie lange übrigens?"

„Fast vier Jahre", sagte Plantagenet verblüfft.

„Sie kennen ihre Gewohnheiten, und Sie haben große Sympathie für uns draußen im Wald. Wobei ich natürlich nicht Hurlaud einbeziehe." Diese kleine Bosheit konnte sie sich doch nicht verkneifen.

Die bloße Erwähnung Hurlauds ließ Plantagenet am ganzen Körper erschauern. Brousse fuhr fort: „Außerdem haben Sie ja Verwandte dort. Sie können doch nicht einfach zusehen, wie diese niedergemetzelt werden. Sie kennen offenbar Ihren Einfluß nicht. Alle im Wald mögen Sie, das wissen Sie doch!"

Ganz still lag Plantagenet auf den Blättern, ohne auch nur einen Fuß zu rühren. Er öffnete die Augen und erkannte Brousse.

„Vielleicht", sagte Plantagenet erfreut und mit etwas festerer Stimme.

„Und Sie verdienen diese Achtung. Sie haben Vorteile, die den anderen fehlen. Ihre umfassende Kenntnis der Außenwelt schließt ja auch den Wald von Chizé ein, der drei Meilen von hier entfernt ist."

Aufgemuntert durch die Erwähnung seiner Vorzüge und Einflußmöglichkeiten versuchte Plantagenet sich jetzt selbstbewußter zu geben. „Das ist wahr. Also ...?"

„Chizé ist die gegebene Fluchtzone. Ich sehe nur eine einzige Lösung. Wir können uns nicht der Möglichkeit begeben, uns eines so außergewöhnlichen Führers, wie Sie das sind, zu bedienen. Ich schlage daher vor ..."

Ohne den Spatzen anzusehen, rief Brousse diesem über die Schulter zu: „He, Bourcet! Her da! Mitgemacht! Aufgewacht! Du mußt auch mittun."

Bourcet wurde zwar langsam zornig über das, was sie vorzubringen begann, konnte jedoch seine Schüchternheit ihr gegenüber nicht überwinden. Er sah Plantagenet zutiefst mitleidig an und setzte sich dann seufzend neben die Elster. Nach einer kurzen, Aufmerksamkeit heischenden Pause fuhr Brousse fort:

„Sie werden jetzt sofort nach Les Combles eilen und Ihren Vetter warnen. Es wird Ihre und seine Aufgabe sein, Alarm zu schlagen und einen geplanten Rückzug zu organisieren. Wichtig ist vor allem, daß jedermann jenseits unseres Waldes ist, ehe die Jäger dort einmarschieren. Da aber die meisten Tiere keine Ahnung haben, welches der kürzeste Weg zum Forst von Chizé ist, werden Sie, edler Plantagenet, sie anführen. Ich würde sagen, Sie treffen sich mit allen Tieren am nächsten Donnerstag um sieben Uhr früh in der Nähe der Behausung Ihrer Vettern bei Les Combles. Sie setzen sich dann an die Spitze der Kolonne und bringen sie in Sicherheit."

Bourcet packte plötzlich das blanke Entsetzen, und er versuchte die Sprecherin zu unterbrechen. Brousse schlug hier ein Treffen um sieben Uhr vor, was viel zu spät war, da das Hohlquadrat, aus den verschiedenen Richtungen kommend, genau um sieben Uhr aufeinanderstoßen sollte. Die Aufstellung der Truppen erfolgte zwischen fünf und sieben Uhr. Nach dem Plan der Elster würde die von Plantagenet angeführte Kolonne den Rand des Waldes gegen neun Uhr erreichen und mußte dann die Ebene überqueren. In voller Sicht würde sie in die dreifache Truppenlinie der von Messire de Frébois angeführten Streitmacht hineinmarschieren. Es würde unumgänglich zu einem Massenschlachten kommen, ohne die geringste Chance zur Flucht. Diese heimtückische Elsternhexe verriet schamlos alle im Wald, die bisher ihr Verhalten als boshafte Exzentrik toleriert hatten. Sie plante die totale Vernichtung.

Mit herrischer Geste hieß Brousse Bourcet schweigen. „Laß mich weiterreden, Spatzenhahn. Werd' bloß nicht nervös." Bourcet streckte den Schnabel vor als Zeichen, daß er sich nicht knebeln ließe. „Ich muß Plantagenet noch alles im Detail erklären", flötete Brousse in süßerem Tonfall weiter. Bourcet beschloß feige, abzuwarten und sich die Details anzuhören.

„Sie eskortieren den Rückzug nach Chizé und kommen dann auf den Hof zurück, um hier das Neueste zu erfahren. Sobald die Treibjagd für beendet erklärt wird, eilen Sie nach Chizé und lassen es alle wissen. Dann können Sie die Kolonne neu aufstellen und im Triumph das Land wieder einnehmen lassen, das seit jeher stolzer Besitz von uns Waldleuten war.

Glauben Sie mir, edler Plantagenet, Sie werden sich mit dieser Aktion einen größeren Namen schaffen, als Sie sich je erträumen konnten. Man wird zu Ihnen aufsehen und Sie als unseren Retter und Erlöser feiern. Sie werden als der Größte und Einflußreichste unter uns allen gelten. Und damit meine ich, daß Sie nicht nur größer als der Bär Flandrin oder Ihr Vetter Grondin sein werden; ich erkläre vielmehr, daß Sie zur Rechten des Präsidenten sitzen und größer selbst als Hurlaud vom großen Wald sein werden!

Es hat Schwierigkeiten zwischen Ihnen und Hurlaud gegeben, dessen bin ich mir voll bewußt. Bis jetzt haben Sie die Pfade zwischen Bel Air, Malperthuis und Les Combles immer nur in Geschwindigkeit zurückgelegt – in sehr großer Geschwindigkeit sogar. Hurlaud und sein Volk lagen auf der Lauer nach Ihnen, spielten Ihnen tausend Streiche, verkündeten öffentlich ihre böse Absicht, Ihr zartes Fleisch mit einer ihrer groben Bauernsoßen zu garnieren. Sie haben sie mit der Verachtung gestraft, die man von einem Herrn Ihrer Herkunft erwartet. Wir können uns jedoch nicht der Tatsache verschließen, daß stets die Möglichkeit eines blutigen Endes bestand.

Und was bietet Ihnen das Schicksal jetzt? Die Chance, sich so zu zeigen, wie Sie wirklich sind: großmütig, aufrecht, geistig und seelisch über diesen lächerlichen Fehden stehend, charakterlich und wesensmäßig hoch über dieses Pack großer Banditen erhaben. Wenn Sie die doppelte Heldentat hinter sich haben, sie in die Wildnis und dann zurück ins Gelobte Land geführt zu haben, dann, edler Plantagenet, werden sie Ihnen zu Füßen fallen."

Bourcet erschauerte bei den Lobhudeleien der Elster. Er maß sie mit den Augen, ob er wohl eine Chance hätte, sich auf Plantagenets Seite zu stellen, aber ihre Muskelstärke ließ ihn schweigen. Brousse würde ihn, kaum daß er begann, andeutungsweise zu warnen, in Stücke reißen. Bourcet mußte den schmerzlichen Entschluß fassen, seine Last noch eine Weile zu tragen, schwor sich aber, die Dinge, sobald er nur konnte, in Ordnung zu bringen. Plantagenet war wie verwandelt. Neu gestärkt und plötzlich sehr hochmütig nach der elsterlichen Lobrede stand er aufrecht, ohne jedes Zittern und sehr selbstsicher da. Begierig akzeptierte er die ihm von Brousse offerierte Autorität und verabschiedete sich dann elegant von seinen Besuchern. Voller Lust ein aristokratisches Gebaren an den Tag legend, entfernte er sich zusammen mit ihnen so steif, als trüge er eine Pergamentrolle mit seinem Generalspatent vor sich her. Nach ein paar Schritten wandte er sich um, als erlaube ihm das Protokoll nicht, sie abfliegen zu sehen, und kehrte dann nachdenklich zu seinem Ruheplatz zurück. In Wahrheit war ihm plötzlich eingefallen, daß er den Weg nach Chizé nicht mehr wußte.

So sehr er sich auch mühte, es gelang ihm nicht, sich ihn in Erinnerung zu rufen. Sein Gehirn war wie blokkiert – und das aus sehr gutem Grund: Die Straße nach Chizé war mit einem seiner erniedrigendsten Erlebnisse verbunden, seiner Bekanntschaft mit Pommard nämlich und seinem irren Einfall, diesem Kostproben aus Brémands Vorratskammer zu bringen. Bei dem Gedanken an die Prügel, die er daraufhin von Maître Brémand erhalten hatte, brannte ihm jetzt noch der Hintern.

Ganz ohne Zweifel war jede Erinnerung an die Straße nach Chizé in seinem Gehirn wie ausradiert. So stand er nun hier als zukünftiger militärischer Führer bei einer Fluchtaktion, deren Weg er vergessen hatte! Die Bestellung zu diesem Amt würde also nicht lange währen, aber vorübergehend überstrahlte sie ihn mit ihrem Glanz. Plantagenet brach nach seinem Stall auf, und er stolzierte mit so bewußter Würde am Zaungeviert des mißtrauischen Hargneu vorbei, daß dieser ihm ob solcher Dreistigkeit nur stumm nachstierte.

8
Das Komplott verdichtet sich

Es war Brousse unmöglich, von La Tranchée abzufliegen; sie besaß einfach nicht mehr die Kraft dazu. Schon eine ganze Zeitlang hatte sie gegen einen Kicheranfall angekämpft, der plötzlich unwiderstehlich zu werden drohte. Sie konnte sich noch zurückhalten, bis Plantagenet ihr den Rücken zuwandte, doch dann gab sie sich ihm völlig hin. Sie war total außer Rand und Band, fiel auf den feuchten Steinen des Hofes um, streckte die Füße in die Luft und wand sich in hilflosem Gelächter. Bourcet saß zornbebend neben ihr und versuchte sie zur Räson zu bringen. „Wissen Sie überhaupt, was Sie getan haben, Madame? Da gibt es gar nichts zu lachen! Es ist Ihnen doch bekannt, daß Plantagenet nicht für einen Kreuzer Verstand hat. Warum stürzen Sie ihn in ein solches Abenteuer? Und vor allem, warum lassen Sie ihn ein Treffen um sieben Uhr vereinbaren, wo Sie doch wissen, daß die Jäger um diese Zeit schon in Position stehen? Was für eine Teufelei haben Sie bloß vor?"

Brousse versuchte zu antworten, konnte aber vor lauter Lachen nur spucken. Sie wand sich in einem anhaltenden Lachkrampf. Um diesen zu beenden, drückte sie die Füße an den Bauch, doch sie zitterte so, daß dies sie nicht beruhigen konnte und sie sich nur selber kitzelte. Worauf sie noch mehr lachen mußte, was ihr wiederum den Atem nahm. Endlich gelang es ihr zwischen zwei Anfällen, Bourcet ihre Absicht mitzuteilen, eine keineswegs wohlwollende Absicht.

„Idiot!" sagte sie. „Siehst du denn nicht, daß dieser Dummkopf genau der Trottel ist, den ich für die Durchführung meiner Pläne brauche?" Sie fixierte den Spatzen drohend mit ihren Knopfaugen. „Gib nur ja acht, daß du deinen Schnabel niemandem gegenüber öffnest; du würdest es *bitter bereuen*, das schwöre ich dir bei meinem Treueid der ersten Schwadron der dreizehnten Fliegereinheit seiner satanischen Hoheit." Einen so gräßlichen Schwur hatte Bourcet noch nie gehört. Er wollte dagegen protestieren, aber die Elster hatte sich schon wieder ihrer Lachlust hingegeben. Sehr besorgt beschloß Bourcet, aufzubrechen, nach Möglichkeit unbemerkt, aber das für den ersten Kraftakt nötige Flügelflattern konnte Brousse leider nicht entgehen. Sie hörte gerade lange genug mit ihrem Gackern auf, um ihm zuzukreischen: „Denk an meinen Schwur!" Bourcet flog mächtig aufgeregt weg, und Brousse fuhr mit ihrem verrückten Stakkatogelächter fort.

„Wie angenehm, jemanden in so guter Laune anzutreffen", erklang plötzlich eine bösartige Stimme neben ihr.

Die Elster hörte sofort mit dem Gezappel auf und versuchte ihre Füße unter Kontrolle zu bringen, wobei sie mit dem Kopf beinahe in das Maul des Köters Hargneu geraten wäre. Von der feuchten Zunge der Dogge stieg gemächlich Dampf auf, wie von den Geysirquellen auf Stromboli. Aber was aus seiner Kehle paffte, konnte nur der stinkende Dunst eines allein mit Aas genährten Vulkans sein. Brousse hatte sich mit Hargneu noch nie besonders gut verstanden, und es ärgerte sie maßlos, daß er sie auf dem Rücken liegend angetroffen hatte. Diesen Nachteil gedachte sie jedoch sehr rasch auszugleichen.

„Hargneu! Genau der Mann, nach dem ich suchte! Ich habe eine wirklich günstige Gelegenheit für Sie."

„Hm", sagte Hargneu und blies aufs neue lähmenden Dunst aus seinem Innern.

Brousse ließ alle ihre Verkaufskünste spielen. „Angenommen, ich sage Ihnen, daß die Treibjagd am Donnerstag um sieben Uhr früh beginnt", sagte sie.

„Das wußte ich nicht. Aber war diese Neuigkeit der Grund für Ihre Begeisterungsstürme?"

„Angenommen, ich sage Ihnen, daß alle Waldtiere beschließen werden, genau um diese Zeit zu flüchten."

„Das ist wichtig. Fahren Sie fort mit Ihren Annahmen."

„Angenommen, ich sage Ihnen, daß sie sich im Wald von Chizé wieder treffen wollen."

„Tatsächlich?" fragte Hargneu. „Das ist aber ein langer Weg. Wie werden sie denn hinkommen?"

„Dazu komme ich jetzt", kreischte die Elster. „Angenommen, ich sage Ihnen, daß sie einen Führer ernannt haben, der sie tadellos nach Chizé führt. Angenommen, ich sage Ihnen, daß dieser Held, der Retter dieser bösen Brut, einer Ihrer nächsten Bekannten ist!"

„Sie verstören mich", sagte Hargneu heiser. „Sagen Sie mir doch, wer es ist. Lassen Sie es mich wissen, Madame, damit ich diesen Verräter sofort umbringen kann."

„Nur langsam, mein Herr. Eile mit Weile. Jetzt brauchen Sie noch nicht in Aktion zu gehen. Im Augenblick sollen Sie noch niemanden Ihre Zähne spüren lassen, sondern lieber mir zuhören." Ganz vertraulich fuhr sie fort: „Ich sorge dafür, daß Sie der Held des Tages werden. Man wird Sie mit Ehrungen überhäufen. Sie werden der

Jagdmeister sein – mitten dabei beim großen Töten. Zu lange schon werden wir Vertreter eines kultivierten Volkes von fremden Barbaren unterdrückt, die auf unsere Ideale von Gesetz und Ordnung spucken. Wir führen nur Krieg, um Frieden zu stiften."

Tief beeindruckt setzte sich Hargneu und spitzte die Ohren. Brousse teilte ihm in groben Zügen den Fluchtplan der Tiere mit, und als sie den Anführer nannte, sprang Hargneu in die Höhe. Mit einer herrischen Geste befahl die Elster ihm zu schweigen. „Es besteht kein Zweifel, daß der heldenhafte Plantagenet alle über den Pfad nach Les Fosses und weiter führen wird. Sie starten um sieben Uhr morgens. Die Kolonne muß gut zwei Stunden marschieren, um die Baumgruppen am Ufer der Guirande zu erreichen. Dann muß sie ohne Deckung über die Ebene, und dort werden Sie ihr mit den Herren und Knechten entgegenziehen. Es liegt an Ihnen – dem einzigen Wesen, das von ihrem Kommen weiß –, sie zu sichten und, wenn der Vorteil unzweifelhaft auf Eurer Seite ist, Laut zu geben und sie dann bis zum letzten Jungtier abzuschlachten."

Sie schloß mit einer letzten Kostprobe ihrer Redegewandtheit: „Bestien! Elende Biester! Ungezähmte Untermenschen! Es ist Ihre frohe Pflicht, mein Prinz, dieses Ungeziefer auszurotten. Sie werden ihm bestimmt einen sehr herzlichen Empfang bereiten. Und es freut mich besonders, daß Sie endlich Gelegenheit haben werden, alle persönlichen Rechnungen mit dem elenden Plantagenet zu begleichen. Ich wünsche Ihnen viel Spaß!"

Hargneu war außer sich vor Freude und brach in endlose Dankesbezeugungen aus. „Ist nicht der Rede wert", antwortete die Elster vornehm-gelassen. „Am Donnerstag werden wir uns das schönste Lachen unseres Lebens leisten können."

„Meiner Treu, Madame Brousse", bemühte sich Hargneu nun auch seinerseits um vornehme Redewendungen, „Sie leisten mir da einen ganz ausgezeichneten Dienst. Sie können versichert sein, daß ich meine Dankbarkeit bezeugen werde. Was immer ich in Zukunft für Sie tun kann, meine liebe Dame, was immer auch ..." Er suchte nach einem passenden Höhepunkt, der ihm aber nicht einfiel. „Na, ja", erklärte er schließlich grandios, „was der Gans schmeckt, schmeckt auch dem Ganter."

Brousse nickte gnädig, und die zwei Verbündeten trennten sich.

9

Es tönen die Fanfaren

Plantagenet verbrachte eine sehr unruhige Nacht damit, einen ungestörten Ausbruch der Tiere zu planen. Er mußte Grondin rechtzeitig warnen, damit alles organisiert werden konnte. Wenn er wartete, bis das große Tor wieder geöffnet wurde, blieben ihm nur ganze zwei Tage zur Arbeit. Seine Qual erleichterte er sich gelegentlich durch herzerwärmende Intervalle, in denen er selig daran dachte, daß er dem Wald zugehörte. Dies war durch seine bewiesene Verwandtschaft mit Grondin eine unbestreitbare Tatsache geworden, obgleich er weder die Haut noch die Haare, weder die Farbe noch die Flecken auf seiner rosa Haut hatte, um Erinnerungen an seinen wilden Vater, Grondins Onkel Tuhart, zu wecken. Und es war eine Familienbindung, die Grondin durch Taten anerkannt hatte, die weit über die normale Pflicht hinausgingen. Wie oft hatte der Anblick und Geruch seines massiven schwarzen Körpers Hurlaud stumm daran erinnert, daß Plantagenets Schinken an diesem Tag nicht zu seinem Menü gehören würden.

Seinen Kopf rührselig schüttelnd, dachte Plantagenet dann dankbar (etwa in der Art, wie Adele ihre Gebete sang) an Grondins Familie: Madame Albaine, die Plantagenets dauernde Verwirrtheit so gütig tolerierte, die Frischlinge Mantan und Fartouat sowie das gräßliche Kind Pielet mit den schrecklichen Zähnen. Gott segne auch alle anderen Tiere im Wald, die gut zu mir sind, weil ich höflich bin und gerne helfe. Und – es schadet ja nichts, darum zu bitten – möge Gott die Wölfe vom Kriegspfad fernhalten!

Frühmorgens hängte sich Plantagenet seine Jacke der Tatkraft um und trottete ins Freie. Scheinbar ganz lässig wanderte er bis zum Waldrand, wobei er immer wieder mit gesenkter Nase nach Eicheln stöberte. Er schloß kurz die Augen, als könne ihn dadurch niemand vom Hof sehen, und schoß ins Unterholz hinein. Sein Herz schlug heftig, und die rosafarbenen Äuglein kreisten nervös, während er überall nach den Silhouetten von Hurlaud oder dessen Bruder Baclin Ausschau hielt. Plantagenet riskierte im Herbst nur selten einen Vorstoß in diesen Teil des Waldes. Die Deckung war gering, es gab wenig zu fressen, und der Hunger trieb die Wölfe nachts bis an die Mauern der Gehöfte. Um diese Jahreszeit war Plantagenets Gestalt, so erfolgreich deren Magerkeit auch die Menschen von seiner Schwarte fernhielt, kein Schutz gegen die Wölfe. Fünfzig Pfund zähes Knorpelzeug waren immerhin fünfzig Pfund brauchbare Nahrung. Und wenn der Magen vor Hunger brüllt, zückt man bestimmt nicht die Mitgliedskarte eines Feinschmeckerklubs.

Plantagenet wählte den vom Verteidigungsstandpunkt aus leichteren Weg durch Deux Chênes. Mit hervorquellenden Augen und gesträubten Haaren kam er wenn nicht in dem Höchsttempo, das ihm den Ehrentitel Fliegendes Schwein eingebracht hatte, so doch sehr schnell vorwärts. Zunächst stellte er während des Laufens an verschiedenen besonders gekennzeichneten Stellen des

Weges Berechnungen an: Wenn dieser Räuber Baclin sich hier an meine Fersen heftet – oder hier – oder hier –, wie komme ich dann am schnellsten durch das Unterholz nach Les Combles? Er grunzte: Wenn man die kürzere Entfernung gegen die größere Anstrengung im Kampf gegen Dornen und Schlingpflanzen in Rechnung stellt, bin ich erst dann sicher, wenn ... Ach, ich werde es nie schaffen. Schneller, mein Freund, ermunterte er sich. Mit Höchstgeschwindigkeit in den Wald hinein! Nachher wird mich der gute Vetter Grondin bestimmt zurückbegleiten.

Plötzlich hörte er zu seiner Linken ein Geraschel im trockenen Laub. Plantagenet war sicher, daß diese Schritte für einen Wolf zu leicht klangen, aber seine Beine drohten trotzdem zu versagen. Es war Fulgent, der Fuchs, der Plantagenet gesehen und beschlossen hatte, ihm eine Weile Gesellschaft zu leisten.

„Ich sehe keine Bremsen. Was hat dich denn gestochen, daß du an einem Tag wie heute La Tranchée verläßt? Du weißt doch, daß hier Baclins Jagdgrund ist. Bist du lebensmüde?"

„O Gott, nein", keuchte Plantagenet, „aber ich muß meinen Vetter in einer wichtigen Angelegenheit sprechen. Da muß ich das Risiko einfach auf mich nehmen."

Vornehmerweise bohrte Fulgent mit keiner weiteren Frage nach. Für den Fuchs war das eine sehr anständige und ehrenhafte Vorgangsweise, denn er wußte, daß Plantagenet unter Druck unfähig war, einem irgend etwas vorzuenthalten.

Verzweifelt und unter erheblicher Lärmentwicklung raste Plantagenet weiter. Fulgent sah keinen Grund, sich neben einem so lauten Gefährten außer Atem zu rennen. „Nimm doch den Durchschlupf bei Pied du Fût", riet er ihm. „Da hast du's kürzer. Gott schütze dich!"

„Ich danke dir, mein Freund", sagte Plantagenet und nahm kurz beste Haltung an. Dann raste er in gestrecktem Galopp auf den Durchschlupf zu und verschwand.

Eine Stunde später brach er in die Lichtung ein, in der Grondin es sich mit seiner Familie wohlergehen ließ. Erschöpfung und Anstrengung hatten auf seinem Körper so starke Flecken hinterlassen, daß er wie verletzt aussah. Der Eber war überrascht, rührte sich aber nicht von der Stelle. Albaine, an die Absonderlichkeiten von Vetter Plantagenet gewöhnt, gab ebenfalls keinen Kommentar ab. Jedenfalls mußte ihn etwas Ernsthaftes zu dieser Tageszeit und in diesem Zustand hergebracht haben. Bestimmt lag etwas in der Luft, die trügerische Ruhe der letzten Tage konnte nur die berühmte Stille vor einem Sturm sein. Sie wußte, daß Plantagenets größte Stärke nicht gerade sein Mut war; er hätte sich also ohne besondere Vorfälle nie ein solches Risiko zugemutet. Sie bot ihm Platz an. „Mach es dir bequem, Vetter. Du bist ja ganz erschöpft." Plantagenet brach zusammen. Klein-Pielet kroch auf dem Bauch an ihn heran und versuchte an dem steifen Schwanz, der seinem Onkel hinten herunterhing, zu knabbern. Plantagenet stöhnte auf.

Grondin stürzte sich auf seinen frechen Sohn und schimpfte: „Laß deinen Onkel in Ruhe, du Teufel! Streck dich nur aus, Plantagenet."

Dieser brauchte gut fünf Minuten, um wieder zu Atem zu kommen. Mit heraushängender Zunge und glasigen Augen erholte er sich langsam und unter Schmerzen. Endlich brachte er mit letzter Kraft, fast ohne Atem zu holen und kunterbunt durcheinander, ein Potpourri der schlimmen Nachrichten und der verzweifelten Notlösung hervor, die Brousse ihm so wortreich vorgeschlagen hatte. Er sprach unzusammenhängend, und seine Stimme wurde mit steigender Erregung immer höher.

Grondin verstand kein Wort und wartete geduldig, bis sein Vetter wieder mehr zu Verstand kam. Aufs neue völlig erschöpft beendete Plantagenet ganz plötzlich den Bericht, und nach seinem Wortschwall breitete sich Stille aus. Auf einmal entrang ihm ein stechender Schmerz, der direkt aus der Erde zu dringen schien, einen letzten qualvollen Schrei. Die Versuchung war für Pielet zu stark gewesen – als der rosafarbene Schwanz in Beißweite vorbeistrich, hatte er seine Zähne hineingestoßen. Grondin und Albaine sprangen auf und stießen über ihrem Sohn zusammen. Sein Gebrüll machte die wilde Szene fast unerträglich. Der leidende Plantagenet glaubte sich einmischen zu müssen, damit sein unglückseliger Neffe nicht gar zu arg gezüchtigt wurde. Diese Anstrengung brachte seine eigenen Gedanken wieder in Ordnung, und er fing von neuem seine Geschichte an, diesmal aber auf verständliche Weise. Grondin und Albaine hörten ihm zu.

„Genau das habe ich vermutet", sagte die edle Albaine sehr besorgt, aber irgendwie erleichtert. Sie wandte sich ihrem Gefährten zu. „Habe ich Eurer Lordschaft nicht schon gesagt, daß irgend etwas ausgebrütet wird?"

„Ja, tatsächlich, Madame", bestätigte Grondin, während er seine eigenen Gedanken verfolgte. „Aber ich hege dieser Hexe Brousse gegenüber ein zu großes Mißtrauen, um irgendwelchen Klatsch von ihr zu glauben." Von seiner Begegnung mit der Elster sagte er nichts.

Plantagenet stöhnte. „Die Sache kompliziert sich noch weiter", sagte er. „Ich würde ja nur zu gern die Tiere aus dem Wald durch Les Fosses nach Chizé führen. Aber leider – ihr kennt ja meine Schwächen – bin ich nicht in bester Form. Diese vielen Sorgen haben mein Gedächtnis beeinträchtigt, und ich kann mich einfach nicht mehr an den Weg erinnern."

„Aber das ist doch keine Sache, Vetter", murmelte Grondin, der viel stärker mit dem Kernproblem beschäftigt war als mit einem ihm sehr gering erscheinenden Detail. „Ich kenne den Weg sehr gut, und ich werde deine Erinnerung auffrischen. Wir werden dich dringend brauchen, denn ich habe bestimmt Blutigeres zu tun." Rasch beschrieb er Plantagenet die Route, und die beschriebenen Einzelheiten hellten das bewölkte Gehirn des Schweins auf. In argloser Begeisterung fing es an, den Eber zu unterbrechen: „Ach ja! Da entlang! Natürlich! Am Forstweg entlang bis Paitout ..." Jetzt war Plantagenet wieder glücklich, er schwappte fast über vor Fröhlichkeit. Alles, was er durchgemacht hatte – die angstvolle Reise und das Knabbern an seinem Schwanz –, löste sich im schäumenden Enthusiasmus des Augenblicks auf wie Salz in Most. Grondin verzog gutmütig sein Gesicht beim Anblick dieses einfältigen Cousins, der sich unschuldig an so unkomplizierten Freuden ergötzte. Und dann erinnerte er ihn zart, daß jetzt wohl eher Nachdenken als Fröhlichkeit vonnöten sei. „Ach!" stöhnte Plantagenet. „Verzeih mir, Vetter. Ich hatte diese elende Sache schon ganz vergessen. Bis wir an den Rand von Les Fosses kommen, ist es ein weiter Weg. Glaubst du, daß alle Tiere in der Kolonne mithalten können? Wäre es nicht klüger, so früh wie möglich loszuziehen? Vielleicht schon heute nacht?"

„Nein", sagte Grondin bestimmt. Auch er hatte diesen Punkt schon überlegt. „Ich brauche einen vollen Tag, um unsere Streitkräfte zusammenzustellen, und wir müssen gemeinsam marschieren. Allein dadurch, daß wir als organisierte Gruppe losziehen, gewinnen wir an Stärke, und die Schwächeren haben mehr Vertrauen. Wir müssen außerdem die Möglichkeit eines Angriffs in Betracht ziehen. Wenn wir gejagt werden, dauert die Sache vielleicht nicht sehr lange. Was wir zu fürchten haben und wo wir am verwundbarsten sind, das ist das Überqueren der Ebene. Der übrige Marsch vollzieht sich ja stets in Deckung. Jedenfalls können wir Eber anständigerweise nicht einfach losziehen und die anderen hierlassen."

„Und die Hunde?" fragte Albaine besorgt.

„Hurlaud und Baclin und ihr Rudel werden sich mit ihnen befassen. Ich werde sie gleich aufsuchen. Als Feiglinge kann man sie nicht bezeichnen, das steht fest."

„Und Plantagenet wird mich dorthin begleiten", fügte er ruhig hinzu. Plantagenets Ohren gingen geradewegs, wie von Sprungfedern bewegt, in die Höhe. Die Namen seiner schrecklichen Feinde hatten ihm plötzlich seine Angst wieder in Erinnerung gebracht.

„Erschrick doch nicht so!" schimpfte Grondin, der ahnte, was in seinem Vetter vorging. „Von denen hast du nichts zu befürchten. Außerdem suchen wir sie gemeinsam auf."

„Oh, ich Ärmster", stöhnte Plantagenet. „Ich kenne doch die Brüder. Sobald du weg bist, drehen sie sich um und jagen mich. Ich komme nicht mit. Nein, ich glaube, ich kehre lieber allein nach La Tranchée zurück."

„Auf gar keinen Fall", sagte Grondin lachend. „Ich sage dir doch, die werden sich um andere Dinge Gedanken machen als um deine Schinken. Komm nur, Vetter, ziehen wir los."

Schwach protestierend, eher tot als lebendig, verabschiedete sich Plantagenet unglücklich von Albaine und den Kleinen. Pielet wollte schon wieder nach dem Schwanz seines Onkels schnappen, spürte aber dann, wie unglücklich dieser war, und tat, als habe er nur gähnen wollen. Wie ein Verdammter auf dem Weg zum Galgen folgte Plantagenet Grondin in den Wald.

10

Verdacht auf Verrat

„Nur immer fest drauflos!" sagte Grondin ironisch und beobachtete seinen Vetter amüsiert. Plantagenet war verängstigter denn je in seinem Leben und zuckte bei jedem Knistern im Unterholz zusammen. Fest drauf hielt er sich nur in dem Sinn, daß er seine linke Wange ganz eng an den rechten Schenkel des gewaltigen Grondin drückte. Er lief ganz automatisch, den Schwanz zwischen den Beinen eingeklemmt, und hielt die Augen die meiste Zeit geschlossen.

„So, da wären wir", sagte Grondin und rief dann leutselig: „Heraus mit euren Toten!"

Plantagenet ließ einen heiseren Schrei ertönen und riskierte es, ein Auge zu öffnen, allerdings nur einen ganz engen Schlitz. Im Augenblick sah er nichts, war aber überzeugt, daß in dem moosigen Innern des Buschwerks vor ihm die greulichste Bestie des ganzen Universums lauerte. Er versuchte sich zusammenzureißen, aber kein Ton kam aus seiner würgend engen Kehle. Nach einer geradezu überschweinischen Anstrengung gelang ihm nur ein mit hoher Falsettstimme hervorgebrachtes dünnes Gestammel: „Ach wie schön, wie schön, wie schön … hoffentlich."

Plötzlich glitt eine riesige graue Gestalt aus dem Dikkicht. Zehn Schritte von ihnen entfernt stand Hurlaud. Seine Ohren standen senkrecht in die Höhe, das Maul war weit geöffnet, und die Augen beobachteten unaufhörlich alles ringsum.

„Hallo, mein Bürschchen", sagte Grondin, was bei dem guten Einvernehmen zwischen ihm und den Wölfen keine Beleidigung war. „Hast du Zeit, etwas Wichtiges mit uns zu besprechen?" fuhr er sehr laut fort.

Plantagenet spürte, wie der Boden ihm unter den Füßen wegglitt. Nie hatte er den Herrn dieser Region so nahe gesehen, und er hätte viel darum gegeben, zehn Meilen weit weg zu sein. Seine Ohren lagen flach an, der Schwanz stand gerade und steif vom Körper weg. Die Haare stellten sich ihm auf, und Angst kitzelte ihn am Rückgrat. Er schloß die Augen, um nicht sehen zu müssen, wie das Monster ihn ansprang. Innerlich hörte er schon, wie seine Knochen krachten.

„He, wen sehe ich da an deiner Seite? Deinen lieben Cousin?" fragte Hurlaud ironisch, aber offensichtlich sehr aufmerksam. Dann fuhr er in leichterem, aber doch hochmütigem Ton fort: „Zum Teufel auch, Plantagenet, sieh mich doch an! Meinst du, ich wäre so kleinkariert oder soll ich sagen schweinsköpfisch, daß ich hier mit dir zu kämpfen beginne, wo du mir einen freundlichen Besuch abstattest?"

Plantagenet fing noch schlimmer zu zittern an. Schmerzerfüllt öffnete er mühsam ein Auge und schloß es, grün vor Angst, sofort wieder.

„Es ist wohl Zeit zum Waffenstillstand, meine ich. Begraben wir das Kriegsbeil. Legen wir uns zum Lamm und vergessen alles", sagte Grondin etwas zu selbstsicher. „Ich fürchte, es liegt was in der Luft, was uns wenig Zeit für Plänkeleien läßt."

„Das glaube ich dir ohne weiteres. Aber kommt doch rein. Kommt rein. Mein Haus ist euer Haus."

Hurlaud zog sich ein wenig zurück und bedeutete seinen Gästen, sich hineinzubegeben. Zuerst betrat Grondin die dunkle warme Höhle. Plantagenet folgte mit halbgeschlossenen Augen. Er ging wie auf Eiern. Auf seinem Rücken fühlte er den starken Atem des Hausherrn. Kleine Schauer durchliefen ihn vom Kopf bis zur Schwanzspitze. Sehr leutselig gab sich Hurlaud die Ehre. Die edle Dame Pernale, die sie drinnen erwartete, bot ihnen Kleinigkeiten und Erfrischungen an. Mit unglaublicher Anstrengung gelang es Plantagenet, sich rechts von seinem muskulösen Vetter hinzusetzen. Die Höhle war düster, aber sauber. Um Wind und Regen draußen zu halten, hatte man sie mit Otter- und Schafpelzen tapeziert. In einer Ecke spielten die Wolfsjungen auf Hasenfellen. Ein paar Knochen, die polierten Reste des Schafes der Witwe Bigotte, lagen auf dem Boden. Einen Augenblick lang sah Plantagenet seine eigenen Knochen verstreut herumliegen, und wieder durchfuhr ihn ein eisiger Schauer. Grondin kam nach einigen höflichen Bemerkungen schnell zur Sache.

In wenigen Worten umriß er die von Plantagenet überbrachten Nachrichten und den Fluchtplan. Großzügigerweise erwähnte er die Ängste seines Cousins überhaupt nicht. Er stellte ihn vielmehr als das uneigennützige Wesen hin, das er ohne Zweifel auch war. Denn hatte er ihn nicht trotz aller Gefahren aufgesucht, um vor der Gefahr zu warnen, die über ihnen allen schwebte! Äußerste Skepsis drückte er jedoch bezüglich der Glaubwürdigkeit des Berichtes der verräterischen Brousse aus und meinte, sie sollten die ganze Situation genauestens analysieren. Nach langem Schweigen, das nur ab und zu vom spielerischen Knurren der Kleinen unterbrochen wurde, die sich auf den Fellen balgten, sagte Hurlaud nachdenklich:

„Vieles davon weiß ich schon. Die wahnsinnige Elster hat heute ihre Rolle auch vor mir gespielt. Ich weiß nicht warum, aber an ihrem verrückten Verhalten ist irgend etwas verdächtig. Ich frage mich, warum sie deinen Cousin da überhaupt hineingezogen hat. Was gewinnt er schließlich dabei? Warum hat sie ihn dazu verleitet, unsertwegen diesen Rückzug anzuführen? Spaß beiseite, Plantagenet, die Leute von der Burg werden dich doch nie zu einem Mahl verarbeiten. Maître Brémand muß dazu schon ein fetteres Schwein hernehmen. Und was deine Hilfe betrifft, was bringt sie dir? Für dich wäre es doch viel besser, würdest du von uns Jägern befreit, die dir im Wald auflauern und dir soviel Beunruhigung verursachen, wenn du herumspazierst. Sicher, Blut ist dikker als Wasser, aber für dich gab es doch keine Notwendigkeit, mehr zu tun, als deinen Cousin zu warnen, und damit Schluß, aus, basta."

Nach einer Weile fuhr der Wolf fort: „Nein, es ist plausibel, aber nicht überzeugend. Diese Hexe brockt uns da was ein. Aber beim Blute der Hurlauds schwöre ich, daß sie das teuer zu stehen kommen soll. Wenn wir nur einen unabhängigen Zeugen finden könnten, um aus ihm die Wahrheit herauszukitzeln."

Plantagenet kam plötzlich ein Gedanke. Er errötete tief bei der Vorstellung, sich in das Gespräch einzumischen, und dann noch tiefer vor Scham, daß ihm der Gedanke nicht schon viel früher gekommen war. Er stählte sich und stieß hervor:

„Es gibt einen Zeugen. Der Spatz Bourcet kam mit der Schlampe zu mir. Offenbar hatten sich beide im Kamin der Burg versteckt."

„Das ist wichtig!" heulten Hurlaud und Grondin

gleichzeitig und baten dann Plantagenet, Wort für Wort zu wiederholen, was Brousse ihm gesagt hatte, ohne auch nur irgend etwas auszulassen. Plantagenet fing an, zuerst nur zögernd, aber dann gewann seine Stimme an Sicherheit, und er berichtete alles bis ins kleinste Detail.

„Wir müssen unbedingt Bourcet finden", sagte Hurlaud. „Leider ein recht scheuer Vogel, und er zählt nicht gerade zu meinen Bewunderern. Ich kann mir nicht vorstellen, daß er uns sehr Erleuchtendes mitteilt, wenn ich ihm gegenüberstehe. Darum glaube ich, daß du, Grondin, mit ihm ein Rendezvous bei der Buche in Pré Vinet arrangieren solltest, auf der der Zwerg sein Nest hat. Du flößt den Leuten Vertrauen ein, zu dir wird er kommen. Was meinst du?"

„Ich kann es nur hoffen", sagte Grondin. „Da ich aber nicht weiß, ob er reden wird, müssen wir Notstandspläne machen. Es ist äußerst wichtig, sich mit Uhlan dem Weisen zu beraten, darüber hinaus müssen alle sofort gewarnt werden." Grondin zählte die Namen derer auf, die, von der Menschenseite her gesehen, keine ganz saubere Weste hatten und daher diskret verschwinden sollten. Hurlaud fügte noch Namen aus seiner Bekanntschaft hinzu, und gemeinsam stellten sie alle Tiere zusammen, die sicher auf der Fahndungsliste standen.

Danach schloß Hurlaud die Sitzung geschickt mit den Worten: „Erst werde ich mich mit meinem Bruder Baclin besprechen. Es gibt da einige Punkte, die ich gerne mit ihm abstimmen möchte. Und wir beide, Grondin, müssen noch anderes erledigen, uns zum Beispiel darum kümmern, daß jedermann zu einer Ratsversammlung einberufen wird. Ich glaube, Les Combles bietet sich hier an. Die Zeit dafür machen wir mit Uhlan aus, und dann

Einer der Männer fiel herunter, und der andere hing, hilflos schreiend, an der Regenrinne.

erst berufen wir die Versammlung ein. Natürlich müssen wir auch Plantagenet verständigen. Ich hoffe sehr, daß er dabeisein wird und die Sache voll darlegt, so daß alle Tiere das Ausmaß der Krise erkennen. Ich werde mich sofort mit der Organisation des Auszugs beschäftigen. Eine Bedingung sehe ich aber jetzt schon als unerläßlich an: Wir müssen um fünf Uhr morgens los, nicht erst um sieben. Wir brauchen einen zeitlichen Vorsprung, denn die diesjährigen Wolfsjungen und Frischlinge werden nicht Schritt halten können. An unserem Fluchtziel passiert uns bestimmt nichts. Ihr und wir (womit er die Wildschweine und Wölfe meinte) haben ja Verwandte in Chizé, und wir Wölfe halten von Zeit zu Zeit mit ihnen Kontakt. Bei der allgemeinen Hilfsbereitschaft unter Verwandten und Freunden und gegenüber Kreaturen in Not wird man uns sicher eine Zeitlang Unterschlupf gewähren."

Grondin nickte und grunzte und strahlte vor Zufriedenheit wie ein korpulenter Sultan, der wußte, daß er die Staatsgeschäfte ohne jedes Zögern seinem schlauen Wesir übertragen konnte. Er erhob sich schwerfällig, wobei der die tapezierten Wände der Wolfshöhle in Gefahr brachte. „Genauso sehe ich es", sagte er. „Das Ergebnis unserer Besprechung befriedigt mich sehr. Komm, Vetter, ich begleite dich heim." Grondin verbeugte sich vor Pernale und verabschiedete sich dann – weniger formell – von Hurlaud mit einem: „Mach's gut, alter Schlaumeier."

Hurlaud antwortete: „Du auch, du Schlaumeier." Das leichte Zusammenziehen seines schmalen, aristokratischen, fast zynisch aussehenden Gesichtes war schwer zu deuten. Dann wandte er sich ganz freundlich an Plantagenet: „Dein Besuch hat mich sehr geehrt." Dabei verneigte er sich ein wenig, was in keiner Weise ironisch wirkte. „Ich weiß dein Hilfsangebot wirklich zu schätzen, es wird uns allen zugute kommen." Plantagenet stammelte einige Dankesworte, und beim Verlassen der Höhle hielt er den Schwanz schön nach unten eingeringelt und voll in Kontrolle, und seine Ohren standen stolz gegen den Wind. Er atmete tief die frische Luft ein, und zwar nicht, um die Wahrheit zu sagen, aus seelischer Erleichterung, sondern aus physischer Notwendigkeit nach dem engen Beisammensein mit einer Familie von Fleischfressern, deren Atem etwas – sagen wir – kräftig war. Tatsächlich fühlte sich Plantagenet aus seelischen wie aus körperlichen Gründen recht zufrieden. Grondin begleitete seinen Cousin freundlicherweise bis zum Rand der Lichtung gegenüber von La Tranchée. Wenige Schritte vor den letzten Bäumen hielt er an und verabschiedete sich. Die Hofmauer war schon gut zu erkennen.

„Ich werde versuchen, dir den Zeitpunkt der Ratsversammlung mitteilen zu lassen, aber leicht wird das nicht sein. Du kannst damit rechnen, daß sie wahrscheinlich morgen um fünf Uhr nachmittags in Les Combles stattfindet. Dann werden wohl die großen Entscheidungen getroffen über die Flucht am Morgen danach. Ich kann dir gar nicht sagen, wie tief wir alle in deiner Schuld stehen. Danke, Vetter Plantagenet!"

Eine Weile noch stand die riesige schwarze Gestalt neben dem kleinen weißen Schweinchen. Dann wandte Grondin sich um, enorm und majestätisch und wie stets ohne jedes Leisetreten, und ging in den Wald zurück, wobei die toten Zweige von seinen gleichgültigen Hufen wie unter Peitschenhieben aufgewirbelt wurden.

Da stand nun Plantagenet allein dem Hof gegenüber – und der Realität. Den ganzen Tag hatten ihn Qualen und Gefühle überflutet, jetzt blieb er still stehen und genoß das Schweigen dieses Waldes, in dem, größtenteils unsichtbar, viele wilde Tiere ihr Dasein in beträchtlicher Freiheit und einiger Vornehmheit regelten. Er sagte sich, daß Hurlaud, was Intelligenz und Manieren betraf, etwas von einem Grandseigneur hatte und daß die Wölfe, nahm man sie nur als Wölfe, in ihrer eigenen Welt nicht schlechter waren als die menschlichen Wölfe in ihrem Lebensbereich. Welche Welt war nun die von Plantagenet? Was für ein Tier sollte er sein? Im Augenblick fühlte er sich den Kreaturen des Waldes mehr verbunden. Dort war er würdiger behandelt worden als je zuvor von Tieren, ob nun gezähmt oder frei. Selbst unter den arrogantesten Kreaturen konnte kaum jemand sich brüsten, wie er, Plantagenet, eine Weile in der Höhle Hurlauds vom großen Wald gesessen und sie ehrenhaft wieder verlassen zu haben! Was für eine Wirkung von diesem Wolf ausging!

Welch ein Unterschied zu den Tieren, mit denen Plantagenet bisher zu tun gehabt hatte! Wie frei er sich offensichtlich fühlte! Wie sicher seiner selbst er war! Plantagenet lächelte beim Gedanken an seine Gefährten auf dem Hof, die ihre Rücken beugten und unter dem Joch schwitzten. Aber es war ein mitfühlendes, freundliches Lächeln. Er trottete ins Freie hinaus und spazierte, vor Müdigkeit leicht stolpernd, durch den großen Vorbau ins Gehöft.

11

Der Prinz der Finsternis handelt

Kaum war Plantagenet in den Haupthof gekommen, bemerkte er das Geflatter eines weißen Kleides beim Haus, und Adele rannte auf ihn zu. „Plantagenet, wo warst du denn?" fragte sie ihn. Sie dachte nicht daran zu schimpfen, sondern schien nur glücklich zu sein, ihn wiederzusehen und mit ihm Erlebnisse austauschen zu können. Ihre kühlen Finger kneteten seine Schulter. „Ein guter wandernder Bruder ist hier gewesen", sagte sie. „Er wollte aber nicht bleiben und sprach nur mit mir, während ich ihm zu essen gab. Er erzählte mir von seiner lieblichen Schwester Klara, und ich wollte ihm meinen Bruder Plantagenet vorstellen. Er erzählte mir auch von seinem Bruder Masseo, der den Himmel anrief und dem die Gnade der Demut verliehen wurde. Und danach war er so glücklich, daß er beim Beten einen frohen Laut von sich gab, ähnlich dem tiefen Gurren der Tauben. Ich sagte ihm, daß es mir auch sehr merkwürdig erginge. Wenn ich glücklich bin, zwitschere ich wie eine Waldlerche im Flug. Aber vielleicht ist es bei dem Bruder anders, weil er ein Mann und seine Stimme schon gebrochen ist, was bei meiner nie passieren wird. Jetzt mußt du aber ein braver

Bruder sein, und wenn du die Leute nicht herausfordern willst, dann gehe ihnen aus dem Weg. Hier herrscht nämlich eine einzige Aufregung, und ich habe auch viel zu tun. Ich muß fliegen, wenn auch nicht wie eine Waldlerche." Und fröhlich vor sich hin singend schlüpfte sie ins Haus.

Auf La Tranchée herrschte allerdings ein bemerkenswertes Durcheinander. Maître Brémand war von der Burg zurückgekehrt und hatte den ganzen Hof auf Vordermann gebracht. Er wußte, daß die Herren nach der Jagd bei ihm einkehren würden, und sie sollten das Haus für ihren Umtrunk in guter Ordnung vorfinden. Er ließ alle Blätter zusammenhäufen, die Wagen ordentlich in die Schuppen stellen, die Pflugscharen säubern und das Pflaster kehren, bis alles fleckenlos war. Im Haus bot sich das gleiche Bild: Mathilda, Adele und die Mägde wuschen die Böden, polierten die Möbel und putzten das Kupfer blank.

In allen Höfen waren die Männer beschäftigt. Sie striegelten die Pferde und rückten die Wagen zurecht. Einer schrubbte die Hunde. Er übergoß sie energisch mit Kübeln voll Wasser und bearbeitete sie dann mit Schwämmen. Auch Hargneu wurde in diese Operation miteinbezogen. Meist hoffnungslos mit Lehm verklebt, tauchte er plötzlich wie ein Wechselbalg mit schwarz-weißem Fell auf. Wasser war ihm absolut unangenehm, und die schwieligen Hände, die ihn unbarmherzig bürsteten, ließen keine Zartheit fühlen; gelegentlich muß man aber für die Schönheit leiden.

All dieses Getue hatte auch im hinteren Hof Unruhe verursacht. Der Hahn Lancet versuchte verzweifelt, seine wild herumlaufenden und in Panik gackernden Hühner um sich zu sammeln. Bald wurde klar, daß der einzige Ort, vor dem der tolle Tätigkeitsdrang bisher haltgemacht hatte, Plantagenets Stall war, in den das Schwein sich rasch zurückgezogen und zum Schlaf hingeworfen hatte. Plantagenet hatte in seiner Gutmütigkeit immer betont, daß Verfolgte eines freundlichen Empfangs für einen kurzen Aufenthalt in seinem Reich sicher sein und die Hofgefährten den Schweinestall als offenes Haus betrachten konnten. Dies bedenkend, marschierten die Hühner, Gänse und sogar Sobrin, der Esel, die alle der Waschung entkommen wollten, gemeinsam in dieses Refugium und stellten eine Henne als Wachposten draußen auf. Jetzt wurde der Schweinestall zu einer Arche Noah, in der die nervösen Insassen ihrer Verärgerung Luft machten, vor allem die Hennen, die über das Hallo draußen mißbilligende Kommentare abgaben. „Meine Liebe, hast du gesehen, was für ein Durcheinander diese ganze Wascherei schafft? Ich frage mich nur, wozu das Ganze?"

„So ein Getue habe ich noch nie erlebt. Würde der Papst selbst unseren Herrn eines Besuches würdig erachten, hätte man nicht mehr herumtun können."

Plume, die Gans, wagte auf Kosten des Esels einen Scherz: „Du bist dreckig, Sobrin. Wenigstens du solltest hinausgehen und dich feinmachen lassen. Dann wählen sie dich bestimmt zum Herold, und du kannst den Herren den Willkomm blasen."

„Ruhe, meine Damen. Bitte!" krähte Lancet ohne jede Hoffnung auf Erfolg. „Unser Gastgeber schläft."

„Schläft? Pah!" antwortete Plume verbittert. „Dieser Trödelfritze hält sich doch aus allem raus, sogar aus seiner Pflicht dem Herrn gegenüber. Brémand kann ihn nicht einmal den Herren zum Abendessen servieren. Da würden sie schmale Kost kriegen." Vielen der lärmenden Gäste kam dies sehr komisch vor, und sie gackerten laut vor Begeisterung. Plantagenet öffnete faul ein Auge.

„Niemand kann dergleichen über Sie sagen, meine Dame", bemerkte er. „Sie sind so rund und zart, wie man es sich nur wünschen kann. Sie wissen ja gar nicht, wie froh ich bin, daß mein Fleisch so viel weniger begehrenswert ist als das Ihrige. Ich rate Ihnen gut, halten Sie sich fern von der Küche."

Dann öffnete er das zweite Auge. „Was ist denn hier los? Nach einem kleinen Ausflug döse ich ein paar Minuten und wache mitten in einem Irrenhaus auf. Traut sich denn keiner meiner Freunde der Gans Widerpart zu leisten?" Plume trat geschlagen zurück. Die anderen gackerten Plantagenet genausolaut zu, wie sie es bei Plume gerade getan hatten.

Der Esel war etwas beunruhigt. „Ich würde meinen", sagte er sanft, „daß man die Leute am besten dazu bringt, unsere Existenz zu vergessen, indem man sie nicht daran erinnert. Kurz gesagt: seid still!"

„Zwei Worte nur", schnatterte Plume.

Sobrin fuhr so gutmütig wie zuvor fort, ließ jedoch seinen Blick über Plume schweifen, als stelle er die Berechnungen eines Metzgers an. „Warum müssen immer die, die am meisten gefährdet sind, Atropos, der dritten und ernstesten Parze, am wildesten signalisieren, daß es Zeit ist, den Faden durchzuschneiden?" Auf diese Bemerkung hin trat allgemeine Stille ein, dann war das Geraschel der sich streckenden gefiederten Körper zu hören; die Hühner reckten sich, um die Brustmaße zu verkleinern, und duckten sich dann, um die Halslänge zu verringern. Plantagenet flüsterte Sobrin etwas zu. „Na schön", sagte dieser, „du bist gar nicht so dumm, wie die Leute meinen. Möge Gott dich schützen."

„Meine Freunde", verkündete dann Plantagenet, „ ich werde nach Neuigkeiten fahnden. Bleibt ruhig hier und wartet auf mich." Er lief auf den Hof hinaus. Kaum war er um die Ecke des Hühnerhauses gelangt, traf er auf ein merkwürdiges, ihm unbekanntes Tier. Es war sehr schwarz an den schwarzen und sehr weiß an den weißen Stellen, und es glänzte wie ein eben lackiertes Schaukelpferd. Das Maul öffnete sich zu einer entsetzlichen Grimasse und ließ zwei häßliche Zahnreihen sehen, womit Hargneu seine Identität preisgab. Plantagenet, noch ganz benommen von dem Erlebnis, das der herzliche Willkomm im Wald für ihn bedeutet hatte, beeindruckte das nicht. Pah! dachte er. Da habe ich schon Besseres gesehn. Wenn er diese elenden Zähnchen in einem Kampf mit Hurlaud einsetzt, gebe ich keinen Pfifferling für ihn. Hargneu, du alter Bonze, du gehörst nicht zur Oberliga. Übe du nur ein wenig Bescheidenheit und bleibe beim Rattenfang. Mit solchen Gedanken stolzierte Plantagenet erhobenen Hauptes am Hund vorbei, schmutzig, aber verachtungsvoll.

Aufgrund seines Sonderstatus durfte Plantagenet im ganzen Haus aus und ein gehen. Er begab sich jetzt zur Tür, die aber geschlossen war, und der Lärm dahinter klang gar nicht anheimelnd. Er wandte sich ab und sah sich plötzlich Edmond, dem ältesten Knecht, gegenüber.

„Ah, mein Guter", sagte dieser, „heute ist kein Tag für dich. Weißt du das nicht? Mamsell Adele hat viel zu tun. Es muß nämlich alles fleckenlos sein. Und du auch." Mit einem Griff packte er Plantagenet an den Ohren und am Schwanz und warf ihn in einen Trog mit kaltem Wasser. Wild vor Zorn zappelte Plantagenet darin herum und unterstrich seine Klage wegen Überfalls mit den grausamsten Schreien, die ihm aber nichts nützten. Er wurde festgehalten, untergetaucht, eingeseift, abgespült und schließlich mit einer Bürste gestriegelt, und das alles unter den spottenden Blicken des Grobians Hargneu. Als Plantagenet endlich aus dem verdammten Trog herauskam, war er nur von einer Vorstellung besessen: in seinen Stall zurückzukehren und tief ins Stroh zu kriechen. Er hielt sich aber zurück, denn er wollte die Tiefe seiner Verzweiflung vor Hargneu nicht zeigen. Der Köter ging jedoch nach einem letzten hochmütigen Blick auf Plantagenet auf Futtersuche hinter die Küche.

Sofort schoß Plantagenet unter Ausnützung der Spannung seines unterdrückten Zorns, die wie eine Feder wirkte, aus den Händen des nach getaner Arbeit hochbefriedigten Edmonds. Der Stall war nicht weit, und nichts hätte Plantagenet jetzt mehr gebraucht, als unters Stroh zu tauchen, in dem man ihn so schnell nicht hätte finden können. Aber es waren noch seine Freunde dort, und wenn er dorthin flüchtete, lenkte er vielleicht die Aufmerksamkeit auf sie. Er hätte es sich nie vergeben können, wenn der eine oder andere sein Leben lassen müßte, nur weil er die Schlächter zum Versteck geführt hatte. Da er sich also aufgrund seiner Skrupel nicht zurückziehen konnte, blieb als einzige Alternative eine dramatische Aktion, die zumindest sein Unbehagen demonstrieren sollte: *Das Schwein Plantagenet durfte nicht so behandelt, nicht so angesprochen und nicht so angesehen werden, auch nicht so ausgelacht!* Diese unfreundlichen Handlungen spielten sich alle im Augenblick gerade ab. Trotz des haßerfüllten Blicks, den Plantagenet auf den alten Edmond zu konzentrieren versuchte, keuchte der nur, während er sich vor Lachen schüttelte: „Was für ein nettes Ferkelchen du jetzt bist, Plantagenet. Itzibitzi, mußt du ein hübsches Baby gewesen sein! Eine richtige Zuckerpflaume. Glaubst du nicht? Wenn du mir nur den Gefallen tätest, ein paar Pfund zuzunehmen, dann könnten wir deine Schinken zu Ostern ausprobieren."

Das war zuviel. Plantagenet sah eine Wanne voll Ruß, den man gerade im Zuge des hektischen Aufräumens zusammengekehrt hatte. Er rammte das Gefäß, kippte es um und rollte und wälzte sich mit tiefster Befriedigung, bis die von Edmond so weiß geschrubbte Haut schwarz wie die eines Köhlers war.

Edmonds Protestgeheul und das Gelächter der anderen Knechte weckten die Aufmerksamkeit des eben vorbeispazierenden Maître Brémand, und als er Plantagenet sah, mußte er in die allgemeine Fröhlichkeit einstimmen. Um den enttäuschten Edmond zu trösten, zitierte er verschiedene Bauernsprüche: „Du solltest begreifen, daß Plantagenet uns da eine gute Lehre erteilt: Was in den Knochen steckt, will im Fleisch sich zeigen; Perlen vor die Säue; lieber ein schmutziges Schwein als gar kein Schwein." Nachdenklich starrte er Plantagenet eine Weile an und sagte dann: „Ich glaube, der Kerl hat wirklich ein bißchen etwas vom Wildschwein in sich. Wenn er nur etwas größer wäre, könnte man es gut erkennen." Liebevoll ging er auf Plantagenet zu, der nach seinem Zornausbruch voll ruhiger Zufriedenheit war und sich nicht zurückzog.

„Bleib nur schwarz, alter Knabe, wenn du dir das wünscht", sagte Maître Brémand, tauchte die Hand in den Ruß und rieb alle noch weißen Flecken damit ein. „Laß es gut sein, Edmond. Gegen die Natur kann man nicht ankämpfen."

„Ach, guter Herr, dieses Tier wird Ihnen noch den Kopf total verdrehen", sagte Edmond vorwurfsvoll.

„Vielleicht ist er klüger als wir alle", sagte Brémand lächelnd und machte dann einen plötzlichen Sprung, um die Knechte aufzuscheuchen, die dem Zwischenspiel müßig zugesehen und es dazu benutzt hatten, ein paar Minuten in der Scheune auszuruhen.

Plantagenet blieb allein zurück und bewunderte sich vom Rüssel bis zum Schwanz. In selbstbewußter Majestät stolzierte er zum Stall zurück, überquerte die Schwelle und lief geradewegs in eine Welle von Angst und Feindseligkeit hinein. Sobrin stellte genau den richtigen Abstand zwischen sich und dem Eindringling her und versetzte ihm dann einen Tritt, dessen Technik nur Esel kennen. Plume gab schrille Schreie von sich, die sofort von allen Hennen übernommen wurden. Eine ganze Batterie Schnäbel hackte wie Speere auf Plantagenet ein.

„Schöne Freunde habe ich", schimpfte er. „Ich verlasse mein Heim für einen Augenblick, und schon wird mir die Rückkehr verwehrt!"

„Plantagenet!" kreischte der Esel. „Bist das wirklich du?"

„Wer denn sonst?" antwortete Plantagenet. „Für wen hältst du mich denn? Vielleicht für den Teufel?" Das Gewirr von Federn am anderen Ende des Stalls zeigte langsam die erkennbaren Formen der einzelnen Hühner. Das Perlhuhn Plombe streckte den Hals vor, um den wohlvertrauten Geruch Plantagenets einzuatmen, konnte ihn jedoch nicht entdecken. Nur die Stimme überzeugte nach und nach alle davon, daß dies ihr Gastgeber war.

„Du hast uns aber ganz schön erschreckt", sagte Lancet und ging dabei zornig auf und ab. „Was soll diese Vermummung? Hast du Angst um dein Leben? Kannst du nur dadurch verhindern, auf die Tafel zu kommen?"

„Nein", sagte Plantagenet, dem plötzlich ein Gedanke kam. „Aber wartet einen Augenblick, Freunde. Und haltet eure Augen offen, wenn ihr mal richtig lachen wollt." Ohne jede weitere Erklärung schlüpfte er aus dem Stall. Eine boshafte Idee dämmerte in seinem Hirn. Wenn ihn selbst seine Freunde nur so schwer hatten erkennen können, bestand doch auch die Möglichkeit, daß ihm der elende Hargneu auf den Leim ging. Mit diesem Genossen galt es eine alte Rechnung zu begleichen – für ein anderes ungewolltes Bad in einem stinkenden Jaucheteich. Ekelerregende Erinnerungen stiegen dabei in ihm auf. Selbst ein so mildes und freundliches Schwein wie Plantagenet, der Bruder Adeles und aller sanften Tauben, kann gelegentlich dazu angefeuert werden, dem düsteren Glanz des Rachesterns zu folgen.

Eine Möglichkeit hierzu bot sich ihm jetzt, aber er mußte überlegt zu Werke gehen. Ließ er sich plötzlich vor dem Hund sehen und jagte ihn, würde man sie beide jagen, und es kam dann nicht nur der Augenblick der Wahrheit, sondern auch der Prügel. Er mußte einen Moment abpassen, in dem er den Feind in einer verlassenen Ecke umzingeln konnte, und vor allem mußte er, nachdem er ihm eine Falle gestellt hatte, geduldig warten.

Sehr vorsichtig umging Plantagenet zwei Knechte, die auf Brémands Befehl eine hohe Leiter erstiegen, um den hölzernen Anbau des Geflügelhauses weiß zu kalken. Sie balancierten ihre Kübel und Bürsten und waren zu beschäftigt, um die dunkle Gestalt zu bemerken, die durch eine Hintertür in die Vorratskammer schlüpfte und unmittelbar danach mit einer großen, eben „befreiten" Wurst im Rüssel zurückkehrte. Plantagenet vergewisserte sich, daß ihn niemand bemerkt hatte, und eilte dann zum Anbau, wo er die Wurst weithin sichtbar in die Nähe eines Heuhaufens legte. Hier war es angenehm leer. Das Schwein ging in die Scheune daneben, warf mit dem Rüssel kräftig Heu auf, bis es ein bequemes Versteck hatte, in das es völlig hineinkriechen und von dem aus es durch ein winziges Guckloch alles beobachten konnte. Dann machte es sich ans Warten. Es wartete und wartete. Die böse Versuchung, dabei einzudösen, bekämpfte es tapfer. Der Abend vertiefte sich, bald erglühte der Hof in einem wechselnden verzaubernden Abendlicht – mal sah man etwas, mal wieder nichts –, das wie Atem auf einer Fensterscheibe klärt und verdeckt, ehe der Vorhang rasch fällt und es Nacht ist.

Draußen debattierten die Männer beim Anbau, ob sie bei Kerzenlicht weitermachen sollten. Dann kam eine merkwürdige Gestalt um die Ecke. Sie hatte die Form eines Hundes und besaß vier Beine, benützte aber die meiste Zeit nur drei. Das rechte Vorderbein bog sie jeweils nach zwei oder drei Schritten ein, während sie sich wie ein Pferd im Zirkus nach rechts und links übertrieben verbeugte. Das Tier schien dauernd zu lächeln, sofern man das Entblößen von Hundezähnen als Lächeln bezeichnen kann. Von Zeit zu Zeit hörte es auf herumzustolzieren und leckte sich liebevoll das Fell – ein Fell, das selbst in der Dämmerung eindeutig schwarz und weiß gefleckt war. Es war Hargneu, der die seltene Herrlichkeit eines sauberen Äußeren genoß.

Ungewollt und ganz ohne daran zu denken, daß er ja verkleidet war und in einem Versteck lag, schrak Plantagenet zusammen und verkroch sich, so tief er konnte, in sein Heu.

Hargneu kam völlig sorglos heran. Er ging an dem Heuhaufen an der Scheune vorbei, ohne ihm einen Blick zu gönnen.

Plantagenet schäumte vor Wut und Enttäuschung. Plötzlich jedoch wandte sich der Hund halb um und stürzte sich von hinten auf die Lockspeise, die er bereits einige Sekunden vorher erspäht hatte. Sein Maul war voller Speichel. Welch unerwarteter Glücksfall! Zweifellos war die Wurst in der allgemeinen Aufregung des Abends einem Knecht, der Essen für das große Bankett ins Haus trug, heruntergefallen. Hargneu blickte sich vorsichtig nach rechts und links um, packte dann sein Lustobjekt und begann es auf der Stelle zu verzehren.

Schon der erste Bissen mundete einfach herrlich. Während er sich auf den Geschmack konzentrierte, glitt Plantagenet mit einer eher wölfisch als schweinisch anmutenden ruhigen Grazie aus seinem Versteck bis dicht hinter Hargneu. Im gleichen Augenblick erschien am anderen Ende der Scheune die schwarze Henne Blanche, die Sobrin als Vorhut ausgeschickt hatte, um die Geschehnisse zu beobachten. Drohendes Knurren des Hundes begrüßte die Unglückselige, die daraufhin sofort verängstigt floh.

Hargneu war über alle Maßen entzückt. Mann, war das ein Mahl! Was für eine Erfahrung die Menschen doch hatten, welche Geschicklichkeit, Fleisch so zu konservieren und monatelang reifen zu lassen, daß es immer noch besser wurde.

Dann fühlte er plötzlich einen Atem über seinem Rükken. Zuerst nahm er gar keine Notiz davon. Dann bemerkte er es aber wieder und wandte sich, wütend über die Störung, um. Und schlagartig war seine Wut dahin. Ihm gegenüber – in unmißverständlich drohender Haltung – stand ein wilder Eber. Plantagenet, der ihn mit gesträubten Haaren, aufgeblasenen Backen und halbgeschlossenen Augen fixierte, hatte seine Größe buchstäblich verdoppelt, und er spielte seine Rolle perfekt.

„Oh, Mon-mon-monseigneur!" stotterte Hargneu. „Unsereinen so zu ü-ü-überraschen!"

„Ich wollte dir nur mal einen kleinen Besuch abstatten", sagte Plantagenet mit tieferer Stimme als gewöhnlich.

„Da-da-das ehrt mich natürlich sehr", sagte der Hund, „aber warum gerade hier?"

„Weil es wichtig ist und nicht warten kann", sagte Plantagenet undurchsichtig und machte einen Schritt nach vorne. Hargneu sprang zur Seite, aber Plantagenet

hatte ihm mit beeindruckender Geschwindigkeit bereits den Weg versperrt. Ein Zittern der Erregung durchflutete die wie gebannt dasitzenden Zuschauer auf der anderen Seite. Alle Bewohner des Hinterhofes inklusive des Esels Sobrin hatten die vordersten Logenplätze inne, um das Schauspiel gut mitzubekommen.

„Versuch gar nicht erst abzuhauen, Bonzo", grunzte Plantagenet. „Du kämst nicht weit."

„Was wollt Ihr von mir?" stammelte Hargneu, der immer noch seine halbgefressene Wurst zwischen den Pfoten festhielt.

„Kennst du das Schwein Plantagenet?"

„Oh ja", grinste Hargneu. „Ihr meint doch das Schwein, das auf unserem Hof lebt."

„Anscheinend gehört es nicht zu deinen Freunden."

„Mehr eine Bekanntschaft, wir treffen einander von Zeit zu Zeit", sagte Hargneu vage. „Im Vorbeigehen sozusagen ..."

„Lügner!" brüllte Plantagenet. „Du gehst nicht an ihm vorbei, du verfolgst ihn. Ich weiß es, hast du gehört? Er hat es mir gesagt." Sehr langsam ging er zwei Schritte vor und stieß mit seinem Rüssel nach dem Hund, der zu verängstigt war, um wegzulaufen. Im Publikum herrschte höchste Spannung. Dieser Köter sollte jetzt mal erfahren, wie es im Leben zugeht.

„Da muß er sich irren, sehr irren", stöhnte Hargneu, während er seitwärts auf den Heuhaufen blickte, ob dieser ihm wohl irgendwelchen Schutz bieten konnte. „Ich wünsche ihm wirklich nichts Böses, Monseigneur."

„Halt's Maul, du stinkender Bastard!" befahl Plantagenet. „Bevor deine Gedärme hier im Winterwind verschrumpeln, wirst du dir von mir noch einiges anhören

Mit einem heiseren Schrei erreichte er die Mauer und ... plumpste ins Nichts.

müssen. Ich bin Plantagenets Vetter. Verstanden? Wir sind gleichen Blutes. Ich bin Grondin. Wie oft habe ich mir die Klagen dieses kleinen Schweines anhören müssen, eines sanften Wesens, das zu euch allen so gut ist. Wie oft mußte er mich aufsuchen und mich um Schutz bitten. Ich habe ihn zerbissen und blutig gesehen, zu meinem Schlafplatz kam er gelaufen und flehte mich an, ihn vor dir, seinem Quälgeist, zu retten. Ich bin Grondin, hast du verstanden? Und jetzt wirst du vor den versammelten Gäste hier deine elende Schuld bekennen, oder ich spalte dir mit einem Schnapper den ganzen Bauch."

Hargneu wollte seinen Ohren nicht trauen. Wie war es möglich, daß dieser winzige Plantagenet den Mut gehabt hatte, in den tiefen Wald zu laufen, sogar bis Les Combles, und dann noch den Grobian Grondin zu schicken, damit dieser den Hof überfalle, auf dem Hargneu in vollster Sicherheit regierte. Voller Angst verdrehte der Hund die Augen nach oben, und in der Hoffnung, Aufmerksamkeit zu erregen, heulte er auf, ehe er geschlagen wurde. „Ai, ai, Monseigneur", jammerte er und verlängerte das Jaulen noch, um die Wirkung zu erhöhen. „Ich gestehe ja, ich gestehe ja alles. Aber nehmt doch um Himmels willen seine Beschwerden nicht so wörtlich. Manchmal habe ich ihn ein wenig gestoßen und ihm auch mal einen Streich gespielt, aber nie ..."

„Erzähl doch keine Geschichten!" schrie Plantagenet in immer größer werdender Wut. „Gestoßen? Streiche gespielt?"

„Ai, ai, ja, ich habe ihn geschlagen, ich habe ihm sogar den Tod gewünscht, ich ..."

Er konnte nicht zu Ende sprechen, denn der Eber Plantagenet fiel schon über ihn her. Mit dem Namen seines Cousins schien er auch das Zehnfache seiner normalen

Kräfte geborgt zu haben. Er schlug auf Hargneu ein, zerrte ihn hin und her, zog ihn in den Schmutz, gab ihm mit links und rechts ausschlagendem Rüssel eine Ohrfeige nach der anderen und ließ ihn dann halb betäubt im Schlamm liegen.

„Hilfe! Ich sterbe!" schrie Hargneu verzweifelt, und mit letzter Energie gelang es ihm, sich zu befreien und zu flüchten, während er vor Entsetzen wieder laut aufheulte. Dabei vergaß er allerdings nicht, nach den Resten seines Abendessens zu schnappen. Plantagenet stürzte dem zurückweichenden Krieger nach und konnte ihm noch einen letzten Biß in den Schwanz verpassen. Kaum jedoch hatte das Rennläuferpaar die Ecke des Kuhstalls erreicht, ließ Plantagenet von der Verfolgung ab. Hargneu raste wie ein Irrer weiter, während er mit aller Kraft jaulte und jammerte. Er lief den Anbau entlang, den die Knechte immer noch anstrichen, und krachte kopfüber in die Leiter. Der Inhalt des Farbkübels ergoß sich über den Rücken des Hundes, einer der Männer fiel herunter, und der andere hing, hilflos schreiend, an der Regenrinne. Da Hargneu dachte, daß die Rufe von Verfolgern stammten, sauste er geradewegs in den Kuhstall und gab dabei die komischen Geräusche von sich, die nur ein verängstigter Hund mit einer Wurst im Maul hervorbringen kann. Die Kühe, verständlicherweise verstört, kippten erst die Melkkübel, dann die Melkerinnen um, drückten die einzige Tür ein und verschwanden muhend im Hof. Von den Hufen der Kühe und den Holzschuhen der Mädchen fast zerdrückt, beschloß Hargneu, einen anderen Ausgang zu suchen, und der führte ihn direkt in ein stilles Örtchen. Die ersten Beine, an die er dort stieß, gehörten seinem Maître Brémand.

„Elendes Biest! Du Tunichtgut! Du Dieb!" brüllte dieser, während er seine Hose mit einer Hand festhielt und mit der anderen einen gerade griffbereiten Spaten packte, mit dem er, so rasch er nur konnte, hinter dem Hund herlief. „Jagt ihn! Schaut ihn euch an, er hat sein Diebesgut noch im Maul. Holt Pierre von der Regenrinne herunter. Stellt die Leiter wieder auf. Helft mir mit meiner Hose. Ich bring ihn um!" Wieder einer etwas schnelleren Gangart fähig, wollte er Hargneu aufs neue nachstürzen.

„Umbringen?" schrie Mathilda, die sich ihm plötzlich, wie ein Geist, in den Weg stellte. „Das können wir uns nicht leisten. Es brächte Unglück übers Haus. Und jetzt ist nicht der Zeitpunkt, sich das böse Auge zuzuziehen. Beim heiligen Nikolaus, bring ihn nicht um! Das Vieh ist jung und kann noch viele Jahre arbeiten."

„Bind' ihn an, Edmond", sagte Maîtrc Brémand schweratmend, „so eng, daß er sich nur gerade den Hals nicht dabei bricht." Er ging zum Anbau, den die Männer gestrichen hatten. „Alles in Ordnung? Am Leben bist du jedenfalls noch. Na ja, eben Pech gehabt. Genug Aufregung für einen Abend, Freunde. Gehen wir rein zum Abendessen."

Mit großen Schritten und heimlich schmunzelnd überquerte Brémand den Hof und ging dem Trüppchen voran in Richtung Küche.

12

Zeugenbefragung

Am letzten rastlosen Tag vor der Treibjagd lief der Beagle Rupert beim Herumstreichen im Unterholz dem Fuchs Fulgent über den Weg. Da sie beide den Bauern Henriot nicht mochten, hatten sie schon vor langer Zeit einen Nichtangriffspakt geschlossen. Natürlich erzählte Rupert Fulgent die unbezahlbare Geschichte von Plantagenets Trick gegenüber Hargneu. Der Fuchs gab sie an Grondin weiter, und nicht lange danach amüsierte man sich im ganzen Wald darüber.

„Was für ein Teufel dieser Plantagenet doch wird", sagte Grondin zwischen zwei Lachsalven zu Fulgent. „Und uns ist jetzt jede Angst, die er verbreitet, nur nützlich."

„Ja, aber die arbeiten ja an ihrem eigenen Plan", sagte Fulgent. „Auf La Tranchée ist es kein Geheimnis, daß morgen der große Angriff startet. Wurden alle gefährdeten Personen gewarnt?"

„Ja, alle sind bereit bis auf Pasquin, den Dachs. Seine Kinder sind noch zu jung, er glaubt nicht, daß er mit ihnen je die Ebene rechtzeitig überqueren könnte. So will er seine Frau Vibiette nicht mit den Kleinen allein lassen. Er wird sich und die Seinen tief eingraben und unten bleiben. Drei Extratunnel hat er schon angelegt und genug Vorrat für eine Belagerung gesammelt." Grondin überlegte ein wenig und setzte dann leise hinzu: „Eine ernste Sache, sowohl wegen der Frettchen als auch wegen der Hunde."

Alle Tiere bereiteten in fiebernder Erregtheit ihre Flucht vor. Madame Brousse beobachtete erfreut, wie sich ihr Plan verwirklichte, flog von einem zum anderen und bot ihre Ratschläge an, wobei sie besonders auf den Start um sieben Uhr hinwies. Sehr wenige wußten von ihrem Verrat, und die davon wußten, verharrten in einem zornigen Schweigen. Seitdem die Führer der Wölfe und Eber gemeinsam mit Plantagenet ihren Entschluß gefaßt hatten, waren alle erreichbaren Tiere von Hurlaud, Baclin, Fulgent und Grondin informiert worden.

Wie vereinbart war Grondin auch nach Pré Vinet gezogen, um den Spatzen Bourcet aufzusuchen. Er fand ihn rasch, eingekuschelt in seinem Nest in einer Astgabel auf der halben Höhe einer Buche. „Komm runter", rief Grondin hinauf, „ich muß dich etwas fragen, was nicht unbedingt jeder hören soll." Grondin hoffte, Bourcet würde diese Anspielung auf Brousse verstehen, die vermutlich ganz in der Nähe herumspionierte und ein Auge auf Bourcet hielt, damit er ja nichts ausplaudern konnte.

Nach einigem Zögern krabbelte Bourcet aus seinem Moosball und ließ sich auf einem etwas niedrigeren Ast des Baumes nieder.

„Weiter runter, Bourcet, weiter runter. Du wirst doch nicht behaupten wollen, daß du mich nicht kennst?" sagte Grondin in einem Tonfall, der dem Spatzen anzeigen sollte, wie fehl am Platze hier jegliches Mißtrauen war.

„Aber natürlich, Monseigneur, ich kenne Sie sehr gut", sagte Bourcet. „Und ich kann mich nicht erinnern, daß irgend etwas zwischen uns stünde, es sei denn die Eichel, die ich Ihnen letzte Woche unter der Nase wegschnappte."

Grondin lachte ein wenig gekünstelt. „Ach, du kleiner Springinsfeld, du hast aber ein gutes Gedächtnis. Ich hatte das bereits völlig vergessen. Ein kleines Ding wie eine Eichel! Ja, du hast sie weggeschnappt, natürlich. Wer würde das gleich stehlen nennen? Weißt du, manchmal bin ich scheinbar sehr böse auf jemanden, denn ich mag es nicht, wenn man mir direkt unter der Nase etwas wegschnappt." „Und", fügte er hinzu, denn offensichtlich hatte er doch recht intensiv an die Sache gedacht, „schon gar nicht, wenn ich mit großer Mühe diese bestimmte Eichel selbst ausgegraben habe ..."

In Ordnung", unterbrach ihn der Spatz rasch, „aber Sie haben doch selbst gesagt, ich hätte sie nicht gestohlen."

„Nein, lieber Freund, natürlich nicht", antwortete Grondin so versöhnlich wie möglich. „Eine Eichel bedeutet für dich ja ein großes Glück. Da hast du den ganzen Tag dran zu knabbern, vielleicht sogar zwei Tage ... Ich dagegen brauche eben doch ein paar Pfund davon."

„Dann war's wohl auch kaum der Mühe wert, so hinter mir herzufluchen, wie Sie das taten", sagte Bourcet weinerlich und empört zugleich.

Grondin schaute recht beschämt drein. Er war nicht sehr stolz darauf, diesen unschuldigen Vogel, der wegen seiner Gutmütigkeit bisher sogar vom Iltis Fouisset verschont worden war, so beschimpft zu haben. Bourcet ließ sich durch die niedergeschlagene Reue, die sich ihm darbot, besänftigen und flog bis in die Nähe von Grondins Nase. „Versöhnen wir uns wieder, lieber Freund", sagte Grondin. „Ich muß dich etwas fragen, was für uns alle hier von größter Bedeutung ist. Ich habe mit Plantagenet gesprochen."

„Ach!" sagte der Vogel und setzte sich wieder etwas weiter weg. „Er hat es Ihnen gesagt?"

„Ja. Und wir sind der Meinung, daß in dem detaillierten Bericht, den er uns gegeben hat, eine Sache nicht ganz richtig klang. Und zwar handelt es sich um die genaue Anfangszeit der Treibjagd."

Bourcet wand sich wie ein Wurm. Er hätte Grondin gerne die Wahrheit gesagt, aber die Erinnerung an die Drohungen der Elster lag ihm auf der Seele und ließ ihn in eisiger Stille erstarren. Grondin, der etwas Ähnliches vermutete, fuhr scheinbar ganz ungezwungen fort:

„Die Treibjagd wird auch für dich gefährlich werden, dein Nest liegt ja nicht sehr hoch. Ein zufälliger Lanzenstich, und du bist aufgespießt. Warum kommst du nicht auch mit nach Les Combles? Dort wärst du sicher. Wenn wir dann weg sind, kannst du ein paar Tage bei Uhlan dem Weisen bleiben. Unter Uhlans Flügelschutz würde es wohl der Kühnste, ob am Boden oder in der Luft, nicht schaffen, dich ernsthaft zu verletzen."

„Sie sagen, am Boden oder in der Luft, Monseigneur. Was immer mir bevorsteht, es wird aus der Luft kommen. *Vous comprenez*, welche Person ich damit meine. Ich habe keine Lust, mich ihrem spitzen Schnabel stellen zu müssen, egal ob in der Burg Crespin oder im Refugium bei Uhlan. Sie hat mir Schweigen befohlen, und wenn ich Ihnen Bescheid sage, wird sie es mir eines Tages zurückzahlen."

„Aber du stehst doch unter dem Schutz aller Waldbewohner. Das kann ich dir im Namen Hurlauds vom großen Wald und seines Bruders Baclin versichern. Wenn diese Zankteufelin sich dir nähert, muß sie mit uns rechnen, ganz gleich, wie weit weg wir gerade auch sein sollten. Außerdem kann ich dir die interessante Mitteilung machen, daß der Falke Bafrin und der Sperber Puissard voll auf deiner Seite stehen und darauf brennen, Brousse zu zeigen, was ein echtes Luftgefecht ist. Das meine ich ganz im Ernst. Du hast von niemandem etwas zu fürchten, und ich werde vor dem Rat offiziell verkünden, daß du unter unserem Schutz stehst."

Nach dieser Versicherung entspannte sich Bourcet und zeigte neues Selbstvertrauen. Jetzt erzählte er alles, was sie vom Kamin der großen Halle aus gehört hatten. „Um fünf Uhr treffen sie sich, Monseigneur. Um sieben Uhr schließen sich schon die Reihen. Wenn ihr den Wald erst um sieben verlaßt, wie Brousse es allen eingehämmert hat, könnt ihr ihnen auf keinen Fall entkommen."

„Das habe ich vermutet, mein Freund, und Hurlaud war sogar noch überzeugter davon. Ich danke dir in unser aller Namen. Willst du nicht doch mit nach Les Combles kommen? Ich habe noch mit den restlichen Vorbereitungen zu tun, aber Albaine und Puissard würden sich um dich kümmern."

„Sind Sie ganz sicher, daß Puissard ..."

Grondin wollte schon explodieren, konnte sich aber gerade noch zurückhalten. Dieses winzige Federbällchen war doch ein einziges Bündel Mißtrauen. Er starrte in die zwei kleinen schwarzen Punkte, die Bourcets Augen waren.

„Also Bourcet, wenn *ich* dir etwas sage ..."

In diesem Augenblick flog Brousse über die Buche, unter der die zwei Verbündeten sprachen. „Beeil dich, Bourcet", sagte Grondin. „Sie beobachtet dich. Ich muß jetzt zu unserem Treffen. Sei so gut und mach dich auf den Weg. Wenn du irgend etwas brauchst, fliege zu Madame

Albaine und richte ihr aus, daß ich bei Hurlaud zu finden sei."

Ohne dem Spatzen Zeit für Überlegungen zu geben, zog er sich zurück. Bourcet piepste seinen recht innigen Dank hinter dem verschwindenden Schwanz her und flog ab nach Les Combles.

13

Befehl zum gedeckten Rückzug

Der große Waldrat war zu einer Stunde einberufen worden, in der die Lichtung von Les Combles auch jetzt im Herbst noch in einem klaren Licht erglühte. Es war Plantagenets Lieblingsstunde vor der Vesperzeit, aber er konnte nicht zu dem Treffen gehen. Hurlaud und Baclin hatten die Teilnehmer zusammengetrommelt, wobei sich Fulgent als ein unentbehrlicher Helfer gezeigt hatte, denn er war nicht nur schnell und geschickt, sondern kannte sich auch ungemein gut aus. Er wußte, wo ein jeder sich gerade aufhielt, und noch vor der kleinsten Höhle im verstecktesten Winkel des Waldes tauchte er mit seiner Einladung zum Ratstreffen auf.

Baclin hatte Zeit gefunden, Uhlan den Weisen aufzusuchen und ins Bild zu setzen. Der große alte Uhu erfaßte die Bedeutung der Krise sofort und stimmte einer Sondersitzung des Rates zu. Er schickte den Falken Bafrin in dringender Mission nach Chizé, um mit Rohart, einem Cousin Grondins, die vorübergehende Unterbringung und Ernährung der Emigranten zu organisieren. Bafrin war pfeilschnell davongeflogen, ohne sich zu vergewissern, ob er bis zum Ratstreffen zurück sein konnte.

Man durfte sich jedoch darauf verlassen, daß er sein Bestes tun würde, die Antwort Roharts rechtzeitig zu überbringen. Rohart und Uhlan waren alte Freunde, und in Notzeiten konnte man rascher und zuverlässiger Hilfe finden, wenn man die Verhandlungen den alten Stammeshäuptlingen überließ, die ansonsten manchmal schon als tatterig abgetan wurden.

Der edle Bafrin war der geborene einsame Held. Man wußte von ihm, daß er ohne weiteres kopfüber in einen Bauernhof herunterstoßen und sich dort unter den Flüchen und ungeschickt gehandhabten Waffen der Bauern eine Henne holen konnte. Er war schon oft mit dem Tod in Berührung gekommen, konnte aber bestimmt nicht als Poseur gelten, der tat, als verachte er das Leben. Der große Hurlaud sprach immer sehr respektvoll von ihm. Obwohl Bafrin seiner Anlage nach Individualist war, hatte er nie gezögert, für das Allgemeinwohl seine Kräfte bis zum äußersten anzuspannen und jedes Risiko auf sich zu nehmen. Er lebte einsam in der toten Weide bei Casse Tombereau und galt als ein anerkanntes Mitglied des Kreises um Hurlaud, Baclin, Fulgent, Grondin und ihresgleichen. Wenn seine Augen den durchdringenden Glanz des Räubers bekamen, konnte man sicher sein, daß er sich Achtung zu verschaffen wußte. Man erzählte sich, wie er einmal, nachdem er sich einen Hasen geholt hatte, mit Baclin darum stritt und kämpfte. Es war ein erbitterter Kampf, aber der Falke gab seine Beute nicht auf, und Baclin verlor durch die Schnabelstöße des Vogels so viel Blut, daß er sich zurückziehen mußte. Diese Geschichte ging im Wald herum und verlieh Bafrins Bild so etwas wie einen Glorienschein.

Während der Falke sich auf seine Reise nach Chizé begab, trat der Große Rat auf der Lichtung von Les Combles zusammen.

Anwesend waren:
der Keiler Grondin und seine Gefährtin, die edle Dame Albaine;
Baclin de Saint Symphorian Souligné und seine Dame;
Hurlaud vom großen Wald und die edle Dame Pernale;
der Keiler Bursiat (ein entfernter Verwandter von Grondin) und seine Herde;
Fulgent von den Weiden, der sehnige Königsfuchs, der ebenso am Fluß zu Hause war wie die Weiden, von denen sein Titel stammte;
Fléton, der Bruder Fulgents, mit seiner Dame Tibelle;
der Dachs Pasquin und die edle Dame Vibiette;
der Bär Flandrin und seine Brüder;
die Otterdame Nucille und ihre Gefährten;
der Iltis Fouisset;
die Wieseldame Pernisse mit ihrer ganzen Familie;
der Sperber Puissard
und noch viele andere Mitglieder der vertretenen Stämme, die sich alle in guter Deckung grüppchenweise unterhielten, ehe sie ihre Positionen um Hurlaud vom großen Wald und Uhlan den Weisen einnahmen.

Die Versammelten verhielten sich erstaunlich ruhig, obwohl niemand sich erinnern konnte, daß je so viele an einem Treffen teilgenommen hätten. Alle Arten, die die zerstörerische Hand des Menschen fürchten mußten, waren hier in einem freien Parlament der wilden Kreaturen repräsentiert, die sich nur nach den Gesetzen des Waldes richteten, auch wenn diese die Gewohnheiten und die unerträgliche Unterdrückungslust der Menschen herausforderten.

Hurlaud war es gelungen, die Versammlung unter größter Geheimhaltung einzuberufen. Er hatte sich dabei auf den Selbsterhaltungstrieb verlassen und nur jene zusammengebracht, die bald damit rechnen konnten, der genau kalkulierten Schlächterei Messire de Frébois' und seiner Taktiker zum Opfer zu fallen. Es war wichtig gewesen, die Elster Brousse fernzuhalten, da es sie nur wenige Flügelschläge kostete, um die Beschlüsse der Konferenz jeder Hundemeute im Distrikt weiterzuberichten. Um einen wahren Völkermord zu verhindern, hatten sie sich eines einfachen Mittels bedient. Lupiot, der vielfarbige Siebenschläfer, war beauftragt worden, die Gelüste des fedrigen Luders zu kitzeln und Brousse bis zur Dämmerung im Gespräch festzuhalten. Um Lupiot bei seiner in zweifacher Hinsicht schwierigen Arbeit zu helfen – nämlich den bösartigen Klatsch zu ertragen und gleichzeitig das ruhelose Tier daran zu hindern, daß es wegflog und anderswo lästig wurde –, hatte man einen Plan entworfen. Grondin war auf Futtersuche gegangen und brachte Unmengen von Würmern, Maden, Samen und Vogellockfutter aller Art, darunter auch seine Spezialität, zerquetschte Eicheln, an. Der Vorrat war größer, als wohl je eine Elster bewältigen konnte, und Hurlaud verließ sich darauf, daß Madames bekannte Freßgier größer sein würde als ihre zappelige Neugierde und morbide Lust an Bosheit.

Brousse hatte man somit glücklich ausgeschaltet. Plantagenet war leider auch abwesend, denn es war unmöglich gewesen, ihn zu verständigen. Er wußte wohl, daß das Treffen irgendwann am Nachmittag stattfinden würde, kannte aber nicht den genauen Zeitpunkt. Grondin war enttäuscht, aber sie hatten wenigstens den Trost, daß diesen sicher auch sonst niemand auf und um La Tranchée wußte. Der Hof war den ganzen Tag über in Aufruhr, und Beobachtungen vom Wald her hatten zu dem Schluß geführt, daß nicht einmal der kleinste Bote durchdringen konnte. Der mutige Sperber Puissard hatte sich zwar gemeldet, aber Hurlaud fand das Risiko zu groß und nahm sein Angebot nicht an. „Mach dir keine Sorgen deswegen", hatte er zu Grondin gesagt. „Wenn es absolut unerläßlich wäre, würde ich selbst irgendwie zu Plantagenet gelangen, aber so dringend ist es nicht. Du wirst noch Zeit genug finden, ihm vor Beginn unseres Rückzugs dic Entscheidungen des Rates mitzuteilen."

Die Konferenz begann. Uhlan eröffnete sie formell und sprach zunächst in einem sorgenvoll zittrigen Ton: „Meine Freunde, auf den Rat von Messire Hurlaud vom großen Wald hin habe ich mich entschlossen, eine außerordentliche Sitzung des Waldrates einzuberufen. Ich danke euch für euer Kommen. Ernste Gefahren bedrohen im Augenblick unsere Gemeinschaft. Ihr wißt alle davon. Es ist überflüssig, weiter ins Detail zu gehen."

Er seufzte und fuhr dann etwas sicherer fort: „Wir müssen unser vorübergehendes Exil fern von diesen Wäldern organisieren und haben schon mit den Regionen Les Fosses, Vauballiers und Paitout im Wald von Chizé, in denen wir Familienmitglieder oder Freunde besitzen, Kontakt aufgenommen."

Die Zuhörer begannen zu murmeln. Jetzt sollten sie endlich Einzelheiten der Flucht erfahren.

„Für unsere dortige Aufnahme ist gesorgt. Ich habe unsere Freunde gebeten, uns entgegenzukommen und uns einzuführen. Wir werden jede Hilfe, Schutz und Unterschlupf finden, die wir uns nur wünschen können. Bafrin ist heute mit einer Botschaft an Rohart, den Anführer der Eber, abgeflogen. Grondin kennt ihn gut, da er zu seinem Stamm gehört. Bafrin wird sicher vor Ende unserer Versammlung zurück sein und uns die endgültigen Details überbringen.

Hurlaud, den ihr zu meiner Rechten seht, hat einen strategischen Rückzug organisiert und wird uns gleich den Plan, die Marschordnung und die Route erklären. Vorher bitte ich jedoch alle Anwesenden, die Vereinbarungen, die wir bekanntgeben, absolut geheimzuhalten. Unser aller Leben hängt davon ab. Ich gebe Hurlaud das Wort. Möge Gott uns schützen, Freunde."

Als das Gemurmel sich gelegt hatte, stand Hurlaud auf. Er ging eine Weile auf und ab und fixierte die Anwesenden mit seinem durchdringenden Blick. Es wurde ganz still. Dann begann er in völlig ruhigem Ton:

„Treffpunkt für alle, die in der Kolonne mitmarschieren wollen, ist dieser Platz hier in Les Combles. Der Zeitpunkt ist morgen früh fünf Uhr, nicht sieben Uhr. Alle müssen dann hier sein, wir warten auf niemanden, wir können es nicht."

Madame Albaine, die nichts dabei fand, ihre Einwände sofort vorzubringen, welch fließenden Vortrag sie damit auch unterbrechen mochte, fragte:

„Und warum ziehen wir nicht früher los?"

„Weil der Lärm, Madame, den wir durch das Treffen und unseren Abmarsch verursachen, und der Geruch, den wir ausströmen, die Hunde auf den Höfen rings um den Wald alarmieren würden. Es wird noch ganz dunkel sein, und wenn wir zum Beispiel um Mitternacht losziehen oder auch um drei Uhr morgens, stören wir dadurch unweigerlich die Nachtstille. Der Feind wird rund um die Uhr auf Wache stehen. Hunde und Männer im Bereitschaftsdienst werden nur mit einem Auge schlafen. Ich bin überzeugt, daß wir ihnen eine Viertelstunde nach Verlassen des Waldes gegenüberstehen würden, wenn wir ihnen diese Warnung gäben. Unsere schwierigste Aufgabe wird es sein, die Strecke nach dem Wald, zum Fluß hinüber, zu überqueren und dann ohne Gegenwehr über die Ebene zu kommen. Sobald wir den Feind alarmiert haben, wird er dort draußen sein, mit Fackeln und

Feuer, und es wird zu einem Massaker kommen. Am besten kennen Ihr Mann Grondin, Baclin, Ihr Cousin Plantagenet, der zum Glück bei uns sein wird, und ich die Route. Was geschähe wohl, wenn aus Versehen einer von uns im Dunkeln abwiche oder die Jungen in Panik gerieten und über die Ebene fliehen wollten? Bis heute hat noch keines von ihnen eine Flamme gesehen. Haben Sie das bedacht?"

Albaine erschauerte und blieb still. Sie hörte nur auf ihr Herz, und in ihrem Herzen war nichts als der eine Wunsch: so rasch wie möglich eine große Entfernung zwischen ihre Jungen und diese unbekannten Männer außerhalb des Waldes zu legen, die man jetzt generell als den Feind bezeichnete.

Hurlaud fuhr fort: „Wenn ich euch jetzt sage, daß den gesamten Fluchtplan einzig und allein eine edle Seele möglich gemacht hat, so ist dies ein direkter Tribut an Plantagenet. Die Warnung bezüglich des Vorhabens der Menschen verdanken wir ihm, Grondins Vetter. Seine Kenntnisse des Waldes und sein Wissen um die Gewohnheiten und Verhaltensweisen des Feindes und dessen mögliche Planänderungen in letzter Minute sind morgen für uns von allergrößter Wichtigkeit. Plantagenet wird rechtzeitig hier eintreffen, um den Rückzug anzuführen. Leider konnten wir ihn nicht rechtzeitig über diese Versammlung informieren, aber Grondin hat heute vormittag eine Bestätigung der Erklärung seines Vetters einholen können und eindeutigen Beweis erhalten, daß die Elster Brousse uns absichtlich schaden wollte. Wir wissen jetzt mit Gewißheit, daß es von lebenswichtiger Notwendigkeit ist, den Start unseres Unternehmens auf etwa fünf Uhr festzulegen, zwei Stunden vor Beginn der Treibjagd, die uns einkreisen und zerstören soll. Hätten wir auf Brousse gehört, wären wir erst um sieben Uhr aufgebrochen und dann unvermeidlich und ohne jede Deckung in der Ebene genau auf die ersten Linien der Treiber gestoßen. Ich werde die Rechnung mit dieser gemeinen Elster später begleichen. Jetzt hört euch bitte genau die Schlachtordnung für den Rückzug an."

Man merkte, wie alle ein wenig die Stellung wechselten. Jeder kannte den schäbigen Charakter der Elster, aber keiner hatte angenommen, daß sie einer solchen Verräterei fähig wäre.

Hurlaud erhob die Stimme: „An der Spitze Plantagenet. Ein paar Schritte hinter ihm Baclin, mein Cousin Melheu und die zahlreichen zu ihnen gehörenden Wölfe, die die Vorhut bilden sollen. Etwas dahinter Sie, Albaine, mit Ihrer Familie, allen säugenden Müttern, nicht kämpfenden Säuen, Kindern und jungen Wildschweinen, die das Kampfalter noch nicht erreicht haben. Zu beiden Seiten wird euch eine halbe Kompanie kampffähiger Eber begleiten, die Bursiat ausgewählt hat. Dieser selbst wird Sonderaufgaben übernehmen. Ich werde normalerweise bei Grondin vorne links zu finden sein, aber wir werden hin- und herlaufen, da es mit zu unseren Pflichten gehört, die Nachhut einzupeitschen und auf enges Aufschließen zu achten. Hinter den jungen, kranken, lahmen oder faulen Wildschweinen wird in engster Kolonne Madame Pernale als Bewacherin aller jungen und nicht kampffähigen Wölfe marschieren, und Madame Tibelle wird die Füchse organisieren. Es wäre mir recht, wenn Madame Pernisse so freundlich wäre – ich konnte sie noch nicht persönlich darum bitten –, sich um unsere anderen kurzbeinigen Freunde zu kümmern. Nach der Konferenz kann sie sich Informationen darüber von den Damen Pernale und Tibelle holen."

Das breite Lächeln Hurlauds wirkte eher salbungsvoll als wölfisch, und dann fuhr er geschäftsmäßiger fort:

„Flandrin und seine Bärenbrüder sind für die hintere Verteidigung verantwortlich. Ich muß eines betonen: Ihr müßt unbedingt Plantagenet folgen! Laßt euch nicht von Baclin, Melheu und den anderen Wölfen ablenken. Sie sind dazu da, den Durchbruch zu erzwingen, wenn eine Notwendigkeit dazu entsteht. Sie werden sich direkt auf die Männer und Hunde stürzen und sie so lange wie möglich ablenken. Falls Plantagenet etwas geschieht, übernimmt Grondin die Führung, und ihr müßt ihm dann folgen."

„Wenn es aber zu einem Kampf kommt", warf der Bär Flandrin ein, „wird die Vorhut nicht genug Gewicht haben. Warum setzt ihr nicht noch ein paar von uns Bären vorne ein? Wir sind doch so viele."

„Weil eure Hintern mit Blei gefüllt sind", sagte Hurlaud lächelnd. „Begleitet nur schön die Jungen und bringt sie so schnell wie möglich ins Unterholz von Les Fosses. Mehr will ich nicht von euch. Macht euch über alles andere keine Sorgen, solange alles nach Plan verläuft. Wenn es bei uns Schwierigkeiten gibt, werdet ihr noch genug zu tun bekommen. Sollten alle Wölfe im Kampf fallen, wird es die Aufgabe der Bären sein, die direkte Attacke zu übernehmen und den Durchbruch zu erzwingen. Da habt ihr dann genug dran zu kauen.

Ihr seid zwar langsam, aber ihr habt viel mehr Kraft als wir. Wenn ihr übernehmen müßt, denkt daran, daß es, sobald wir die Ebene überquert haben und drüben im Wald sind, eure Aufgabe sein wird, die Verteidigung unserer Leute zu übernehmen, bis ihr den Kontakt mit unseren kämpfenden Freunden hergestellt habt.

Ganz hinten sind alle kampffähigen Keiler eingeteilt, die Bursiat noch nicht anderweitig untergebracht hat. Bursiat selbst und seine Familie müssen sich um die Kolonne herumbewegen, abschweifende Tiere zurücktreiben und besonders darauf achten, daß nicht Gruppen von Jungen nach irgendwelchen Vorfällen abseits geraten. Mit irgendwelchen Vorfällen meine ich die Möglichkeit, daß nach einem etwaigen Überfall der Feinde unsere Kolonne in völlige Unordnung geraten könnte."

„Und die Füchse?" fragte Fulgent. „Ich habe noch keine klare Vorstellung von unserer Aufgabe."

„Du schützt die rechte Flanke gemeinsam mit Fléton und seinen Kräften, behältst aber Grondin und mich im Auge."

Hurlaud schlürfte ein paar Maulvoll Wasser aus einem nahen Tümpel und gab dann den Versammelten die letzte Ermahnung: „Sobald wir die fernen Wälder von Les Fosses erreicht haben, werden meine Vettern uns willkommen heißen. Sie werden uns ständig begleiten. Sollten wir dort im Unterholz angegriffen werden, erhalten wir Verstärkung aus Chizé. Ich fasse zusammen: Wir folgen Plantagenet, fällt er, folgen wir Grondin. Vergeßt, ich wiederhole, vergeßt die Startzeit sieben Uhr. Wir marschieren um fünf. Und haltet eure Mäuler."

In diesem Augenblick flog der Falke Bafrin ein. Völlig außer Atem setzte er sich neben Hurlaud, und mit wenigen Worten erklärte ihm der Herr der Wölfe den eben dargelegten Plan. Bafrin atmete bald wieder ruhig und berichtete nun seinerseits: „In Chizé ist von Les Fosses bis Vauballiers alles vorbereitet. Für unsere Nahrung ist gesorgt." Da er von Natur aus nicht gesprächig war und es seiner Meinung nach nichts Wichtiges mehr zu berichten gab, hörte er abrupt zu reden auf und lockerte seine Muskeln durch genüßliches Strecken. Die Versammlung löste sich auf. In kleinen Gruppen zogen alle zu ihren Höhlen oder in die nahen Schlupfwinkel von Freunden.

Uhlan der Weise blieb noch ein paar Minuten bei Grondin, Hurlaud und Bafrin. Alles schien kompetent organisiert zu sein. „Tagsüber kann ich euch nützlich sein", sagte Bafrin. „Puissard und ich werden die Ebene beobachten und euch vor Gefahren warnen."

„Sehr gut", sagte Uhlan. „Und ich fliege wohl am besten auf meinen Baum zurück, von dem aus ich sehen kann, ohne selbst gesehen zu werden. Wenn die Gefahr in ein paar Tagen weniger akut sein wird, fliege ich nach Vauballiers und lasse euch wissen, wie es steht. Ich nehme an, daß ihr nach einiger Zeit wieder in eure Schlupfwinkel zurückkehren könnt, aber natürlich nur in kleinen Gruppen und nur bei Nacht. Ich werde wachsam sein und euch auf dem laufenden halten." Mühsam erhob er sich und flog in Richtung La Pierre Levée davon.

Die Nacht begann sich über den Wald zu senken. Der Nebel kam aus dem düsteren Unterholz hervor und überdeckte die Lichtung von Les Combles. Grondin verabschiedete sich von Hurlaud und wollte schon heimtrotten, als ihm plötzlich etwas einfiel. Er zuckte zusammen. „Hurlaud, der Siebenschläfer! Wir müssen sehen, was bei ihm los war. Hoffentlich hat unser Zauberlehrling genug Charme gehabt oder über genügend Zauberkräfte verfügt, um diese doppelgesichtige Schwätzerin im Gespräch festzuhalten, ohne daß sie ihren langen Schnabel anderswo reinsteckte."

„Zum Teufel!" sagte Hurlaud. „Ich hatte die beiden fast vergessen. Wir müssen gleich hin. Aber ohne Lärm, falls diese Schlange noch in Aktion ist."

Der unglückselige Lupiot war erschöpft. Während der ganzen Zeit hatte er Madame Brousse in ein Gespräch verwickelt und ihr Riesenmahl geteilt. Der Bauch der Elster war weit über modische Rundlichkeit hinaus gedehnt. Sie erging sich in träumerischer Ekstase über den ungeheuerlichen Lebensstil und die unglaubliche Gast-

freundschaft Lupiots. „Du hast mich vollgestopft, Lupiot. Ich bin bis zum Rand voll, übervoll. Nie in meinem Leben bin ich so köstlich bewirtet worden. Was für ein Bankett, mein Lieber! Weiß Gott, du machst es richtig, ich kann dir gar nicht sagen, wie sehr ich deine Art bewundere. Du bist ein Herr in unserer Region, ein echter Herr, Messire Lupiot!" Lustvoll wälzte sich die Elster nach ihrer Art im Gras. Lupiot überlegte sich ein paar höfliche Antworten, wußte aber, daß sein kleines Repertoire im Grunde bereits erschöpft war. Das einzige Gefühl, das er jetzt noch in seinem Herzen entdecken konnte, war kochender Zorn auf den Lügner Grondin. Dieser hatte ihm versichert, die Beschäftigung mit Madame Brousse würde viel kürzer dauern, als es nun tatsächlich der Fall war. Während Brousse sich genießerisch auf dem Gras rollte, als wäre diese Bewegung Teil einer römischen Orgie, warf Lupiot scharfe Blicke in das Dikkicht und hoffte verzweifelt, das Piratenmaul des Schwindlers Grondin auftauchen zu sehen. Was hatte Grondin ihm da vorgemacht? Mit großartigem Zeremoniell war ein Riesenvorrat herbeigeschafft worden. Lupiot hatte gehofft, wenigstens einen Teil davon für sich selbst behalten zu können, und das war auch ausgemacht worden. Aber Brousse hatte dem ihr großzügig offerierten Mahl mehr als Ehre angetan. Der arme Siebenschläfer erkannte plötzlich, daß die saftigen Vorräte, die Grondin herbeigeschaufelt hatte, vielleicht nicht einmal ausreichen würden. Das Fest ging weiter, die Zeit schien stillzustehen, aber der Schnabel der Elster bewegte sich unermüdlich. Futter ging hinein und Klatsch kam heraus. Als es dämmerte, war trotz all dem Geschwätz das Futter bis zum letzten Krümel aufgezehrt.

Unter dem Geklirr von Zaumzeug und dem Lärm der Speere und Keulen zogen die Mannschaften zum Haupttor hinaus.

„Die Hölle und Hekate persönlich sollen Grondin auf ewig grillen, Amen", stöhnte Lupiot mit der aus Verzweiflung geborenen Geschicklichkeit, die es ihm ermöglichte, den ganzen Fluch aufzusagen, ohne daß Brousse auch nur seine Lippen sich bewegen sah. „Die Hölle und Hekate mögen Grondin grillen. Er hat mich beschwindelt, begaunert und reingelegt." Lupiot lächelte wie angemalt, während seine Augen dauernd hinter den Kopf der Elster blickten. Dann hörte er plötzlich ein leichtes Knacken und Schnauben und sah ganz in der Nähe einen riesigen Rüssel langsam aus dem Busch herauskommen.

„Keinen Augenblick zu früh", schrie Lupiot fast außer sich.

„Es ist nie zu früh, ein so wahnsinnig gutes Bankett zu wiederholen", sagte Brousse, die nicht die Absicht hatte, sich von Lupiot in ihrem Monolog unterbrechen zu lassen. Sie fuhr einfach mit ihrer endlosen Entzückenserklärung fort. Lupiot fand, daß er wohl besser Schlaf simulieren sollte, da das idiotische Lächeln sie nur dazu ermunterte, ihre Worte unaufhörlich weiterfließen zu lassen. Als sanftes Schnarchen keine Wirkung erzielte, entschied er sich für einen Alptraum. Die Aussicht, ihren Gastgeber in seinen Krämpfen pflegen zu müssen, bewog Brousse dazu, sich zu verabschieden. Mit einem kurzen: „Bis bald, mach's gut!" an den scheinbar bewußtlosen Lupiot flog sie weg, noch schwerfälliger als der alte Uhlan.

Kaum war sie hinter dem nächsten Baum verschwunden, brach Grondin schon hervor, gefolgt von Hurlaud. „Wir gratulieren, Lupiot", sagte Grondin großartig. „Du hast es, unterstützt vom Phänomen der Freßgier, fertiggebracht, die Dame Brousse von ihrer nervösen Reiselust zu heilen."

„Was glaubt ihr wohl, wie spät es ist?" sagte der Siebenschläfer und spuckte vor Zorn. „Grondin, du doppelgesichtiger Schwindler, ich habe einen schlechten Handel mit dir abgeschlossen. Mögen Hölle und Hekate dich grillen, Grondin, denn du hast mich beschwindelt, betrogen und belogen!" Diesmal sagte er es durchaus hörbar, so daß Hurlaud vor Lachen fast umfiel, was natürlich Lupiots Empörung zum äußersten steigerte. Grondin konnte ihn gerade noch mit einem Fuß zurückhalten, als er zitternd vor Wut in seinen winzigen Bau schlüpfen wollte.

Hurlaud und Grondin sahen sich gezwungen, einige Zeit darauf zu verwenden, den Zorn des winzigen Nagetiers zu besänftigen. Die nun einsetzende emotionelle Qual erschütterte Hurlaud so sehr, daß er plötzlich verschwand und es Grondin überließ, sich Lupiot zu stellen. Grondin gelang es nicht, diesen zu unterbrechen. Er hatte sich nie vorstellen können, daß ein so kleiner Körper so viel Energie versprühen konnte. „Jetzt halt aber das Maul, Lupiot!" brüllte Grondin einmal dazwischen, und während der wenigen Sekunden, in denen der Siebenschläfer Furcht aufsteigen spürte, herrschte Stille, bis Zorn und verletzter Stolz wieder die Herrschaft gewannen und die knarrende Stimme noch lauter zu keifen begann. Erschöpft legte Grondin sich hin und wartete geduldig, bis alles vorüber war. Sein Rüssel lag zwischen den Füßen, und sein Blick ging ins Leere. Endlich begann er mit echtem Interesse, dieses kleine, auf seinem unsichtbaren Hintern aufrecht sitzende Tier zu studieren. Lupiot versuchte sich so weit zu erheben, daß er mit drohender Pfote bis zum Rüssel des Keilers reichen konnte, der im Staub lag und bei jedem Atemzug Wolken davon hochwirbelte. Die Zähne des Siebenschläfers kamen Grondin vom ästhetischen und eugenischen

Standpunkt aus zu lang vor. Sie beeinträchtigten seine Artikulierfähigkeit, und die ungenaue Artikulation beeinträchtigte wiederum sein Denken. Sein unklares Denken verwirrte die Argumente, die schwache Logik lähmte seine Kiefer, störte das Zusammenspiel seiner überlangen Zähne und zwang ihn schließlich, in Schweigen zu verfallen. Nur die kleinen schwarzen Augen, die Grondin fixierten, sprachen noch von seiner Bitterkeit. In Erkenntnis seiner Impotenz gab Lupiot dann plötzlich auf, überkreuzte die Pfoten und wartete auf Antwort. In diesem Augenblick kam Hurlaud zurück und trug in seinem Maul ein großes Blatt, in das einige Eicheln, Kastanien, Mispeln und Haselnüsse gewickelt waren. Er versuchte, so gut er es vermochte, sein Gesicht unter Kontrolle zu halten und legte Lupiot seine Gabe zu Füßen. Sie wurde durch eine leichte Kopfneigung angenommen und verschwand dann mittels eines unglaublich akrobatischen Fegens der Hinterpfoten in Sekundenschnelle im Loch. Insgeheim sang Lupiot eine Rhapsodie, hatte er doch in einem Augenblick genug Futter für den ganzen Winter eingeheimst. Aus seinem Mund kam jedoch nur ein Fluch über die Qual, die er mit Brousse gehabt hatte. Grondin und Hurlaud baten gebührend um Entschuldigung und zogen sich rasch zurück, wobei Hurlaud Lupiot noch einmal warnte: „Grab dich gut ein und riskiere es ja nicht, deine bunte Schnauze während der nächsten drei Tage aus dem Loch zu stecken. Der Feind hat Frettchen und Hunde. Uhlan wird dich besuchen und dir sagen, wie die Dinge stehen."

Lupiot verschwand so plötzlich, als habe sich eine Falltüre über seinem Kopf geschlossen. *„Parturiunt montes"*, bemerkte Hurlaud nachdenklich. *„Nascitur ridiculus mus."* (Der Berg kreißt und gebiert ein lächerliches Mäuschen.)

„Wie bitte?" fragte Grondin.

„Das ist lateinisch", erklärte Hurlaud. „Ich glaube, du bist ja auch Klassiker, aber wir haben seit deiner Jugendzeit die Aussprache revidiert. Außerdem werde ich es jetzt lieber nicht übersetzen, sonst kommt eine sehr grobe Version heraus."

14
Die Flucht

Auf La Tranchée hatte sich das allgemeine Durcheinander in ein lärmendes Getümmel verwandelt. Monsieur Jehan, der Stallmeister auf Burg Crespin, war plötzlich mit drei Reitern aufgetaucht, angeblich, um festzustellen, wie viele Leute vom Hof auf die Schlachtliste Messire de Frébois' gesetzt werden konnten, und um Maître Brémand den genauen Zeitpunkt für das Treffen auf der Burg mitzuteilen. Eigentlich war der Zweck seines Besuches ein ganz anderer. Brémand war ein sensibler Mensch und wußte, daß Messire de Frébois und seine Freunde sich nach der Jagd über Land oder im Wald darauf freuten, auf La Tranchée ihren Körper zu erfrischen und ihren Geist wieder zu beleben. Zu diesem Zweck hatte Jehan Essensvorräte und einiges Geschirr gebracht, was Brémand keineswegs beleidigte. Er kannte Messire de Frébois und schätzte dessen Sorgfalt, mit der er jedes Detail der Gastfreundschaft bedachte, wie er sich auch über die Haltung seines Herrn freute, der nicht beabsichtigte, seinen Pächtern Spesen aufzuladen, für die sie nicht verantwortlich gemacht werden konnten. Nur der Form wegen protestierte Brémand: „Aber Messire wird doch wenigstens nicht ablehnen, ein wenig von meinem Wein zu kosten!"

„Selbstverständlich nicht", sagte Jehan, während er sich, innerlich lächelnd, an Messire de Frébois' Worte erinnerte: „Brémand ist ein stolzer Mensch. Er wird das Essen ohne Protest akzeptieren, aber auf keinen Fall sich mit Wein versorgen lassen. Ärgere ihn diesbezüglich nicht, er ist da sehr eigen. Sag ihm, daß wir stolz sind, seinen Fässern Ehre anzutun." Jehan fühlte sich berechtigt, zur Erhöhung von Brémands Stolz noch weiterzugehen, und sagte: „Was den Wein betrifft, so hat Messire de Frébois gesagt: ‚Überlaß das nur Brémand. Ich weiß keinen, der uns da besser bedienen könnte.' "

Wie vorausgesehen blähte dieses Lob Brémands Stolz gewaltig auf, und er lud Jehan auf eine Kostprobe seines berühmten Rosé ein. Danach führte er ihn durch sein ganzes Anwesen.

Alles glänzte wie neu und war so sauber, wie man es sich nur wünschen konnte. Jehan beglückwünschte Maître Brémand aufrichtig. Schließlich kamen sie zum Schweinestall im zweiten Hof. Überrascht sagte der Stallmeister: „Ist das Ihr Schwein, Brémand? Großer Gott, ist das Tier dünn. Ist es krank?"

„Ach, Monsieur Jehan, wenn Sie nur wüßten, wie sehr ich mich bemüht habe, diesem Vieh eine bessere Figur zu geben. Es ist wohl ein Kreuz, das ich tragen muß. Dieser Plantagenet, so heißt er nämlich, weigert sich, irgendwelches Futter anzunehmen, das nicht aus den Händen meiner Tochter kommt. Und selbst von ihr rührt er kaum etwas an. Oft war ich schon drauf und dran, mich seiner zu entledigen, denn ich habe mir ausgerechnet, daß er einfach keinen Profit abwirft. Aber ..." Brémand zögerte einen Augenblick und kratzte sich verlegen am Kopf. „Wissen Sie, er ist ein Geschenk meines Bruders, ich kann ihn nicht weggeben. Und Adele ist ganz vernarrt in den Kerl. Sie hält ihn für sehr intelligent."

„Intelligent? Und das soll ich glauben?"

„Oh doch", sagte Brémand. „Sie können sich gar nicht vorstellen, was sie ihm alles beigebracht hat. Er kann Türen öffnen und schließen, und er säubert den Hof wie ein Knecht. Es handelt sich hier um kein gewöhnliches Schwein. Ich muß sogar gestehen", fuhr er fort und nahm Jehan vertraulich beiseite, „daß auch wir Erwachsenen ihn sehr mögen. Ich weiß, daß es dumm ist, aber wenn er nicht hier ist, fehlt er uns."

„Das ist ja sensationell", sagte Jehan. „Sie sollten für Ihre Gäste einen Zirkus veranstalten. Mit diesem Schwein als Star würden Sie großen Erfolg haben!" Die beiden Männer setzten lachend ihren Rundgang fort. Plantagenet hatte, während er sich schlafend stellte, alles mit angehört. „Komischer Kerl", grunzte er ärgerlich hinter dem Stallmeister her. Dann ging er das Gespräch noch einmal durch und gewann eine gewisse Befriedigung daraus. Daß Brémand nicht die Absicht hatte, ihn zu schlachten, war doch wirklich eine gute Nachricht. Darüber hinaus war aber noch angedeutet worden, daß man ihn nicht verachtete, sondern mochte, ja ihn bei Abwesenheit sogar vermißte. Das war wahrlich höchst erfreulich. Er dachte düster, daß er jetzt eigentlich fröhlich sein könnte, hätte er sich nicht für die gefährlichste Mission seines Lebens gemeldet. Seines Lebens? Wie lange würde es noch dauern? Jedenfalls konnte er sich sagen, daß er glücklich sterben würde – wegen der Liebe Adeles oder, wie Brémand es formuliert hatte, weil auch die Erwachsenen ihn sehr mochten.

Plantagenet wurde es ganz schwach im Magen. Was passierte in Les Combles? Von Hurlaud oder Grondin war keine Botschaft gekommen. Niemand hatte nach La

Tranchée durchdringen können, und aus demselben Grund würde es für ihn schwer sein, die Farm zu verlassen, ohne daß jemand Alarm schlug. Es war jedoch wichtig, daß er aufbrach, ehe man die Tore schloß, also spätestens um neun Uhr. Dann mußte er pfeilschnell nach Les Combles eilen. Die Dunkelheit machte ihm nichts aus, er kannte den Weg genau; schlimmer war es, wenn irgend jemand ihn weglaufen sah und Geschrei erhob, bis man ihm womöglich unter Führung Hargneus nachjagte. Diese Möglichkeit beunruhigte ihn zutiefst. Er sah lebhaft vor sich, wie sie ihn jagten und in der Nähe von Les Combles einholten, gerade wenn Grondin, Albaine und die Jungen sich zum Aufbruch bereitmachten. Ein schreckliches Zusammentreffen! Und es wäre um so schlimmer noch, weil Hargneu sofort den Größenunterschied zwischen Grondin und dem angeblichen Grondin erkennen würde, der ihn nicht nur erniedrigt, sondern ihm auch noch am selben Nachmittag zu einer Tracht Prügel verholfen hatte. Welch eine Situation! Plantagenet vergrub sich in seinem Stroh und fühlte schon die gnadenlosen Kiefer Hargneus in seinen Schenkeln.

Fest entschlossen, sich wieder aufzurichten und über seine Ängste hellauf zu lachen, kam er wieder heraus, fing aber statt dessen an, sich über eine neue Folge von möglichen Unglücksfällen Sorgen zu machen. Er mußte ruhig bleiben und bis zum letzten Moment mit dem Weglaufen warten. Das Risiko dabei war nur, daß die Tore dann schon geschlossen waren und er überhaupt nicht mehr hinauskam. Was geschah dann mit der Expedition, die er anführen sollte? Seine Freunde würden alle auf ihn als Führer warten. Sie würden Zeit verlieren, und schließlich würde sicher Grondin die Führung übernehmen. Aber wenn sie dann unglückseligerweise den Bewaffneten begegneten? Welches Blutbad! Entsetzliche

Szenen zogen vor seinem geistigen Auge vorüber. Er sah seinen lieben Cousin von Lanzenstichen durchbohrt, sah die losgelassenen Hunde sich auf die Jungen und ihre Betreuer stürzen, die ohne jede Ordnung flüchteten und nicht mehr wußten, welchen Heiligen sie anrufen oder welche Richtung sie einschlagen sollten. Eine Kolonne, die keinen Führer hatte und sich aufgelöst den Schlächtern als ein leichtes Opfer darbot! Arme Albaine, arme Frischlinge, ja sogar armer Pielet! Nach und nach verschwand Plantagenet einfach durch die Vibrationen seiner zitternden Angst wieder im Bett. Eine Sache hatte Brousse jedenfalls richtig gesehen: welche Verantwortung er da übernommen hatte! Aber was für einen Nachruf würden ihm die Überlebenden geben, wenn seine Unfähigkeit bekannt wurde? Da konnte er ja nicht mehr wagen, seinen Kopf aus La Tranchée herauszustecken. Sollte er an einem schönen Tag außerhalb der Mauern herumspazieren, traf er sicher auf Hurlaud und sein Rudel oder auf Baclin oder gar auf beide! Er sah sich schon an Ohren, Füßen und Schwanz gepackt – wie er der wilden Meute eben gerade in die Fänge kam – und an den Richtplatz geschleppt. Man würde ihn leidenschaftlich anklagen und dann töten. Vielleicht fraß ihn diese Armee rächender Wölfe bei lebendigem Leibe – der Gedanke daran ließ ihn so erzittern, daß er das ganze Bett in Aufruhr brachte.

Rupert kam gerade vorbei und sah voller Staunen auf das auf- und abhüpfende Stroh. Er blieb stehen, um die Sache zu untersuchen, stieß mit der Schnauze hinein und traf auf etwas Rosafarbenes, das sich als Plantagenets Hinterbein erwies. Plantagenet, auf dem Höhepunkt der Verzweiflung in seinem Alptraum angelangt, spürte plötzlich die kalte Nase an seinem Schenkel und heulte entsetzlich auf; dann nahm er alle Kraft zusammen, schoß wie ein Blitz hervor und in die nächste Wand hinein. Halb betäubt, aber mehr verrückt vor Angst als vor Schmerzen, schrie er, während er sich hin- und herwälzte: „Hilfe! Laßt mich! Es stimmt nicht! Ich bin kein Verräter!"

„He, Plantagenet, alter Freund", sagte Rupert besorgt. „Was ist los mit dir? Bist du krank?"

Plantagenet kehrte wieder in diese Welt zurück. Zunächst einmal untersuchte er die Wand, gegen die er gerade mit seinem Kopf gestoßen war. „Oh Gott, ich muß tot sein!" schloß er aufgrund der Untersuchung. Der nun völlig verstörte Rupert versuchte seinen Freund zu beruhigen und fragte, was ihn denn so aufgeregt habe. Plantagenet konnte kein Wort hervorbringen. Er schielte nur zu der Beule hinauf, die ihm auf der Stirn wuchs. Nach einiger Zeit war er in der Lage, sich hinzusetzen und ein paar Tropfen frisches Wasser zu nippen. Er dankte Rupert für seine liebevolle Fürsorge.

„Aber sag mir doch, Plantagenet, was dich in diesen Zustand versetzt hat!"

Plantagenet zögerte. „Ich ... ich habe einen sehr schlimmen Traum gehabt. Ich ... ich sah mich lebendig von Hargneu aufgefressen."

Insgeheim beglückwünschte er sich zu dieser Lüge. Er hatte seinen Verstand doch noch nicht ganz verloren. Im Augenblick konnte er sich keine indiskreten Vertraulichkeiten leisten. Rupert lächelte nachsichtig und versuchte zu trösten, so gut er konnte. Dann aber sagte er boshaft: „Nach der Tracht Prügel, die du neulich Hargneu verabreicht hast, wird er früher oder später Streit mit dir suchen. Du wirst dich wieder mit dem herrlichen Ruß beschmieren müssen, der wirkt offenbar besser als jede Kriegsbemalung."

„Also hat man es dir gesagt?"

„Nein, ich habe es alles selbst gesehen. Mach dir keine Sorgen, ich laß schon nichts am falschen Ort verlauten. Aber ich wünschte, ich hätte vorher gewußt, was für ein schlauer Witzbold du bist."

Plantagenet spürte, wie seine Selbstachtung wuchs, und dies trug auch zu seiner allgemeinen Wiederherstellung bei. Er stand auf, wenn auch mit Schwierigkeiten, und fragte Rupert geradeheraus: „Nimmst du am morgigen Karneval teil?"

„Karneval?" sagte Rupert. „Da bist du aber nicht sehr gut informiert." Er senkte die Stimme: „Die planen ja einen regelrechten Ausrottungskrieg gegen die natürlichen Räuber des Waldes." Er seufzte. „Ja, ich gehe mit, aber sehr gegen meinen Willen, das darfst du mir glauben."

Plantagenet tat, als wisse er nichts von dem, was da vorbereitet wurde, oder als wären nur unvollständige und unwesentliche Gerüchte darüber bis zu ihm gedrungen. Das spornte Rupert an, ihm noch anderes anzuvertrauen, was man auf dem Hof flüsterte, aber nichts davon ging über die Information hinaus, die der Wald bereits hatte. Das Rendezvous auf der Burg war um fünf Uhr früh festgesetzt, und die einzelnen Abteilungen der Treibjagd sollten sich um sieben Uhr an den vorbestimmten Plätzen treffen. Plantagenet erkannte, daß in dem ganzen bewaffneten Lager nur er vom Aufbruch der Tiere um fünf Uhr von Les Combles wußte, und er erkannte weiter, daß er sein Geheimnis bis zum Ende bewahren und er vor allem unbeobachtet von La Tranchée wegkommen mußte. Das war nun keinesfalls leicht.

„Ich glaube, mir täte ein bißchen frische Luft gut", meinte er.

Rupert freute sich, daß es ihm wieder etwas besser zu gehen schien. „Na freilich, mein Freund, geh nur Luft schöpfen", meinte er gemütlich. „Ist doch besser, sich mit einer stärkenden Brise aufzubauen, als sich wieder derartigen Träumen hinzugeben, daß man dann gegen Steinmauern rennt."

Steinmauern! Hat der eine Ahnung! dachte Plantagenet. Ihm war leicht melodramatisch, aber dabei durchaus fröhlich zumute, während er hinausging und die ganze Begrenzung des Hofes absuchte, ob es neben dem vorderen Ausgang noch irgendeine andere Möglichkeit des Entweichens gab. An einer Stelle hörte er Stimmen, worauf er diskret hinter einem der Wirtschaftsgebäude verschwand. Maître Brémand und der Stallmeister Jehan befanden sich ebenfalls gerade auf ihrem Rundgang. Sie waren vor Hargneus Hütte stehengeblieben. Der ganz eng angebundene Hund schien sich selbst sehr zu bedauern.

„Ist das einer Ihrer Hunde, Brémand? Was ist denn mit dem passiert? Der sieht ja recht bedrückt aus."

„Mit dem Kerl hatte ich gerade eine Rechnung zu begleichen. Ich hielt ihn für ein ehrliches, folgsames Tier, aber er hat sich unfair verhalten." Brémand erzählte die Geschichte mit der Wurst. „Für die Treibjagd morgen erhält er jedenfalls rechtzeitig seine Freiheit wieder. Vielleicht ist er sich bezüglich des Mein und Dein nicht so ganz im klaren, aber Kampfgeist hat er. Er wird uns sehr nützen, denn er ist mutig, und kein Wolf kann ihn schrecken."

Ungesehen machte Plantagenet eine Grimasse in Richtung der Männer. Wenn Brémand meinte, daß Hurlaud, Baclin und deren Rudel warteten, bis dieser Mob sie herausjagte, mußte er noch sehr umdenken. Plantagenet setzte seine Tour entlang der Außenmauer fort, fand aber keinen Spalt, durch den er hätte entkommen können. Eine Möglichkeit allerdings bot ein Holzbalken, der in der Nähe des Brunnens in den Boden gerammt war und mit dem anderen Ende auf der Mauer ruhte. Die

Neigung war sehr steil, aber mit Anlauf sollte es wohl möglich sein, hinaufzuklettern und so die Mauer zu erreichen. Wie er dann auf der anderen Seite wieder herunterkäme, darüber mochte er sich jetzt noch keine Gedanken machen. Es war jedenfalls ein Glücksfall, daß er diesen Balken entdeckt hatte, den Maître Brémand bereits als Stütze hingestellt hatte für eine Überdachung, unter der alle Eimer und Tröge aufgehängt werden sollten, die jetzt noch in wildem Durcheinander neben dem Brunnen lagen.

Plantagenet überprüfte die Lage, wobei er versuchte, ganz unbeteiligt auszusehen. Dem Wasserfaß, in das Edmond ihn vor gar nicht allzulanger Zeit getaucht hatte, mußte er allerdings einen bösen Blick zuwerfen. Dann begann er ganz vorsichtig zu probieren, ob er auf den Balken klettern konnte. Daß Brémand und Jehan in diesem Augenblick ihre Verabschiedung unterbrachen, um offenen Mundes einem über einen schrägen Balken balancierenden Schwein zuzuschauen, bemerkte er nicht. Es ging nicht besonders gut. Nach ein paar zögernden Schritten glitt Plantagenet aus und konnte sich gerade noch halten. Er ließ sich mit dem Bauch auf den Balken fallen und rutschte elegant zu Boden. Bei einem zweiten Versuch kam er schon höher hinauf, wobei er den Rücken wie eine Katze buckelte, um bei dieser Steilheit im Gleichgewicht zu bleiben. Plötzlich überkam ihn ein völlig neues Gefühl: ihm wurde schwindlig. Der Boden schien mit unvorstellbarer Schnelligkeit zurückzuweichen, während er ihn gleichzeitig anzog wie eine Hexe, die einen Zauber bewirkt hatte. Seine Augen wurden glasig, er sah erst zwei Balken, dann drei; schließlich stellte er die Vorderfüße auf den mittleren, den es aber nicht gab. Er war bar jeder Stütze, und mit einem Angstschrei spürte er, wie ihn die Leere auffing. Eine Sekunde später fand er sich, halb erstickt, in einem Faß voll eisigen Wassers wieder. Nicht weit von ihm entfernt ertönte so lautes zweifaches Gelächter, daß die Tauben in ihrem Schlag aufschraken. Maître Brémand und Monsieur Jehan schüttelten sich vor Lachen. „Was Sie doch für einen Clown besitzen, Brémand! Den dürfen Sie nie in die Küche schikken. Dressieren Sie ihn zum Zirkustier, der bestreitet ohne Mühe eine Ein-Mann-Schau."

„Hab ich's nicht gesagt! Aber diesen Trick hat er eben zum ersten Mal gezeigt. Offenbar als Kostprobe für Sie, Monsieur Jehan."

Zu Tode beschämt trollte sich Plantagenet in sein Bett und tauchte unter. Er brauchte eine ganze Weile, um warm und trocken zu werden, noch länger aber dauerte es, bis er seine Haltung zurückgewonnen hatte. Verzweifelt rief er sich zur Ordnung und beschloß, einfach aus dem Hof zu rennen. Er ging zum Haupttor, aber seine Pechsträhne hielt an. Nachdem Maître Brémand seinen Gast hinausgeleitet hatte, schloß er eigenhändig die schwere eisenbeschlagene Tür. Plantagenet wanderte noch einmal die Mauer entlang, fand aber auch diesmal keinen anderen Ausgang. Nun wollte er die Dunkelheit abwarten und dann einen letzten Versuch über den Balken wagen.

Auf dem Hof war es still, als wären alle erschöpft von der ungewöhnlichen Aufregung, die den ganzen Nachmittag über geherrscht hatte. Bevor die Tore geschlossen wurden, waren die nächsten Nachbarn Brémands – Henriot, Jacquet und Faucheux – auf La Tranchée eingetroffen. Die Männer dieser vier Höfe sollten sich hier am nächsten Morgen versammeln und dann als gemeinsamer Jagdtrupp zur Burg ziehen. Das Rendezvous bei Brémand war für halb vier Uhr angesetzt. So lag der Hof am Waldrand schon früh am Abend wie ausgestorben da, weil die Bewohner sich für die Anstrengungen des nächsten Tages ausruhten.

Plantagenet kam aus seinem Stall, wobei er versuchte, sich so klein wie möglich zu machen. Nichts erregte sein Mißtrauen. Ein leiser, durchdringender Regen vom Norden her ließ ihn kurz erschauern. Rasch erstickte er ein unwillkürliches Grunzen. Mit kleinen Schritten und klopfendem Herzen ging er zum Balken und konzentrierte sich lange, während er seine Chancen berechnete. Dann, mit einem heiseren Schrei, die Ohren nach vorne und den Schwanz nach hinten gestellt wie einen Speer, rannte er auf den Balken zu und geradewegs hinauf, ohne ihn eigentlich zu sehen, erreichte die Mauer in einem Anlauf und lag auch schon ausgestreckt darauf. Er tapste schwankend zur anderen Seite, plumpste ins Nichts und war bereit, sich dem Unheil zu fügen, das ihm im Buch des Schicksals offenbar exklusiv reserviert worden war. Er landete im schlammigen Wasser des Grabens, das beim Eintauchen über seinem Kopf zusammenschlug.

Ausgekühlt, betäubt und halb erstickt kämpfte er sich zum Grabenrand, kletterte unter einer Explosion von Flüchen, die Adele nicht einmal hätte richtig schreiben können, aus dem Schlamm, hob die Nase in den Wind und raste, wie vom Teufel gejagt, durch den Wald nach Les Combles.

Keine Seele auf La Tranchée war sich seiner Abwesenheit bewußt. Hargneu, nominell immer noch Wachhund, aber durch die würgende Leine festgehalten, hatte als nicht anerkannter politischer Gefangener beschlossen, alle formellen Pflichten zu verweigern, und entspannte sich in trotzigem Schlaf. Obgleich das Schicksal gegen Plantagenet eingestellt zu sein schien, indem es auf allzuvielen Taufakten bestand, hatte eine natürliche Gerechtigkeit doch Ausgleich geschaffen durch die Geschichte mit der „geliehenen" Wurst.

Eine Stunde später schoß Plantagenet, Schaum vor dem Rüssel und weißen Nebel ausdünstend, der seine kleine Gestalt buchstäblich verdoppelte, in die Lichtung von Les Combles, in der Grondin wachte. Er hatte darauf bestanden, daß seine Familie vor dem langen Marsch ruhe, konnte selbst aber nicht schlafen. Vieles ging ihm im Kopf herum, wie etwa die Berechnung der Chancen und die persönlichen Entscheidungen, die jeder Familienvater in einer Krisenzeit zu bedenken hat. Alles war mit Albaine besprochen und Vorkehrungen für alle nur möglichen Fehlschläge getroffen worden. Aber er wußte, daß sie trotzdem beide voller Sorge waren. Albaine wäre gerne mit ihm aufgeblieben, aber ihm war es lieber gewesen, sie zu Bett zu schicken, damit der ständige Austausch besorgter Blicke aufhörte. Der stolze und grimmige Eber Grondin, der sich insgeheim über seinen Ruf als König Griesgram freute, lag wach und allein und seufzte dauernd, während er Albaine und die Kleinen in die Dämmerung hineinschlafen sah. Plantagenets Ankunft riß ihn aus seinen düsteren Gedanken.

„Ah, da bist du ja, alter Freund. Komm herein, Vetter, und ruhe dich aus. Ich dachte mir schon, daß du bald kommen müßtest." Er räusperte sich. „Es ist alles organisiert. Hurlaud riskiert ziemlich viel, aber meiner Ansicht nach gibt es keine andere Lösung. Ich werde dir alles berichten, aber ruhe dich erst einmal aus. Du bist ja schweißgebadet. Bleib nicht in der Ecke dort, da zieht es, und du holst dir noch den Tod. Komm hierher, da hab' ich dich wenigstens im Blick."

Grondin informierte nun Plantagenet über alle Einzelheiten des Fluchtplans. Das Schwein hörte recht erschöpft, halb schlafend und halb wachend, zu. Von den genauen Befehlen, die sein Vetter ihm erläuterte, blieben ihm die wichtigsten Instruktionen fest im Gehirn haften: um jeden Preis vorne bleiben und ohne Abweichung direkt auf Les Fosses zusteuern, nicht wegen irgendeines drohenden Hinterhaltes zögern.

„Wir versammeln uns um halb fünf", sagte Grondin, „und starten müssen wir spätestens um fünf. Ehe die Sache heiß wird, müssen wir schon so weit wie möglich gekommen sein."

Mit einem letzten Seufzer warf Grondin einen langen Blick auf seine vier Jüngsten. Instinktiv folgte Plantagenet dem Blick und setzte sich dann plötzlich auf seinen Schwanz. Die Erinnerung an Pielets Zähne war noch sehr deutlich.

15

Die Treibjagd

In einen Ziegenfellmantel eingehüllt schlief Maître Henriot bis zum letzten Augenblick und ließ Jacquet und Faucheux zuerst aufstehen. Die Frauen von La Tranchée waren bereits am Herd beschäftigt, denn Messire de Frébois hatte streng befohlen, daß jedermann vor der Jagd eine gute Mahlzeit einnehmen mußte. Die Hunde wanderten im dunklen Hof herum; sie freuten sich, an etwas Ungewöhnlichem teilnehmen zu dürfen, und steckten einander mit ihrer Erregung an. Hargneu, aus seiner Strafzelle entlassen, wanderte unter seinen Kollegen und den Besuchshunden herum, die er von anderen Massenausflügen gut kannte. So geschickt er nur konnte, stellte er sein Prestige als Meutenführer wieder her. Bald schon erwärmte sich jeder am Hof an dem Gerücht, daß dies wirklich der große Tag sein sollte, der Tag, an dem alle Bauernhunde der Region einmal zeigen konnten, wer sie waren. Man würde einen ruhmreichen Sieg gegen die wilden Waldräuber erkämpfen – und dies nicht mit den spezialisierten Jagdhunden der hohen Herren, die sich in Poitou lächerlich machen und schließlich überall in Aquitaine ausgelacht würden, sondern nur dank des unübertrefflich brillanten Hinterhalts des großen Hargneu, Herr der Hunde von La Tranchée, der sich ewig seiner Vasallentreue Herrn Brémand gegenüber bewußt war, trotz der falschen Beschuldigung dieses Herrn, daß er, Hargneu, in einen niedrigen Diebstahl verwickelt gewesen sei.

Die Elster Brousse hätte Plantagenet die Kolonne der Waldtiere um sieben Uhr früh anführen lassen, zu einer Zeit also, in der sich das große Hohlquadrat schon um sie geschlossen haben würde. Die Route Plantagenets nach Chizé führte genau in den Sektor des Quadrates, in den die Streitkräfte des Messire de Frébois vormarschieren sollten. Da neben dem Kontingent von La Tranchée noch fünf weitere Kompanien unmittelbar dem Kommando von Messire de Frébois unterstellt waren, standen die Hunde von La Tranchée unter stärkstem Druck, wenn sie den Ruhm für sich gewinnen wollten, die herannahenden Waldtiere zuerst gesichtet zu haben. Da nur die Meute von La Tranchée eine Vorauswarnung erhielt und ihr die Feinde Hals über Kopf über einen bekannten Pfad in den Hinterhalt liefen, ging es nur darum, daß die Helden wider Willen sich des Monopols des Weges von Les Combles nach Chizé versicherten und einige Mann als Vorhut vorausschickten.

Hargneu stellte diese leichte Eroberung nicht so simpel dar, sondern dekorierte sie mit Kampfdetails und erfand ein paar Phantasiegefahren, um das Adrenalin in Fluß zu halten. In diesem letzten Schwung versuchte er sich dann besonders sprachgewaltig zu geben:

„Ihr steht da wie Windhunde kurz vor dem Start", heulte er. „Unser Wild ist schon unterwegs. Ihr habt aber größeren Ruhm zu erwarten, denn ihr seid ja keine Windhunde, keine Bluthunde, keine Otternhunde, ihr seid *nicht* die verwöhnten Herren der Jagd, *nicht* die Verweichlichten, die Elite, die Inzuchttiere, die degenerierte sogenannte Aristokratie im Jagdgebiet, von ausgewählter Zucht und dazu verdammt, sich dem Stammbaum pedantischer Herrchen anzupassen, die Perfektion nur im Stammbaum sehen. Wir sind die gewöhnlichen Landhunde, wollüstig gezeugt durch natürliche Zuneigung. Wir haben keine pergamentenen Stammbäume. Die einzigen Bäume, die wir anerkennen, sind aus Holz, und wir wissen, was wir an ihnen zu tun haben. Wir sind die Bastarde, die Mischlinge, die Namenlosen, die wenig Geliebten, von denen die da oben auf der Burg so verächtlich sprechen, aber *wir* werden bei der vor uns liegenden Schlacht den Ruhm einheimsen. Natürlich wird unser Erfolg unseren Herren zur Ehre gereichen, aber das ist kein Nachteil für uns. Von jetzt an werden sie uns die Achtung erweisen, die wir verdienen." Hargneu warf einen verbitterten Blick auf Rupert, den einzigen Zuchthund im Hof, der abseits stand und leidenschaftslos den Höhepunkt der Vorstellung abwartete. „Bleibt also fest, liebe Freunde und Mitbastarde. Schließt die Reihen und keinen Laut, ehe ich Laut gebe. Haltet die Augen offen, die Nasen frei und vertraut rückhaltlos eurem Führer. Bald schon werden wir in Aktion treten. Ich sage euch jetzt, daß an einem vorbestimmten Punkt zwischen hier und der Eselsgrube eine Schlacht geschlagen und ein Sieg erfochten wird, der uns Lorbeerkronen beschert, uns, den Söhnen der Erde, den gewöhnlichen Landhunden."

Eine Trompete erschallte. „Alle Mann antreten!" schrie ein Reiter. Ein Bellen hob an, das Hargneu aber rasch wieder zur Ruhe brachte. Unter dem Geklirr von Zaumzeug und dem Lärm der Speere und Keulen stellten sich die Mannschaften unter den Augen der Frauen auf und zogen zum Haupttor hinaus. Brémand, Henriot, Jacquet und Faucheux ritten an der

Spitze, hinter ihnen ausgewählte Männer aus den vier Lehensgütern, insgesamt fünfundzwanzig. Sie waren alle ein wenig verlegen in ihren neuen Jagdanzügen und offensichtlich nicht allzu vertraut mit ihren Pferden. Um sie herum stürmten die Hunde, Hargneu raste wichtigtuerisch die Reihen entlang und zurück, suchte in den Büschen herum und gab sich nach und nach ganz der Erregung des Tages hin. Gleichzeitig benützte er jedoch seine Autorität weiter dazu, die anderen Hunde in strenger Disziplin zu halten – mit Ausnahme Ruperts, der der Gesellschaft mit offensichtlicher Mißachtung und sehr weit hinten folgte.

Die Nacht war kalt, aber ziemlich klar. Der Regen hatte aufgehört, und gelegentlich huschte ein Mondstrahl über den Himmel, dessen silberne Finger in die mysteriösen Schatten des großen Waldes wiesen. Der Weg schlängelte sich dahin, und die führenden Hunde sprangen zwischen Löchern und Sumpfstellen hin und her, die teilweise von den schweren Rädern der groben Karren, die hier entlangfuhren, verursacht oder zumindest viel schlimmer gemacht worden waren. Man war rechtzeitig aufgebrochen und hielt eine gute Geschwindigkeit ein. Trotzdem schien eine gewisse Besorgtheit langsam stärker zu werden, und unmerklich beschleunigte man das Tempo.

Um dieselbe Zeit versammelten sich die Mitglieder der Waldgemeinde in der Lichtung von Les Combles. Hurlaud hatte als erster seine Familie geweckt, und auf dem Weg zur Lichtung steckte er die Nase in Grondins Unterschlupf. „Schönen guten Tag, du Lump", grüßte er Grondin und dann ebenso herzlich, aber formeller: „Schönen guten Tag auch dir, Plantagenet."

Plantagenet schoß wie von einer Feder abgeschnellt nach vorne.

„Schönen guten Tag, Hurlaud", antwortete dieser ein bißchen verängstigt angesichts der Nähe des Wolfes. Die Familien zogen nun gemeinsam zum Treffpunkt. Dort legten sich die Frischlinge und Wolfsjungen unter Aufsicht ihrer Mütter wieder hin; schlaftrunken warfen sie sich aufs trockene Gras. Hurlaud, Grondin und Plantagenet empfingen die ersten Ankömmlinge. Baclin tauchte bald schon an der Spitze seines Kriegerrudels auf, das die Vorhut bilden sollte. Alle Tiere neigten im Vorübergehen vor Plantagenet ernst und stumm ihren Kopf – eine schlichte, aufrichtige Ehrenbezeigung der Edlen des freien Waldes für einen aus der Menschenherrschaft, der sich freiwillig zu ihnen gesellt hatte. Plantagenet bemerkte den starken Geruch der Wölfe, und ihn überkam eine Gänsehaut, die man in der Dunkelheit Gott sei Dank nicht sah. Wie eindrucksvoll und majestätisch Hurlaud doch gebaut ist, dachte er, und wie ungeheuer resolut sie alle wirken.

Bald schon füllte sich die Lichtung mit kleinen Gruppen von Tieren, deren kurze, halberstickte Ausrufe die Stille der Nacht durchbrachen. Hurlaud hatte sie gut instruiert, es waren keine weiteren Order nötig. Jeder einzelne begriff, worum es ging, und akzeptierte seine Verantwortung. Aber alle quälte das Problem mit den Jüngsten. Konnten sie mit der Kolonne Schritt halten, der dieser fremde Führer voranlief? Womöglich wußte dieser nicht, wieviel sie aushielten, und vielleicht kümmerte er sich nicht genügend darum, was hinten geschah? Viele Mütter nahmen Plantagenet beiseite und baten ihn, das Tempo nicht zu sehr zu forcieren, vor allem nicht zu Beginn, und sich von Zeit zu Zeit umzusehen, ob die Kolonne auch nachkam. Hin- und hergerissen zwischen denen, die Les Fosses so schnell wie möglich erreichen wollten, und denen, die vor allem daran interessiert waren, ihre Familien zusammenzuhalten, versuchte Plantagenet, alle zu beruhigen.

Hurlaud, Baclin und Grondin ordneten die Reihen so, wie es am Vortag festgelegt worden war. Der Sperber Puissard hatte den Auftrag, von ganz hoch oben Junge zu erspähen, die vielleicht abseits gerieten. Der Falke Bafrin setzte sich vor Plantagenet, der sich bereits in großer Erregung befand. „Ich werde über dir wachen, mein Freund", sagte der Falke mit ruhiger Stimme. „Ich fliege so hoch, daß du mich, sobald es einigermaßen hell ist, immer gut erkennen kannst. Ab Tagesanbruch folge mir genau. Ich kann dir den sichersten und kürzesten Weg zeigen. Solltest du unglücklicherweise angegriffen werden, fliege ich auf dich zu und attackiere den Feind. Wenn du siehst, daß ich stehenbleibe, mit den Flügeln schlage und eine andere Richtung einnehme, verändere ebenfalls sofort deine Richtung, denn dann habe ich eine Falle gesehen und einen Umweg eingeschlagen."

Und mit einem mächtigen Flügelschlag flog der edle Bafrin auf.

Als alle ihre Positionen eingenommen hatten und die Jungen in die Mitte genommen waren, zusätzlich geschützt von der Nachhut, wandte sich Hurlaud an Plantagenet und sagte mit fester Stimme:

„Jetzt also los, Monsieur. Das Schicksal unserer Familien liegt in Ihren Füßen."

Errötend vor zittrigem Stolz über das Kompliment nahm Plantagenet seinen Platz an der Spitze der Kolonne ein, und der Marsch begann. Wie mit Hurlaud abgestimmt, ging es zunächst zum Aufwärmen nicht allzuschnell voran. Als sie Pied du Fût erreicht hatten, verlängerte Plantagenet seine Sprünge, und alle folgten ihm in guter Ordnung. Er konnte die Tritte hören, vernahm aber keinen Laut, nur das starke Atmen einer auf ein gemeinsames Ziel ausgerichteten Gesellschaft. Das Ziel war, die Baumgruppe von Les Fosses vor sieben Uhr zu durchqueren, falls dies irgend möglich war.

Keines der Jungtiere weinte oder jammerte. Plantagenet stellte sich das vor ihnen liegende Terrain vor und versuchte herauszufinden, an welchem Punkt das kritische Zusammentreffen der Tiere mit den Jägern passieren könnte.

Zweimal kam Hurlaud, der sich von Vorposten zu Vorposten schlängelte wie ein Kurier, an die Spitze und marschierte ein paar kameradschaftliche Schritte lang an Plantagenets Seite. Dieser früher tödliche Feind hatte jede Bedrohlichkeit verloren und sprach als Gleicher zum Gleichen, und dies sogar mit der gewissen Höflichkeit, die er Grondin zukommen ließ.

Hurlauds Gehirn war bei der Überprüfung seiner Streitkräfte auf vollen Touren gelaufen. „Wenn wir von der Flanke her angegriffen werden", sagte er zu Plantagenet, „was, wenn wir Pech haben, durchaus passieren kann, laß dich dadurch nicht irritieren und halte deine Geschwindigkeit ein. Wenn du dem Flußlauf bis zur Souligné-Brücke folgst, kommst du gegenüber Les Fosses heraus und brauchst nur noch eine geringe Entfernung im Freien zu überwinden. Folge dem Falken Bafrin. Wir können ihn jetzt noch nicht sehen, aber er paßt dort oben für uns auf, und wir brauchen ihn ja auch erst richtig nach Anbruch der Dämmerung.

Wenn die Kolonne von vorne angegriffen wird, mußt du selbst erst scharf nach rechts oder links ausweichen und dann direkt auf den Feind zusteuern. Dadurch wirst du größte Verwirrung in den feindlichen Linien hervorrufen. Grondin oder ich übernehmen daraufhin deine Führerrolle. Mit Ausnahme von Baclin, Grondin, Fulgent und Flandrin habe ich diese letzte Entscheidung vor allen geheimgehalten. Halte direkt auf die Pferde zu, damit bringst du ein herrliches Durcheinander zustande, weil die Hunde, die dir auf den Fersen folgen werden, den Pferden unter die Hufe geraten."

Mit militärischer Nüchternheit fügte er noch hinzu: „Ich glaube nicht, daß du in große Gefahr gerätst, denn der Menschenmob wird ja glauben, daß du zu ihnen gehörst. Für die Reaktion der Hunde kann ich nicht garantieren, aber die Männer werden es wohl nicht zulassen, daß sie dich töten. Ein paar Bisse wirst du abkriegen, aber es wäre wohl gelacht, wenn das Fliegende Schwein seine Feinde nicht abschütteln könnte.

So, jetzt marschieren wir schon den Fluß entlang. In einer halben Stunde haben wir die Eselsgrube erreicht. Die Dämmerung wird noch nicht voll eingesetzt haben, und mit etwas Glück kommen wir durch."

Er sah Plantagenet in die Augen und sagte: „Wenn das, was ich befürchte, geschieht, kann ich nichts für dich tun. Erst in Les Fosses kann ich dir zu Hilfe kommen. Von dort an gibt dir das Buschwerk Deckung, und auch wir können dir wieder Schutz gewähren. Bei der Formation, die wir wählen mußten, haben wir nicht genug Kräfte frei, um dich bei dem Ablenkungsmanöver, um das ich dich bat, zu unterstützen."

Plantagenet warf den Kopf mit einer, wie er hoffte, lässig wirkenden Bewegung hoch. Er war sich des Risikos, das er einging, wohl bewußt, vor allem in bezug auf seinen Erzfeind Hargneu, und er spürte, wie ihm eine Gänsehaut das Rückgrat entlanglief. Komischerweise hatte er aber schon weniger Angst. Solchen Freunden ohne Zögern zu helfen, schien ihm einen Mut zu erfordern, dessen er sich früher unfähig gehalten hatte. Die Würfel waren gefallen. Auf, Plantagenet, vorwärts, du bist jetzt in der Armee! Los, auf den Weg, du gräßlicher Soldat!

Er beschleunigte seine Schritte, und die Kolonne folgte so eng aufgeschlossen wie am Anfang.

Ohne voneinander zu wissen, kamen die gegnerischen Kräfte langsam aufeinander zu. Beide Seiten näherten sich dem Waldrand bei der Eselsgruppe. An die Stelle der großen Bäume traten jetzt in Abständen Gruppen von Dornbüschen und Ulmen, die ein vorüberziehender Mondstrahl manchmal kurz erhellte. Bald kamen schon die ersten Lichtungen. Der nackte Lehmboden zeigte die Spuren von Wagenrädern. Die Luft wurde schärfer, beißender.

Aufmerksam, aber in der Meinung, noch zwei Stunden Spielraum zu haben, schnüffelte Hargneu in den Wind, der ihm aber nichts zutrug. Hinter ihm trabten, wohl eingehüllt in fellgefütterte Mäntel, Maître Brémand und seine Gefährten, die sich ab und zu in leisem Ton unterhielten. Plötzlich durchfuhr Hargneu, der auf eine Baumgruppe zugeschossen war, ein merkwürdiges Gefühl, eine plötzliche Unruhe. Irgend etwas war geschehen, war rasch wie ein Blitzschlag vorübergezogen. Er hatte das sichere Gefühl, einen Luftzug mit dem starken Geruch wilder Tiere empfangen zu haben.

Er wurde immer aufgeregter, wandte sich um, schnüffelte wieder und hatte ein Stück weiter nochmals das gleiche Gefühl. Aber er war noch im Zweifel und wagte nicht, Laut zu geben. Jetzt kam der Geruch wieder, und diesmal war er sicher. Er sah sich um. Sie waren nur noch um ein Geringes von der Eselsgrube entfernt. Wieder drang ihm frischer Duft in die Nase. Kein Zweifel mehr, das war's! Aber es entsprach nicht dem Plan!

Hargneu blieb eine Sekunde lang stocksteif stehen, stärkte sich innerlich und ließ ein unglaubliches Bellen ertönen. Dann raste er auf das zu, was er gerochen hatte. Nach wenigen Augenblicken sauste die Hundemeute, die zwar überrascht war, aber das Denken Hargneu überließ, hinter ihm drein, obwohl viele den Geruch noch nicht aufgenommen hatten. Von der Erregung plötzlicher Aktion gepackt, sprangen sie alle bellend Hargneu nach. Die Reiter blieben verdutzt zurück.

„Was ist los, Henriot?" schrie Brémand ärgerlich. „Die dummen Hunde werden uns noch aufhalten. Ruf deine Tiere zurück, Mann. Hargneu! Hargneu! Bei Fuß, du Idiot!"

„Sie sind gar nicht so dumm", rief Henriot erregt. „Die Hunde sind irgend etwas auf der Spur. Hörst du nicht das Knurren? Und wie die Zweige knacken? Da rechts! Das sind die wilden Tiere! Sie müssen irgendeinen Narren abgefangen haben, der ihnen die Sache verraten hat. Sie halten auf die Ebene zu. Aber dorthin marschieren wir ja sowieso. Schneiden wir ihnen doch den Weg ab, wenn sie aus dem Wald kommen. Verlieren wir keine Zeit, reißen wir sie in Stücke. Die Hunde sollen sie uns zutreiben."

Henriot gab seinem Pferd die Sporen und raste auf die Ebene zu. Brémand und die anderen folgten ihm.

Schon lange vor Hargneus erstem Kampfschrei hatte Hurlaud instinktiv Gefahr gewittert. Er drängte Plantagenet: „Schneller, Plantagenet! Beschleunige deine Schritte! Ich habe jetzt so ein Gefühl ..." Plantagenet gehorchte. Er vertraute den Raubtierahnungen Hurlauds völlig.

Und plötzlich hörte er Hargneus Stimme. Dieses Bellen hätte er überall herausgehört. Er fühlte, wie ihm der altvertraute Schauer über den Rücken lief, hatte aber keine Zeit, sich Gedanken darüber zu machen, was mit ihm geschehen würde. Grondin und Hurlaud waren schon neben ihm.

Grondin brüllte: „Renne fünfzig Schritte voraus und mache dich bereit!"

Ein krächzender Schrei ertönte über ihnen. Bafrin signalisierte Gefahr.

Die Ohren steil nach oben, den Schwanz so steif, wie er ihn nur halten konnte, mit starrem Blick und heraushängender Zunge, schoß Plantagenet wie von einer Feder abgeschnellt nach vorne.

Das Grau der Dämmerung weitete sich schon aus und schob die Dunkelheit langsam weg. Von jetzt an war nichts wichtiger, als so rasch wie möglich Les Fosses zu erreichen.

Plantagenet spürte Schmerzen im ganzen Körper. Er hielt kurz inne und sah sich um. Die Kolonne lief stetig, nun aber mit doppelter Geschwindigkeit weiter. Zwischen der Vorhut und der Hauptverteidigungsgruppe um die Jungen war ein Abstand. Fünfzig Schritte hinter Plantagenet raste Grondin, furchtbar anzusehen, mit gesträubten Haaren voran.

Beim unbewußten Anspannen der Kiefermuskulatur hatte Hurlaud seine Fänge entblößt, was ihm ein schrekkenerregendes Aussehen verlieh. Sein Bruder Baclin wirkte daneben weniger theatralisch, aber noch bedrohlicher; mit rotglühenden Augen setzte er dahin, die anderen Wölfe knapp hinter sich. Flandrin, der kräftige Bär, hatte einfach seine Order ignoriert und die Nachhutverteidigung seinen Brüdern überlassen. Mit einer überbärischen Anstrengung war er bis an die Spitze der Gruppe vorgestoßen, die die Jungen vorne schützte. Sein ganzer, vier Zentner schwerer Körper mühte sich unendlich ab.

Plantagenet fühlte sich, plötzlich wie berauscht, vom Wind gepackt. Ohne sich an seine letzten Schritte erinnern zu können, merkte er, daß er die Ebene erreicht hatte, die er halb und halb schon sehen konnte – blaßgrau und weit erstreckte sie sich vor ihm. Die Dämmerung zog allmählich auf, ein schwaches Morgengrau durchbrach das gleichmäßige Mondlicht. Plantagenet hob den Kopf und sah Bafrin gut dreißig Meter über sich. Es war jetzt möglich, Umrisse auf dreihundert Schritt Entfernung zu erkennen. Diese vagen Gestalten im Halbdämmerlicht links mußten Reiter sein. Mit noch größerer Sicherheit war die in nur zweihundert Schritt Entfernung auf ihn zuwogende Welle eine Hundemeute, die sich ihm, Hargneu an der Spitze, mit beängstigender Geschwindigkeit näherte.

Plantagenet lief noch schneller. Er war jetzt sechzig Schritt vor Grondin. In weniger als einer Minute würde er von der Kolonne abgeschnitten sein. Plötzlich hörte er Rufe von links. Er erkannte das hohle, keuchende Heulen Baclins, der seinem Bruder zurief: „Schau nach rechts, Hurlaud. Der Feind ist auch rechts."

Mordgierigen Blickes brach eine zweite Hundemeute zwanzig Meter vor den Wölfen aus der Deckung, und in einem perfekten Manöver gruppierte sich die Vorhut zum Empfang um. Grondins Vettern, die Keiler, die die andere Flanke des Haupttrupps schützten, schoben sich von rechts herein, an der weitermarschierenden Hauptgruppe vorbei, und gesellten sich neben die Kämpfer auf der linken Flanke.

„Alles folgt Grondin!" schrie Hurlaud dem Haupttrupp zu. „Weiterlaufen! Nicht mit den Kämpfern vermischen!" Grondin hatte anstelle Plantagenets die Führung der Kolonne übernommen. Mit großer Geschwindigkeit wandte er sich vom Fluß Guirande ab, um nicht durch die Reiter abgeschnitten zu werden, die schon eingebogen waren und sie aufhalten wollten. In einem Tumult von krachenden Hufen, trampelnden Füßen, brechenden Zweigen und vor Anstrengung zischenden Atemlauten stürmte der Haupttrupp keuchend hinter Grondin her.

Auf der linken Seite waren die Wölfe der Vorhut schon in Aktion. Verzweifelt versuchten zwanzig von ihnen über hundert Hunde in einen Kampf zu verwickeln und damit zurückzuhalten. Der riesige Baclin raste mit voll entblößten Fängen auf die erste ihm entgegenkommende Dogge zu. Wohlvertraut mit allen Kniffen der Jagd und des Kampfes tat er, als wolle er rechts vorbei, und der Hund, dessen Augen aus dem Kopf hervortraten, streckte seinen Hals, um Baclin im Flug zu packen. Dabei vergaß er seine Kehle zu schützen, und darauf hatte der Wolf gewartet. Mit rascher Bewegung wandte er sich um und stieß alle Zähne in das ihm entgegengestreckte Fleisch. Er fühlte, wie die Knochen unter dem Druck seiner Kiefer zerbrachen, und ließ gleich wieder los. Ein Hund hatte bereits ausgedient.

„Der Dickste muß zuerst dran glauben“, witzelte Hurlaud, der schon ganz umzingelt war. „Paß auf, Baclin, schau nach rechts!“

Nach allen Seiten herumwirbelnd, mit ihren Zähnen zuschnappend, ohne allzutief in die Meute einzudringen, hatten die Wölfe ihre Feinde vorläufig gestoppt und somit ihr erstes Ziel erreicht. Jetzt war es wichtig, den Kampf aufrechtzuerhalten. Die geringe Zahl der Wölfe ließ es aber fast unvermeidlich erscheinen, daß sie in der Masse der Hunde untergehen würde, die sich vor ihren Augen zu multiplizieren schien und sich gemeinsam auf sie stürzte.

Baclins Bruder Cerbert wurde von vier kräftigen Doggen angeriffen; am ganzen Körper zerbissen und blutend ging er zu Boden.

Fulmet, ein entfernter Vetter Baclins, der seit seinem Entkommen aus einer Falle an der rechten Vorderpfote lahmte, war in äußerster Not. Von der Meute überrannt, hatte er bereits ein Ohr verloren, aber er hob den Feinden immer noch den Kopf entgegen. Seine Lenden waren jedoch durch einen Angriff von hinten bereits schwer verletzt, und er mußte den Kampf, den Rücken gegen einen Baum gepreßt, sitzend fortsetzen.

Baclin selbst wurde trotz seiner unglaublichen Geschwindigkeit umringt und verdankte sein Leben nur seinem Bruder Ferlut, der mit einem Biß eine Dogge tötete, die sich von hinten auf Baclins Lenden stürzen wollte. Im gleichen Augenblick wurde auch Ferlut umringt und verschwand unter der knurrenden Meute.

Hurlaud stand Muquon, dem Hund der Witwe Bigotte, gegenüber. Seit der Entwendung eines gewissen Schafes vor ein paar Tagen hatten die beiden eine Rechnung miteinander zu begleichen. Muquon, der immer die Herde bewachte, war damals eindeutig überspielt und demzufolge von der geizigen Witwe schlimm geschlagen worden. Er hatte geschworen, sich den Pelz dieses verdammten Wolfes zu holen. Muquon war ein großer, muskulöser, gedrungen wirkender Hund, mit Doggenblut in den Adern. Er hatte mehr Kraft als Intelligenz, wurde aber von allen anderen Hunden gefürchtet. Einmal war es ihm beinahe gelungen, Fulgent zu erdrosseln, und nur der Bär Flandrin, der unerwartet vom Waldrand herankam, hatte ihn gezwungen, den Fuchs loszulassen. Der Strolch Fulgent rühmte sich später stets dieses Entkommens und zeigte stolz die Narbe an seiner Kehle.

Muquon stand nun fast Schnauze an Schnauze mit Hurlaud vom großen Wald, der ihn sich absichtlich ausgesucht hatte. Dies war ein richtiges Duell, ein Einzelkampf. „Los, Muquon!" sagte Hurlaud drohend und stellte sich fest auf die Hinterbeine. Alle anderen Streitenden zogen sich plötzlich instinktiv von den beiden zurück.

Die Schlacht hörte jedoch nicht auf. Hurlaud vernahm in dem Getümmel die starke Stimme seines Bruders: „Laßt sie nicht weiter! Mut, Kameraden, haltet sie hier fest!" Wie ein von einer Bogensehne geschnellter Pfeil sprang Hurlaud Muquon an, der das gleiche Manöver anwandte wie vorher Baclin, wodurch Hurlaud ihn verfehlte. Dieses zähe Vieh konnte kämpfen, merkte Hurlaud, und es wußte, wie es seine Kehle zu schützen hatte.

Hurlaud konzentrierte seine volle Kraft auf das Ausweichen und hörte Muquons Kiefer Zentimeter vor seiner eigenen Kehle zuschnappen. Er war geschickter als die Dogge und hatte noch Zeit, sich umzuwenden, ehe diese ganz herumgewirbelt war. Vor- und zurückstoßend, den Kopf zwischen den Schultern, um eine möglichst geringe Angriffsfläche zu bieten, bereitete der Wolf den nächsten Zug vor. Er sah, wie der Hund sich auf ihn stürzen wollte, kam ihm zwischen die Füße, stieß dann wie der Blitz zu und riß ihm eine tiefe Wunde in die Schulter. Gleichzeitig spürte er Muquons Kiefer sich um seinen Kopf schließen. Der Schmerz war sehr stark, aber er hatte schon gesehen, wie andere von dem aus solchen Wunden schießenden Blut geblendet wurden; darum schüttelte er sich und seinen Gegner mit solcher Kraft, daß er diesem fast die Knochen brach. Muquon verlor wegen seiner bereits schwer angeschlagenen Schulter die Balance und fiel zu Boden, ließ aber nicht los. Er versuchte um jeden Preis, an die Augen des Wolfes zu kommen. Als einzige Überlebenschance konnte Hurlaud nur seinen Kopf ducken, die Zähne des Hundes rissen schon an seinem Rückgrat. Aber Muquon verlor aufs neue seine Balance, und mit einer einzigen knappen Bewegung stieß Hurlaud seine Fänge in den Bauch seines Feindes. Dann hörte er dessen Todesschrei. An lebenswichtiger Stelle getroffen, ließ der Griff des Hundes langsam nach.

Im gleichen Augenblick fühlte Hurlaud entsetzliche Schmerzen. Eine zweite riesige Dogge hatte ihn an den Lenden gepackt und versuchte ihn auseinanderzureißen. Wölfe können sich nicht umdrehen, ihre Rippen und das Rückgrat stehen in einem Winkel zueinander, der eine solche Bewegung unmöglich macht. Sie müssen erst nach oben und dann zurückspringen. Wird der Wolf von hinten gepackt, kann er sich nicht befreien. Hurlaud bäumte sich auf und heulte vor Verzweiflung. Unter ihm zuckte Muquon in Agonie, seine Eingeweide quollen auf den Boden.

Der Eber Boulet war gerade rechtzeitig am Kampfplatz erschienen. Er sah, in welch verzweifelter Lage Hurlaud sich befand. Rasch wie ein Meteor griff er an und fällte den Hund buchstäblich mit seinen Hauern, da dieser zu sehr auf das Zerfleischen Hurlauds bedacht war, um zu beachten, was hinter ihm geschah. Eine Sekunde später wirbelte sein nicht mehr identifizierbarer, zermalmter und aufgeschlitzter Körper durch die Luft und landete zehn Schritte entfernt auf dem Boden. Boulet setzte nun seinen ganzen massigen Körper zur Befreiung Hurlauds ein. „Du bist wahrlich zur rechten Zeit gekommen", keuchte Hurlaud mit verzerrtem Gesicht. „Ohne dich wäre es um mich geschehen gewesen und um meine Brüder auch."

Trotz ihres Mutes wären die Wölfe tatsächlich untergegangen. Drei lagen schon tot da, und weitere zehn befanden sich in einem bedauernswerten Zustand. Wegen ihrer Langsamkeit waren die Eber erst nach einer Weile in die Schlacht gekommen. Aber wichtig war, daß sie gekommen waren, und sie machten sich auf schreckliche Weise bemerkbar. In dem allgemeinen Durcheinander

sah Hurlaud, wie rechts und links von ihm Hunde in alle Richtungen geworfen wurden. Mit stummer Tüchtigkeit hatten sich die Eber auf die verbleibende Meute geworfen, die jetzt eine sehr schlimme Viertelstunde durchzustehen hatte.

Zehn Hundekörper lagen am Boden. Die Verwundeten stolperten heulend weg, sobald sie nur auf die Füße kamen. Die Schlacht wandte sich zugunsten der Waldtiere, und weitere Hilfe bot sich an. Der gute Bär Flandrin, der mit seiner Familie die Kolonne hinten geschützt hatte, ließ einige Bären in der Nachhut zurück und brachte die anderen mit in den Kampf. Sie waren den Spuren der Eber gefolgt und teilten nun mit ihren riesigen, mit spitzen Krallen versehenen Tatzen mächtige Schläge aus.

Die Hunde wurden immer unsicherer, was den Ausgang ihrer Aktion betraf, und verloren an Initiative. Schließlich flohen sie unter Zurücklassung von etwa zwanzig toten oder in den letzten Zügen liegenden Gefährten. Hurlaud ging schwer humpelnd über das Schlachtfeld und zog das Resümee.

Rechts konnte er in der Ferne brüllende Männer und bellende Hunde einer anderen Meute hören, die von Hargneu angeführt wurde. Sie schnappten nach den Fersen Plantagenets. Hurlaud gestattete sich ein kleines anerkennendes Lächeln darüber, daß diese Ablenkungstaktik funktioniert hatte. Die Männer und die führende Hundemeute konzentrierten sich darauf, ein Schwein zu jagen.

Die große Kolonne der Tiere, bestehend aus den nichtkämpfenden Mitgliedern und ihrer Schutztruppe, kam jedenfalls sicher durch. Das Hauptziel war erreicht.

Der gute Flandrin brachte die übrigen Bären mit in den Kampf; sie waren den Spuren der Eber gefolgt und stürzten sich jetzt in die Schlacht.

Auf dem Schlachtfeld um ihn herum lagen Ferlut, Gerdoise und Flambert tot da. Ihre teilweise fast zerfleischten Körper zeigten, wie wütend die Hunde sie angegriffen hatten.

Die blinden Augen nach oben gewandt, hielt Flambert im todesverkrampften Kiefer die Vorderpfote eines Hundes. Er hatte bis zum Schluß gekämpft und dann dem uralten Gesetz der Wölfe gehorcht, ohne ein Stöhnen zu sterben.

Fulmet, dessen Lenden zerfleischt waren, saß noch immer an dem Baum, gegen den er sich hatte lehnen müssen. Blut schoß in Strömen aus den großen Bauchwunden.

Es gab keinen einzigen unverwundeten Wolf, alle waren mehr oder minder kampfunfähig. Aber ihre Beine konnten sie noch dazu benützen, sich weiterzuschleppen ...

Mit Ausnahme von Fulmet. Seine Augen waren noch wachsam, aber nach der steifen Haltung zu schließen, in der er so unnatürlich am Baum saß, schien er gelähmt zu sein.

Bougon, ein Vetter Albaines, hatte einen Hauer verloren. Die Bären schienen als einzige ohne schwere Verletzungen durchgehalten zu haben. Kampfspuren sah man mehr als genug an ihnen, aber das Blut, das sie bedeckte, war größtenteils nicht ihr eigenes.

Keuchend und stöhnend sahen sich alle an. Trotz der plötzlichen Flucht der Hunde konnten sie nicht sicher sein, ob diese nicht zurückkehren würden. Hurlaud rief alle zusammen.

„Die Kolonne muß schon durchgekommen sein. Wir müssen jetzt wieder zu ihr stoßen, denn sie ist ungeschützt. Außerdem haben wir noch eine weitere Verpflichtung. Plantagenet wird nicht dauernd durchhalten können mit seinem Umkreisen der Pferde. Ich fürchte, wir werden dort auch angreifen müssen. Reißt euch zusammen, Männer. Schüttelt den Staub ab, und dann auf zum Marsch!"

Aus Fulmets Kehle kam ein Rasseln. Offenbar hatte er große Mühe, sich verständlich zu machen.

„Marschiert ohne mich", sagte er dann. „Ich könnte nicht mithalten. Ich würde euch nur im Wege sein, und ihr habt keine Sekunde zu verlieren. Wenn die Hunde zurückkommen, werde ich sie von neuem angreifen und eine Weile beschäftigen. Los, Brüder, beeilt euch! Macht euch keine Sorgen um mich."

Hurlaud ging zu ihm hin, und Baclin folgte. Sie schauten sich in die Augen. Mit Fulmet de Großen war es vorbei. Wenn die Hunde zurückkamen, konnte er sie nicht lange bekämpfen und erlitt einen schrecklichen Tod. Fulmet sah, wie seine Brüder die Situation abwogen. Er sagte ganz ruhig:

„Mehr als eine Stunde oder zwei habe ich nicht mehr zu leben, das weiß ich. Macht Schluß mit mir. Die Schmerzen sind schlimm."

Er glitt auf die Seite. Ein kleiner Blutstrom rann über die Wurzeln des Baumes.

Tiere haben Gesetze und Geheimnisse, die sie ohne jedes Nachdenken erkennen und anerkennen. Wenn es keine Hoffnung mehr gibt, ist es für sie eine Ehre, durch die Hand eines Freundes zu sterben.

Hurlaud begriff. Er ging ein paar Schritte weg und dann auf Flandrin zu. Der Bär schien schon zu wissen, um was Hurlaud ihn bitten würde. Wortlos ging er mit ihm zu Fulmet zurück.

Als Fulmet ihn vor sich sah, lächelte er schwach. „Guter alter Flandrin", sagte er. „Mach's rasch. Die Schmerzen ... du verstehst."

Flandrin räusperte sich, konnte aber nicht sprechen. Er bedeutete Hurlaud und Baclin, ein paar Schritte wegzugehen. „Adieu, lieber Freund", sagte er dann mit erstickter Stimme. „Möge Gott dich zu sich nehmen."

Er versetzte Fulmet einen raschen Schlag. Der Wolf gab keinen Laut von sich. Seine Glieder entspannten sich. Mit Zartheit und Genauigkeit zog Flandrin seine Tatze durch die Halsschlagader. Es kam nur wenig Blut heraus; der große Fulmet war tot.

Es war ein Augenblick tiefster Emotion. Alle waren sie ernst und still. Einer nach dem anderen kam, um die Körper der gefallenen Freunde zu beschnüffeln, die gestorben waren, damit die anderen leben konnten. In der geheimnisvollen Welt der Tiere wird diese Ehrerbietung stets erwiesen.

Am Schluß der kurzen Zeremonie rief ihnen Hurlaud das Dringliche des Augenblicks wieder ins Gedächtnis. Seine Stimme verriet, wie erschöpft er war. „Folgt mir, Freunde", sagte er. „Die nächste Etappe wird nicht leicht sein. Wir müssen bald unsere Deckung verlassen. Wir haben eine Aufgabe vor uns, machen wir uns daran."

Nicht mehr in Paradeordnung, aber immer noch in gleichmäßigem Schritt, marschierten sie dem Haupttrupp nach, so schnell sie konnten.

Als die Schlacht begonnen hatte, war Plantagenet auf Hurlauds Befehl den erstaunten Reitern entgegengerannt – mit zwanzig heulenden Hunden auf seinen Fersen. „Nicht zu glauben!" rief einer der Männer. „Maître Brémand, schauen Sie, wer da kommt. Das ist doch Ihr kleines Schwein, das die Hunde jagen."

„Das ist doch die Höhe!" stöhnte Brémand. „Jetzt wollen diese Idiotenköter meinen armen Plantagenet zerreißen. Natürlich ist es Plantagenet, aber was zum Teufel tut er hier? Oh, das liebe dumme Tier! Sicher hat es gesehen, wie ich weg bin, und beschlossen, mir zu folgen. Ruft diese schwachsinnigen Kerle zurück und verprügelt sie. Plantagenet darf nichts geschehen, nichts! Meine Tochter würde diesen Schock nicht überleben."

Brémand strengte seine Augen an, um den Dämmerungsnebel zu durchdringen, und aus seiner Kehle drang dann ein halberstichtes Gebrüll, das ihm sicher innere Verletzungen zufügte. Er hatte den Leithund erkannt: Seine eigene Dogge Hargneu führte die Meute an. Flüche, wie sie noch nie auf Erden zu hören waren, kamen aus seinen verzerrten Lippen. Er versuchte das dumme Hirn seines Hundes mit Worten zu erreichen, die diesen vor Schreck anhalten lassen sollten. „Du blödsinniger, wildgewordener, kopfloser Tunichtgut von Hund! Hierher! Hargneu, sofort hierher! Daß ich dich nur erwische, du gottserbärmlicher, schieläugiger Tölpel du! Und ihr, ihr Kretins!" schrie er seine entsetzten Leute an. „Worauf wartet ihr noch! Rettet mein Schwein! Haltet diese Rattenfängermeute von meinem armen Plantagenet ab!"

Die Knechte setzten die Sporen ein und versuchten, zwischen Plantagenet und die Hunde zu kommen, die ihn schon schwer bedrängten. Den Schwanz so steif wie immer in Krisensituationen und mit dem altbekannten hohen Schreckensschrei, den er schon überwunden glaubte, rannte Plantagenet geradewegs auf die sich nähernden Pferde zu. Hargneu war so berauscht von steigender Jagdlust, daß er das letzte Vergnügen zu verdreifachen gedachte, indem er seinem Opfer kurz vor dem Höhepunkt noch ein paar Denkwürdigkeiten zuzischen wollte. Er war wie ein Henker, der den Verurteilten nicht nur die gleich zuschlagende Axt fühlen lassen wollte, sondern ihm noch das Gesicht auf dem Block nach oben drehte, damit er die Schneide auf sich zukommen sah. Es war ein Fehler, denn er verbrauchte dabei guten Atem, der ihm sonst mehr Sauerstoff in die Muskeln geschickt hätte, und jedes Wort kostete Meter.

„Nur schön langsam, mein Liebling", knurrte Hargneu. „Ich möchte deine mageren Schenkel küssen. Eines verspreche ich dir: daß du nie wieder in dem kurzen Leben, das dir noch vergönnt ist, gemütlich darauf sitzen wirst. Der große Herr Grondin hat deinetwegen mit mir geschimpft. Wenn er je den Körper seines Cousins wiedersehen sollte, wird er einige wunderbare Narben auf seinem Hinterteil entdecken." Diese überraschenden Bedrohungen erschreckten Plantagenet so sehr, daß er das höchste Gequietsche des Tages hören ließ und ihm ein paar Schritte Vorsprung gelangen, was wiederum Hargneus Wut so entflammte, daß er mit seiner Zischerei aufhörte. Der Hund wurde sich jetzt bewußt, daß er das Objekt einer erstaunlichen Reihe von Flüchen seines Herrn Brémand war, die die Herausgabe eines neuen Wörterbuchs gerechtfertigt hätten – aber er wollte davon nichts wissen. Dieses gräßliche Schwein zu fangen, war die schlimmsten Schläge wert. Und ein Schlag mehr oder weniger machte schon keinen Unterschied mehr.

Plantagenet rannte nun bereits eine lange Zeit, und seine Geschwindigkeit ließ nach. Er spürte die Kiefer Hargneus sich nähern und versuchte neuen Kurs einzuschlagen, um so seinem Verfolger Boden zu nehmen, aber es war verlorene Liebesmüh.

Sein nächster, noch durchdringenderer Schrei übertraf alles bisher Dagewesene. Hargneu hatte eben sein Maul um den steifen Schwanz geschlossen, der entgegen allen Theorien vom Überleben der Tüchtigsten wie ein Stock nach hinten stand. Mit unglaublicher Befriedigung beschnitt er den Schwanz rundherum und enthäutete die arme Spitze, die schon so viel gelitten hatte, dann machte er vor Ekstase einen Sprung und fing den

Schwanz von neuem ein, um eine weitere Lage abzuschälen. Plantagenet legte verzweifelt neue Beschleunigung zu und tauchte mitten unter die Hufe der herantrabenden Pferde.

Die Verwirrung war unbeschreiblich, viel größer noch, als Hurlaud es hatte hoffen können. Die Pferde bäumten sich auf, einige warfen ihre Reiter ab, die ganze Truppe kam schließlich zum Stehen. Unter Gebrüll, Gewieher und wenig phantasievollen Flüchen, die von Bauernknechten ja stets zu haben waren, bahnte sich Plantagenet seinen schwierigen Weg – von Hargneu immer noch am Schwanz gehalten. Der Rest der Hundemeute trug ebenfalls zu dem Durcheinander bei. Plantagenet hatte erwartet, daß man ihn beißen und auf ihm herumtrampeln würde, entdeckte aber jetzt in diesem Gewoge von Mäulern und Zähnen, Beinen und Hufen eine zusätzliche Schmerzquelle. Ein Dutzend Knüppel wurde kräftig von den Reitern geschwungen, um die Hunde von Plantagenet abzubringen, aber die Hälfte der Schläge landete aus Versehen auf dem Schwein selbst.

Unerträglicher Lärm, scharfe Schmerzen und vor allem eine alles überwältigende Angst erweckten in Plantagenet eine Überbewußtheit wie im Fieberdelirium. Er sah Bewegungen, die er nicht gleich deuten konnte. Wie in einem Traum bemerkte er etwas, das wie ein gefederter Speerkopf aussah, herunterkommen und mit außergewöhnlicher Schnelligkeit verschwinden. Es kam und ging, aber immer von oben und sehr schnell und immer zugunsten Plantagenets, indem es gerade die Hunde, Pferde oder Männer angriff, die ihn im Augenblick am meisten verfolgten. Dann wurde sein Blick klarer, und er sah deutlicher das rasche Heruntertauchen eines Wesens mit Schnabel und ausgebreiteten Krallen und erkannte, daß der Falke Bafrin für ihn kämpfte. Er hielt also sein

Wort. Mit rasiermesserscharfem Schnabel tauchte er auf die Hunde hinunter, zielte auf ihre Augen, und wenn der Kopf abgewandt war, riß er ihnen mit Schnabel und Krallen den Rücken auf. Er nützte seine Schnelligkeit optimal, indem er es nie bei einem ersten Stoß bewenden ließ, er andererseits aber in diesem Durcheinander auch nie seine Kraft so weit vergeudete, daß er sich nicht mehr hätte befreien können. Immer wieder flog er hoch, kehrte wie ein Wirbelwind zurück und grub seine gefährlichen Krallen in den Angreifer, der Plantagenet gerade am gefährlichsten war. Selbst die Reiter konnten ihn nicht abwehren und entdeckten, daß auch sie sich vor seinen Angriffen schützen mußten. In diesem wirren Kampf konnte als einziger Bote der Waldwelt nur der edle Bafrin dem gemarterten Plantagenet zu Hilfe kommen, und plötzlich wußte dieser, daß er nicht verlassen und verloren war.

„Ein Falke! Packt ihn, um Himmels willen!" schrie Henriot. „Georges, deinen Bogen, rasch!"

Der Mann schoß geschickt, aber dem Vogel gelang es mehrfach, den Pfeilen auszuweichen. Die Reiter hatten nun ihre Aufmerksamkeit auf die Bedrohung aus der Luft gerichtet, und durch das Nachlassen der Schläge konnte Plantagenet versuchen, näher an Maître Brémand heranzukommen. Hargneu war abgewehrt worden, versuchte aber immer noch, ihm zu folgen. Als Bafrin das sah, tauchte er direkt auf Hargneu nieder. Ein Pfeil durchdrang ihn voll mit weichem, saugendem Zischen. Plantagenet hörte über sich den Verzweiflungsschrei seines Freundes.

Der schöne Vogel flatterte, warf den Kopf hoch und stieg – stieg steil hoch, geradewegs in den Himmel, in eine Höhe, aus der er zum letzten Mal die ganze Dämmerung überblicken konnte. Er war nur noch ein dunkler

Fleck im Grau, breitete majestätisch im Todeskampf die Flügel aus, schwebte kurz und fiel dann ohne Schrei in das Wasser der Guirande, wodurch er für sich die letzte Würde in Anspruch nahm und Männern und Hunden seine körperlichen Überreste nicht überließ. Der edle Bafrin hatte den Preis für Plantagenets Freiheit bezahlt, und Plantagenet sah ihn fallen. „Das durfte doch nicht sein", stöhnte er auf, „daß du für mich sterben solltest!"

„Gut geschossen, Georges!" lobte Henriot. „Kommt jetzt alle! Holt das Schwein von den Hunden weg!" Er sprang zu Boden, Jacquet und Brémand folgten ihm, und sie marschierten mitten in die knurrende Meute hinein. Plötzlich schrie einer der Reiter heiser auf und wies in die Ferne. Dort am Rande des Waldes rannte eine ganze Kolonne Tiere in die Ebene hinaus. Brémand wurde leichenblaß. Was da rannte, waren Wildschweine, Bären, Wölfe, Füchse und auch kleinere Tiere. „Auf die Pferde!" brüllte er. „Rasch! Das sind die Feinde. Ist ja unglaublich! Schneidet ihnen den Weg ab!" Aber er konnte in das Gewirr der Hunde und scheugemachten Pferde keine Ordnung bringen. Wild um sich schlagend, stürmte er in den Wirrwarr hinein, fiel der Länge nach auf einen Haufen Hunde und zog Plantagenet darunter hervor. „Ach, mein armer Plantagenet. Wie haben sie dich zugerichtet! Das kommt sicher von den wilden Tieren im Wald. Die müssen dich überfallen haben, und darum bist du geflohen. Und dann haben sich diese elenden Hunde auch noch an deine Fersen geheftet. Ihr idiotischen Köter! Laßt doch das arme Vieh in Ruhe!" Wütend gebrauchte er den Knüppel. In seiner blinden Wut paßte er nicht genau auf, und einige Schläge trafen auch Plantagenet. In völliger Verwirrung konnte dieser nur denken, daß die Menschen irgendwie seinen Anteil an der geplanten Flucht der Tiere entdeckt hatten und er jetzt für diesen

Verrat auf der Stelle gelyncht würde. In verzweifeltem Selbsterhaltungstrieb schnappte er mit den Zähnen nach jeglichem Fleisch in Reichweite, biß sich eine Lücke und versuchte ins Freie zu gelangen. Hargneu wollte ihm folgen, aber Brémand schlug ihn mit seinem Knüppel zu Boden. Diese Gelegenheit nützte Plantagenet, warf sich in die Luft, landete auf den Füßen und raste endgültig in die Ferne.

„Wölfe!" schrie ein Reiter. „Sie folgen den anderen!" Brémand blickte auf und sah Hurlauds Gruppe aus dem Wald in die Ebene kommen. „Zu Pferd!" schrie er wieder. „Die kriegen wir doch wenigstens noch. Los, ihr Trottel, beeilt euch! Auf die Wölfe! Aber wo sind denn die Hunde, die sie angegriffen haben?"

„Dort", rief Henriot. Die Meute, die gegen die Wölfe gekämpft hatte, schlich in kleinen, völlig geschlagenen Gruppen auf die Männer zu. Brémand wollte seinen Augen nicht trauen. Alle Hunde bluteten aus großen Wunden. Er überlegte rasch. Mit den wenigen brauchbaren Tieren, die ihm noch verblieben waren, hatte er kaum eine Chance, die Wölfe zu überwältigen. Und die Aktion jetzt weiter fortzusetzen, hieße womöglich den ganzen Zeitplan der Treibjagd durch spätes Eintreffen auf der Burg in Unordnung zu bringen. Aber die Schande, aufgegeben zu haben, ertrug er nicht. „Dich habe ich ja noch", sagte er zu Rupert, der hinter ihm wartete. Und bisher haben Hargneu und seine Meute nur ein Schwein gejagt." Er warf sich in den Sattel. „Vorwärts!" schrie er. Alle Reiter und die verbliebenen gesunden Hunde rasten den Wölfen nach.

Plantagenet dagegen rannte, ja flog geradezu nach La Tranchée. Hurlaud und seine Freunde hatten gut fünfhundert Schritt Vorsprung vor den nächsten Reitern. Das hätte durchaus genügt, wenn vorher nichts passiert wäre, aber viele der normalerweise sehr schnellen Wölfe waren verwundet oder erschöpft, und die anderen Tiere waren langsam. Es kam nicht in Frage, Flandrin und die Bären oder etwa die ganze Boulet-Familie, die ihnen so tapfer zu Hilfe gekommen war, zurückzulassen. Sie alle boten einen erbarmungswürdigen Anblick. Hurlaud selbst mußte ab und zu stehenbleiben, um sich das Blut abzulecken, das ihm vom Schädel über die Wangen lief. Diese Gelegenheiten nützte er stets dazu, seine Truppe zu ermutigen. „Nur noch ein paar Minuten, dann sind wir in Les Fosses. Haltet durch, meine Freunde." Er verlangsamte seine Geschwindigkeit, damit Flandrin nachkommen konnte. „Nur weiter, Monseigneur", ermahnte er den erschöpften Bären.

Die sie verfolgenden Reiter kamen näher. Sie hatten noch eine halbe Meile vor sich, aber der Anblick der ersten Baumgruppe gab den Flüchtenden neuen Auftrieb. Hurlaud bat Baclin, auf der letzten Strecke zu führen, er selbst begab sich an das Ende der Kolonne, die jetzt sehr verletzlich war. „Laß dich nicht überrennen", sagte er zu Flandrin. „Dann bist du verloren. Was immer geschieht, ich bleibe bei dir, aber schwach werden wir nicht sterben." Flandrin gelang ein Grinsen. Er hatte gerade neben dem Geräusch der galoppierenden Pferde hinter ihnen das Geklirr von Lanzen gehört, die aus ihren Halterungen gezogen wurden. Einen Augenblick später spießte sich eine Lanze in den Boden neben Hurlaud.

„Jetzt in Schlangenlinien laufen, Monseigneur", sagte Hurlaud. „Vergrößere die Entfernung zwischen uns und wechsle dann dauernd von einer Seite zur anderen." Sie trennten sich, blieben aber auf gleicher Höhe. Hurlaud bemühte sich, seine Geschwindigkeit Flandrins Gang anzupassen, aber aufgrund seiner normalen Schnelligkeit schoß er ihm ständig voraus.

Die Baumgruppe war nun schon fast in Reichweite. Baclin tauchte eben in ihr unter. Die Reiter werden sich in so kleiner Zahl nie in den Wald wagen, dachte Hurlaud. Sobald wir drinnen sind, können wir uns umwenden und uns ihnen entgegenstellen. Ein Aufheulen brachte ihn in die Realität des Augenblicks zurück. Er sah plötzlich Flandrin mit einem Speer in seiner linken Flanke vorüberrasen. Hurlaud erhöhte seine Geschwindigkeit. Speere landeten nicht nur rings um ihn, sondern auch vor ihm. Er hörte einen im Flug pfeifen und sprang zur Seite; der Speer landete genau in seiner vorigen Lauflinie. Flandrin verlor Blut und keuchte vor Erschöpfung, erreichte aber eben die ersten Bäume. Er raste in ein Dikkicht, und der Speer blieb daran hängen – die Spitze mit einem Stück herausgerissenen Fleisches tropfte vor Blut. Hurlaud sah einen schmalen Pfad vor sich und wandte sich kurz um, ehe er sich entschloß, ihn zu verfolgen. Dann sah er zwei Schritte hinter sich Hufe, drehte sich rasch zurück und tauchte im Dickicht unter. Das Pferd trabte den Pfad entlang, und ein niedriger Ast warf den Reiter aus dem Sattel.

Brémand zügelte sein Pferd und befahl den anderen, die Verfolgung aufzugeben. Es hatte keinen Sinn, sie weiterzutreiben und sich den Wölfen in ihrem natürlichen Element zu stellen. Außerdem konnte er nun wirklich nicht länger riskieren, das Treffen mit Messire de Frébois zu versäumen. Vor Verwirrung fluchend riß er sein Pferd herum und ritt mit den Gefährten so rasch wie möglich zur Burg.

Ein paar Schritte weiter im dichten Wald hatten Baclin, Boulet und die anderen schon ihre Verteidigungsstellung eingenommen und waren bereit, jedem an die Kehle zu fahren, der die Schlacht weiterführen wollte. Hurlaud und Flandrin gesellten sich zu ihnen und entspannten sich in einer Stille, die nur von ihrem schmerzvollen Atmen durchbrochen wurde. Nach kurzer Zeit forderte Hurlaud alle zum Weitergehen auf, und obwohl er jetzt fast zu stark verletzt war, um marschieren zu können, führte er sie über den Weg von Les Fosses nach Chizé. An einem vorbestimmten Ort zwischen zwei uralten Eichen wartete Grondins Onkel Rohart, ein alter, noch kräftiger Krieger, gutmütig, aber mit unbestreitbar autoritärem Blick. Bewegungslos und ohne einen Laut von sich zu geben, sah er die humpelnde Nachhut näherkommen. Als Hurlaud neben ihn trat, wechselten sie nur einen Blick, und Rohart verbeugte sich leicht. „Ich habe auf euch gewartet, Brüder. Ich bin sehr erleichtert, euch hier zu sehen. Die beste Nachricht für mich wäre, daß ihr keine Verluste erlitten habt, aber ich fürchte, Grund zur Trauer zu haben, die bestimmt genausotief ist wie eure. Ihr habt volle Freiheit in unserem Wald, und wenn seine Reichtümer nicht mit dem, was ihr hinter euch gelassen habt, zu vergleichen sind, so ist er doch weniger gefährlich. Seht ihn als den euren an, und mögt ihr ihn in Frieden und Ruhe genießen."

Blutüberströmt, aber mit funkelnden gelben Augen, verbeugte sich auch Hurlaud: „Ich bin Ihnen zutiefst dankbar für Ihren höflichen Empfang, Monseigneur. Einige von uns, und gerade einige der Besten, haben mit ihrem Leben dafür bezahlt, daß wir hier zu Ihnen in Ihr Reich kommen konnten. Unsere Gedanken sind bei den Toten, unsere Untertänigkeit gilt Ihnen, wir folgen Ihnen, wo immer Sie uns hinführen."

Rohart verbeugte sich wieder und führte die Kolonne in einem ihrem Zustand angemessenen Tempo an. Im Gehen berichtete er: „Eure Familien sind durchgekommen. Soweit ich sehen konnte, unverletzt, aber einige junge Wölfe und Frischlinge sind abseits geraten. Mein

Bruder Puthet ist mit einer Suchtruppe ausgezogen und wird sie wohl ohne allzugroße Mühe herbringen können. Es ist nichts Schwerwiegendes vorgefallen außer dem, was euch passiert ist."

Hurlaud dankte ihm mit einem Neigen des Kopfes. Für eine förmlichere Antwort hatte er keine Kraft mehr.

16

Die Kapitulation

Die Ankunft Maître Brémands und seiner Leute verursachte auf der Burg viel Wirbel. Messire de Frébois empfing seine Gäste auf der Vordertreppe und war überrascht, so viele von ihnen reichlich zerzaust zu sehen. Noch mehr Besorgnis erfaßte ihn, als er die Hunde erblickte. Er befahl sofort, ihre Wunden zu verbinden und zu versuchen, sie wieder etwas munter zu machen. Brémand berichtete ausführlich über alle Ereignisse des Morgens. Messire de Frébois war völlig außer sich. „Was sagen Sie mir da, Brémand, das sind ja alarmierende Nachrichten. Durchaus möglich, daß alle Tiere, die Sie gesehen haben, die Räuber dieses Waldes sind. Wenn diese verdammten Bestien bis nach Chizé gelangen konnten, sind unsere ganzen Pläne für heute genauso wirksam wie ein Schlag ins Wasser. Zum Teufel noch mal, dieses Viehzeug hat doch kein *Denkvermögen*! Soll ich glauben, daß dies alles instinktiv geschah? Eine Aktion wie die heutige Treibjagd kann in Chizé nie durchgeführt werden. Wir würden dreimal soviel Männer brauchen, und wir haben jetzt schon alle verfügbaren Kräfte mobilisiert. Jedenfalls sind die Bestien, nach dem

Zustand Ihrer Hunde zu urteilen, zu einem Kampf bereit. Wie viele haben Sie verloren?"

„Ungefähr zwanzig", sagte Henriot traurig.

„Unglaublich", meinte Messire de Frébois. „Nun, wir werden es bald selbst sehen. Wenn wir zum Schlachtfeld kommen, finden wir wohl die Leichen. Also, auf zur Tat! Kommt herein in die Halle, Freunde, ich habe ein warmes Mahl vorbereiten lassen, aber eßt rasch, ich bitte euch, wir müssen fort."

Schon kurze Zeit danach bewegten sich die Mannschaften in der imposanten Schlachtordnung, die Messire de Frébois so sorgfältig vorbereitet hatte, durch das Burgtor zu den vorausbestimmten Positionen. Die Treiber nahmen unter dem Befehl von Monsieur Jehan ihre Posten auf dem Terrain zwischen Eselsgrube und La Fiallerie ein. Hinter ihnen kam in raschem Vormarsch das bewaffnete Fußvolk, Bogen und Speere schußbereit in den Händen. Die Reiter kamen zuletzt. Der Zeitplan sah vor, daß die Treiber etwa gegen Mittag anhalten und sich bei einem Mahl im Freien ausruhen sollten, wobei sie mit dem Fußvolk die Linie hielten, während die Ritter sich für das Mittagessen auf den Hof Brémands zurückzogen, der nahe der Front lag, die die Streitkräfte von Crespin bis dahin erreicht hatten. Die Nahrungsmittel für die Treiber wurden auf dem Marsch mitgenommen, für die anderen lag schon alles auf La Tranchée bereit. Die Formierung des Quadrats durch die Abteilungen der Messires des Golletières, des Chaussées und des Seneschalls war für vier Uhr vorgesehen. Das systematische Durchkämmen des Waldes nach dem Treiben sollte den Rest des Tages beanspruchen und auch den ganzen folgenden.

Etwa um neun Uhr erreichten die Treiber das Schlachtfeld, auf dem Hurlauds Streiter mit den Hunden gekämpft hatten. In großer Erregung wurden die Leichen von Ferlut, Gerdoise, Flambert und Fulmet vor Messire de Frébois getragen und die aufgeschlitzten und zerfleischten Körper von achtzehn Hunden aufgelesen. De Frébois inspizierte das Schlachtfeld und wiederholte düster seine Befürchtungen bezüglich des Ausgangs der Treibjagd. Bis jetzt hatte noch keiner der Treiber etwas anderes als Rotwild und Vögel aufgestöbert. Sie fingen an, ungeduldig zu werden. Da sie durch keinerlei Wildtiere beschäftigt wurden, konnten sie sich viel schneller durcharbeiten als vorgesehen und mußten immer wieder angehalten werden, denn es galt den Zeitplan einzuhalten, den man den anderen Truppen gesetzt hatte. „Kein einziger Wolf, kein Dachs, kein Wildschwein, nicht einmal ein Reiher", fauchte Maître Jacquet. „Sollen wir wirklich glauben, daß sie alle hinübergelaufen sind, um sich Messire des Golletières zu ergeben?"

„Geduld, Geduld", sagte Messire de Frébois wenig überzeugend und selbst auch sehr wenig überzeugt.

Mittag kam heran, und immer noch war kein einziges Raubtier aufgetaucht. In unverhüllt schlechter Laune hielten alle für das Angelusgebet inne. La Tranchée lag nur wenige hundert Meter entfernt. Körbe voll Essen, Weinkrüge und Schinken wurden für die Fußleute gebracht, die Reiter galoppierten zum Hof.

Kaum war Messire de Frébois abgestiegen, gab er Maître Brémand die erwartete Ehre, alles zu besichtigen zeigte sich sehr befriedigt über den ausgezeichneten Zustand des Gutes und gratulierte Brémand herzlich. Während des Rundgangs kamen die Gäste am Schweinestall vorbei. Er war leer. Brémand sah stirnrunzelnd die offene Tür an und schien besorgt zu sein. „Gott helfe uns, Messire", sagte er. „Diese elenden Köter müssen meinen armen Plantagenet schlimm drangekriegt haben. Es wäre furchtbar, wenn … wenn … Meine Adele würde es nie überwinden."

„Was soll das heißen? Hat Ihre Tochter sich mit diesem Schwein angefreundet?"

„Ja", gab Brémand etwas verlegen zu. „Ich muß sogar bekennen, daß jeder hier sein Freund ist. Es ist nämlich kein gewöhnliches Tier, fragen Sie nur mal Monsieur Jehan." Mit vielen überflüssigen Details erzählte Jehan, was er am vorigen Abend mitangesehen hatte, und wurde mit den Lachsalven belohnt, mit denen er gerechnet hatte, als er den Plumps ins Wasserfaß schilderte. Dann gingen alle in den großen Raum, der mit Efeu dekoriert worden war. Messire de Frébois zollte den Damen des Hauses reichlich Komplimente und nahm dann seinen Ehrenplatz am Tisch ein. Der berühmte Wein Maître Brémands zirkulierte frei, und die Enttäuschungen des Morgens wurden allmählich überwunden. Lebhaftes Geplauder, Lachen und Applaus nach jedem Toast konnte man bis in den Hof hören. Der fröhliche Lärm drang sogar bis zu den Ohren des geschundenen Schweins Plantagenet, das tief eingebettet im Stroh einer Scheune lag.

Blutig, verkrustet und völlig erschöpft war Plantagenet zurückgekehrt. Er hatte nur zwei Gedanken im Kopf: Erstens durfte Adele nicht den Schock erleiden, ihn in diesem Zustand zu sehen – aber irgendwie wollte er ihr versichern, daß er immer noch ihr Bruder war, und zwar ein lebendiger Bruder. Zweitens mußte er sich so gut wie möglich ausruhen, um für die nächste Kampfrunde gestärkt zu sein, denn er konnte sich nicht vorstellen, daß der entscheidende Höhepunkt schon erreicht war. Da auf dem Hof keine kräftigen Knechte mehr anzutreffen waren und nur ein ganz alter Mann das Haupttor halb schlafend bewachte, gelangte Plantagenet völlig unbeobachtet herein. Die Frauen waren schon seit ein paar Stunden wieder im Bett, denn sie hatten ja bereits um drei Uhr aufstehen müssen und das große Bankett mittags noch vor sich. Plantagenet machte einen raschen Raubzug in die Vorratskammer, in der er wahrhaft königliche Nahrungsmittel fand. Nachdem er sich daran gütlich getan hatte (dies eine Mal ohne jeden Gedanken an seine Linie), blickte er sich nach einer Leckerei um, die er Adele präsentieren konnte. Vor einer sehr saftigen Wurst blieb er schon stehen, aber der Gedanke an Kannibalismus bewog ihn, sie nicht zu nehmen. Er wählte eine besonders feine Pastete, trug sie zu Adeles Zimmer und ließ sie vor ihrer Tür liegen. Dann ging er nicht in seinen eigenen Stall, sondern schlüpfte in die Scheune und vergrub sich ganz tief in einem verführerisch hohen Strohhaufen. Er schlief wie ein Lord, bis das ausgelassene Getöse aus dem großen Raum ihn weckte, und erkannte gleichzeitig, daß er wieder der Todesgefahr durch den alten Feind gegenüberstand. Das Chaos war neuerlich ausgebrochen.

Die Hunde, die ihren Herren auf den Bauernhof gefolgt waren, hatten sich gleich nach der Ankunft mit der üblichen Unverfrorenheit hingeworfen. Nach einer Weile begannen einige der nervösen Tunichtgute im Hof herumzuschnüffeln und nahmen den Geruch des Schweins auf. Einer schlüpfte in das Loch, das Plantagenet sich gegraben hatte, fand, daß dort die Beute sein müsse, und gab Laut. Bald tobten alle Hunde fiebrig in der Scheune herum und ließen das Stroh in alle Richtungen fliegen. Verzweifelt krabbelte Plantagenet noch weiter in den Haufen hinein, wurde aber bei einem Hinterfuß gepackt und triumphierend ins Freie gezogen. Der Lärm hatte den Herrn der Köter, Hargneu, herbeigelockt, und er kam, um das Geschehen zu verfolgen. Was für ein

Glücksfall! Jetzt konnte er dem verdammten Schwein nicht nur die letzte Rechnung präsentieren, sondern gleichzeitig auch jede Beschuldigung abwehren, es umgebracht zu haben, da allgemein bekannt war, daß die ganze Meute in Fehde mit Plantagenet lag. Andererseits war er entschlossen, dieses Vergnügen keinem der anderen zu vergönnen; ihnen wollte er nur eine Kostprobe an der Beute und den Hauptanteil an der Schuld zukommen lassen. „Los, macht schon", rief er. „Wenn ihr den Kerl nicht zu Wurstfleisch verarbeitet, haben wir heute nichts zu fressen. Erwartet euch nicht zuviel von den Herren. Die lassen uns nur die Knochen zum Abnagen und schmutzige Schalen zum Auslecken. Wir wollen doch ein bißchen etwas von der Treibjagd haben und werden uns ein für allemal dieses Verbrechers und Verräters hier entledigen. Dann haben wir zum Schluß einen Geschmack im Mund, der besser sein wird als das Abwaschwasser, das wir von denen in der Halle erwarten dürfen."

„Macht mir den Weg frei", rief er in wachsendem Entzücken über das kommende Geschehen. „Weg frei, Weg frei, bitte! Ihr werdet jetzt die schönste Hinrichtung aller Zeiten erleben, eine echte Hinrichtung, wie man sie sich schöner nicht träumen kann. Alles nach bester Tradition, meine Herren. Eine lange und ausdauernde Tortur wie zu Großvaters Zeiten und nichts von moderner Nachsicht und Gnade. Alles auf der Basis des originalchinesischen Todes der tausend Schnitte, aber verfeinert durch ausgesuchte Folter, wie sie sich nur ein französischer Künstler ausdenken kann.

Phase eins: Ich werde jetzt den Gefangenen erschrekken und mich gleichzeitig namentlich vorstellen, so daß niemand Zweifel an der Authentizität dieses Kunstwerks haben wird. *Hargneu! Hargneu! Hargneu!*"

Ganz tief und sehr laut kamen die Töne aus seiner Kehle, pulsierend, als ob eine Säge über seine Stimmbänder gezogen würde. Es war ein artistisches Meisterstück, und Plantagenet, der natürlich mit großem Interesse zuhörte, verstand, daß Hargneu nicht nur der Name seines Verfolgers war, sondern ein paläozoisches Knurren, das Urknurren sozusagen. *Hargneu! Hargneu! Hargneu!*

Plantagenet hatte auf diese Tirade sehr merkwürdig reagiert, und Hargneu war ein wenig zu sorglos oder vielleicht zu sehr mit seiner Kunst beschäftigt oder auch einfach zu dumm, um das zu bemerken. Der Hund hätte besser daran getan, sich nicht an seinem Jahrmarktsgebell zu berauschen, denn gerade während dieser Rede kam es zu der großen Veränderung. Zuerst hatte Plantagenet ein Bild erbarmungswürdiger Angst geboten. Er blieb stumm, wurde immer kleiner, bemitleidenswerter, und seine Augen wurden blau und hilfeheischend wie die eines Babys. Je mehr sich der Hund begeisterte, um so mehr schienen Plantagenets Angst und physische Impotenz sich zu verstärken, so daß man bereits absichtliche Übertreibung hätte vermuten können.

Jetzt stählte sich Hargneu zum Sprung, und Plantagenet wurde noch kleiner. Der Hund schoß los wie die Kugel aus einer römischen *balista,* und plötzlich richtete sich Plantagenet mit vorgestelltem Kopf auf. Sein Rüssel öffnete sich, und er senkte seine Zähne in die ihm entgegenkommende Brust Hargneus, schloß die Kiefer und schüttelte den Hund mit unglaublicher Kraft von einer Seite zur anderen, immer wieder, bis er schließlich den Feind in einen Dunghaufen warf. Plantagenet atmete tief ein und dehnte seinen Körper, wobei er durch das Aufstellen aller Haare noch an Größe zu gewinnen schien. Ein schrecklicher Schrei ertönte, der keinerlei Ähnlichkeit mit irgendwelchen Lauten, die irgendwelche Schweine je von sich gegeben hatten, besaß. In instinktiver Angst schraken die Doggen zurück. Plantagenet griff die nächststehende Gruppe an, warf sie um und schoß wie ein Pfeil in den Hof.

„Ihm nach!" schrie Hargneu, der sich vor Schmerzen wand. „Fangt ihn!" Er versuchte zu laufen, aber seine Vorderbeine drückten auf die eben aufgerissenen Brustmuskeln, und er fiel mit der Schnauze in den Staub. „Dem Schwein nach!" brüllte er seine Meute wieder an und blies dabei Wolken von Spreu hoch. „Taquin, du führst!" Ehe jedoch die Meute wieder zur Besinnung gekommen war, hatte Plantagenet schon das Vorhaus erreicht und raste in Richtung Wald. Die Hunde folgten ihm und bellten dabei mit dem wiedererwachten sinnlosen Enthusiasmus derer, die nie aus Erfahrung lernen.

Den Mund voll Bratenfleisch, fragte Messire de Frébois: „Was ist denn das für ein Getümmel?"

„Ach, das sind nur diese feigen Hunde, die uns wissen lassen, daß sie Hunger haben", sagte Maître Brémand, während er ein dickes Stück Rindfleisch zwischen Ruperts Kiefer steckte, ganz zart, damit ihm die Soße nicht übers Fell rann. „Diese idiotische Attacke auf Plantagenet werde ich ihnen nie vergeben. Und ich weiß ja noch nicht einmal, was sie ihm angetan haben. Die können ruhig auf ihr Futter warten. Sagen Sie mir lieber, was Sie von diesem Wein halten, Messire. Er stammt von Les Grosses Terres. Ein bißchen anders als der, den Sie zuletzt probierten. Vielleicht ein wenig stark ..."

Plantagenets Vorsprung reichte bei weitem. Er war wieder in bester Flugform und konnte nüchtern denken. Eine brillante Idee, nach La Tranchée zurückzukehren! Sein Ablenkungsmanöver hatte er mit dem Extra-Spektakel von fünf Minuten vervollständigt und damit Hurlaud und Flandrin gerettet. Brémand konnte er davon überzeugen, daß er nur das arme unschuldige Opfer dummer Bauernhunde war und nicht etwa Initiator der Vereitelung der Treibjagd. Er hatte sich das Privileg des Soldaten gestattet, sich, sobald es möglich war, einen Imbiß zu holen und danach einzudösen. Und jetzt hatte er gut zwanzig Hunde wieder auf Trab gebracht, was dem Nachmittagsteil der Treibjagd bestimmt nicht dienlich war. Um sie noch mehr zu erschöpfen, tat Plantagenet, als renne er durch den Wald nach Les Combles, bog aber dann zur Hirschkreuzung ab, wandte sich zur Ebene zurück und folgte schließlich dem Pfad, den die Tierkolonne am Morgen entlanggelaufen war. So führte er die Hunde nach Les Fosses und an die Grenzen des großen Waldes von Chizé.

In der Tiefe des Waldes befanden sich nun die meisten seiner Freunde in Sicherheit; in kleinen Familiengruppen wurden sie durch Roharts Späher an die richtigen Stellen geführt. Am Rande des Waldes organisierte Grondin eben eine Verteidigungslinie. Hurlaud war von seinem offiziellen Empfang bei Rohart zurückgekehrt, um ebenfalls mitzuhelfen, aber Grondin konnte den Wolf nach langer Überredung davon überzeugen, daß seine Wunden zu schlimm waren und er absolut einer längeren Ruhe bedurfte. Hurlaud hatte sich daher zurückgezogen, um sich von seiner Gattin Pernale pflegen zu lassen.

Grondin plante eine Nußknackerverteidigung, bei der er Flandrin und seine Bärenbrüder als stehende Hauptbastion einzusetzen gedachte, während Bursiat und eine große Streitmacht von Ebern als Zuschnapper fungieren sollten, stets bereit, scharf hereinzuschwingen und Gegner, die die fast unverletzlichen Bären angriffen, in die Falle zu locken. Die nötige Schnellkommunikation wurde von Fulgent, Fléton und einigen anderen Füchsen besorgt.

Flandrin und Bursiat unterhielten sich gerade über die Details, als sie das Bellen der Meute hinter Plantagenet hörten.

„Eher, als wir dachten", lachte Flandrin. „Nehmt eure Positionen ein", rief er den Bären zu. „Wir bekommen Besuch. Und wahrlich, beim Blut des Großen Bären, sie sollen würdig empfangen werden."

Sofort versteckten sich alle in den Büschen links und rechts des Pfades. Das Hundegebell wurde lauter, aber weit davor hörte man das Galoppieren des Opfers. Grondin blickte in die Ebene hinaus und sah plötzlich Plantagenet, der, den Kopf zwischen den Schultern, die Augen auf den Wald gerichtet, die Beine über Kreuz zappelnd, wie ein Gitterzaun anzusehen war.

So bald schon hatte Grondin nicht erwartet, seinen Cousin wiederzusehn. Entweder war er jetzt Bote schlechter Nachrichten oder in Todesgefahr. Zum Glück hatte er genügend Vorsprung vor der Meute, so daß er, Grondin, in beiden Fällen wirksam eingreifen konnte. Grondin trat aus dem Dickicht hervor und stellte sich Plantagenet in den Weg. „Nur langsam, Plantagenet, warum so eilig?"

„Ach, du bist's, Vetter Grondin. Paß auf, ich habe die ganze Meute von Maître Frébois auf meinen Fersen."

„Fabelhaft", sagte Grondin. „Sie sparen uns eine Vorübung. Wir wollten gerade eine TÜoT abhalten."

„Was ist eine TÜoT?"

„Taktische Übung ohne Truppen, du Dummkopf. Ich habe jetzt keine Zeit für Erklärungen. Leg dich sofort wie tot auf den Pfad, ja!"

„Wie tot?"

„Ja."

„Bist du sicher, daß ich das so schnell kann? Ich bin kein guter Schauspieler."

„Neulich vor Hargneu hast du aber Grondin ganz gut gespielt! Warum plötzlich diese falsche Bescheidenheit, jetzt, wo wir es eilig haben? Hör auf zu diskutieren und stell dich tot! Ich verschwinde jetzt."

„Und du kommst zurück?"

„Natürlich komme ich zurück. Ich habe dir doch gesagt, daß wir die TÜoT abgesagt haben."

Mitten auf dem Weg lag nun Plantagenet und machte sich gerade als Leiche zurecht, als die Hunde um eine Biegung schossen. „Da ist er, los, wir haben ihn!"

Alle stürzten auf Plantagenet zu; im gleichen Augenblick brach Grondin aus dem Unterholz und pflanzte sich zwischen der Meute und ihrem Opfer auf. Mit einem Stoß seines Rüssels fing er den Führer auf und warf ihn mitten unter seine Kameraden, wodurch diese alle die Balance verloren.

Als die Hunde Grondin mitten in der Lichtung stehen sahen, hörten sie mit ihrer Verfolgung auf und berieten sich. Sie waren zahlreich genug, den Eber zu besiegen. Die stärksten von ihnen traten schließlich vor, sie krochen und glitten über den feuchten Boden und ließen ein leises, drohendes Knurren hören. Mit gestreckten Muskeln und gebogenen Rücken bereiteten sie sich auf den Angriff vor. Hinter ihnen kamen andere nach, die zwar noch zögerten, aber schon krampfartig ihre Schnauzen kräuselten. Grondin rührte sich nicht. Er starrte direkt auf die größte Dogge, die sich nach einer Seite zurückgezogen hatte, um ihn von der Flanke her anzugreifen.

Durch eine kleine Bewegung von rechts wurde die Aufmerksamkeit der Dogge abgelenkt. Vor einem Baum saß völlig gelassen, mit gekreuzten Vorderpfoten, fast wie ein Eichhörnchen anzusehen, der Fuchs Fulgent und lachte sich halb tot.

„Grondin kennt ihr ja wohl", sagte er freundlich zu den überraschten Hunden, „aber Bursiat, Théclot, Vanlis und Fourrier kennt ihr sicher noch nicht."

Vier riesige schwarze Gestalten tauchten aus dem Unterholz hinter Grondin auf. Es waren Bursiat und seine Eberfreunde, alle drei Blutsbrüder der edlen Dame Albaine.

„Hilfred von Chizé, sein Bruder Hémon, Jurmi und Parnaud des Fosses", stellte Fulgent weitere Tiere vor. „Urbain der Einsiedler, Ulrich der Teufel, Pumard und diese drei Freunde, deren Namen mir jetzt nicht einfallen. Ich habe noch nicht lange die Ehre, sie zu kennen."

Neun weitere schwarze Eber kamen aus dem Dickicht. Der zehnte, Ulrich, hatte häßliche, große weiße Flecken auf seinem Fell. Die anderen vermuteten, daß sein Privathobby die Zauberei sei.

„Von Flandrin und seiner sehr großen und tüchtigen Familie möchte ich gar nicht sprechen", schloß Fulgent. Auf diese letzte Vorstellung hin geschah jedoch keine weitere Bewegung. Dann folgten die Hunde der Richtung von Fulgents Blicken, und da näherte sich hinter ihnen, jeden Fluchtweg abschneidend, Flandrin. Seine Nüstern schäumten, aus dem Maul tropfte es ihm vor Schmerz und Zorn, und das getrocknete Blut auf seiner Flankenwunde vom Morgen leuchtete dunkelrot. Er wurde begleitet von einer schrecklichen Kompanie Bären, zu viele, um sie auf einen Blick zählen zu können. Flandrins jüngerer Bruder Hériet war dabei und seine Mutter Turonde; sie war schon grau vor Alter, bewegte sich aber mit der düsteren Bedrohlichkeit einer erfahrenen Amazone.

Die Hunde, die zu einem verzweifelten Fluchtversuch ansetzten, erfaßten nun endlich die Situation ganz. Keiner würde lebendig aus dieser Falle herauskommen. Voller Entsetzen drehten sie sich mit aufgestellten Rückenhaaren im Kreis, traten einander auf die Pfoten und ließen Angstschreie hören. Einer stürzte sich in einem Alles-oder-nichts-Versuch links von Bursiat ins Dikkicht. Sein Schmerzensgeheul ging bald in ein Todesröcheln über. Hinter Bursiat standen weitere Wachen. Böse grinsend tauchte das graue Haupt des Wolfes Melheu auf. Trotz des Morgengefechtes, bei dem er fast eine Pfote verloren hatte, wollte er hier beim Tod der Hunde dabeisein. Der Kreis verengte sich mehr und mehr, bald rochen die Hunde rings um sich nur noch den starken Atem der wilden Tiere.

„Los, Kameraden, bringen wir's hinter uns!" rief Grondin, senkte den Kopf und startete zum Angriff.

In diesem Augenblick erklang hinter den Bären eine gebrochene, aber befehlende Stimme. Es war der vom Fuchs Fléton benachrichtigte Hurlaud, der die Nachhut verlassen hatte, sobald sie den Hinterhalt gelegt hatten. Er konnte sich nur noch dahinschleppen. Sein Rücken leuchtete rot von getrocknetem Blut, und die Ohren waren ganz zerrissen. Er stellte sich neben Grondin, den es sichtlich empörte, so kurz vor dem Angriff noch gestoppt zu werden.

„Na, komm her", sagte Flandrin besorgt. „Stell dich neben mich und beteilige dich an diesem kleinen Spiel. Aber du hast doch den ganzen Morgen gekämpft, und deine Wunden sind gerade erst getrocknet. Warum willst du sie wieder aufreißen? Geh nach hinten und überlaß das uns. Wir räumen hier nur schnell auf."

Hurlaud ging an Grondin vorbei und humpelte zu Plantagenet, bei dem er stehenblieb. Mit lauter Stimme, die alle Hunde hören konnten, sagte er sehr würdevoll:

„Ach, Plantagenet! So bist du also wieder zu uns gekommen. Nicht ohne Wunden, wie es scheint. Heute ist

Blut vergossen worden, und deines floß so sehr wie unseres. Ich möchte meiner Bewunderung und meiner Hochachtung für dich Ausdruck geben. Du hast uns gerettet. Dank deines Mutes sind alle, die im Wald wohnen und flüchten mußten, außer Gefahr. Du gehörst jetzt zu uns. Was können wir dir bieten, außer an unserem Leben teilzunehmen? Das mag dir nicht viel erscheinen. Man lauert uns auf, man jagt uns, kreist uns durch Bewaffnete ein, fängt uns in Fallen. Eisen wird auf uns geschossen, solange wir leben. Worin besteht dann unser Geschenk? Nur darin, daß du frei sein wirst, Plantagenet, frei von der Unterwerfung unter einem Herrn, frei vom Stock in seiner Hand. Soweit es an uns liegt, bieten wir dir unseren Schutz an. Nie werden wir irgendwelche Menschen in deine Nähe kommen lassen. Nicht einmal Messire de Frébois – oder er wird es büßen müssen, das schwöre ich, Hurlaud vom großen Wald."

Er wartete nicht auf Antwort, sondern ging zu Grondin zurück und wandte sich an die versammelten Tiere wie ein König im Parlament, der die nächsten Maßnahmen diskutieren möchte.

„In diesem Augenblick ist es wohl besser, meine Freunde, von der Position der Stärke aus zu handeln. Es wäre einfach für uns, dafür zu sorgen, daß keiner dieser Köter entkommt. In diesem Fall müßten wir aber damit rechnen, daß die ganze organisierte Treibjagd in zwei oder drei Tagen hier auf uns losgelassen wird. Die Alternative wäre, einige, vielleicht alle, zu entlassen, wenn wir von ihnen sozusagen ... Garantien ... bekommen."

Hurlaud hielt eine Weile inne, um wieder Kraft zu gewinnen. Er atmete gequält. Die Mühe des Redens zehrte an seinen letzten Kräften.

Plantagenet tauchte mitten unter die Hufe der herantrabenden Pferde. Die Verwirrung war unbeschreiblich.

„Ich schlage vor, daß wir diese Kreaturen sich woanders aufhängen lassen, sofern sie – alle miteinander und hier vor uns – feierlich versprechen, nie wieder den Frieden des Waldes zu beeinträchtigen, der seit der Schöpfung der Welt uns gehört. Und sie müssen nicht nur dieses Versprechen abgeben, sondern darüber hinaus schwören, sich jeder Teilnahme an Jagdexpeditionen zu enthalten, die ihre elenden Herren und deren Lakaien organisieren. Sie müssen auf ihrem eigenen Grund und Boden bleiben, der ja auch einmal unser Territorium war, ehe die Menschen ihn sich aneigneten, aus dem Wald herausschnitten und dort Gesetze in Anwendung brachten, die wir nicht anerkennen. Sie haben in ihrem Bereich zu bleiben, den wir ihnen hiermit überantworten."

„Und schließlich", fügte er mit schon fast erstickter Stimme hinzu, „dürfen sie nicht einmal auf diesem Territorium, das einmal unseres war, uns nachts verfolgen, wenn uns der Hunger gelegentlich zwingt, in das reiche Land einzubrechen, das sich Tag für Tag mit seiner Üppigkeit brüstet und mit seinen Reserven gegenüber der Pfote-ins-Maul-Existenz, die alle führen, die nach den Jahreszeiten der Natur ihr Leben fristen müssen."

Hurlaud konnte sich kaum noch aufrecht halten. „Einverstanden, meine Freunde?" fragte er und sank, ohne auf Antwort zu warten, zu Boden.

Instinktmäßig war Grondin absolut gegen Hurlauds Vorschlag. Er hieb mit dem Huf auf den Boden, wandte sich dann um und tauschte Blicke mit seinen Gefährten. Lange lastete Stille über der Szene. Erregt sahen sich die Hunde in dem sie einschließenden Kreis um und warteten auf die Entscheidung über ihr Schicksal.

Nach intensivem, stirnrunzelndem Nachdenken sagte schließlich Flandrin: „Deine Worte waren sehr vernünftig, Hurlaud. Ich bezweifle nicht, daß du genausowenig wie ich darauf vertraust, daß diese Elenden ihr Versprechen lange einhalten werden. Es ist zu schade. Ich bringe mich um eine Tat, auf die ich mich schon lange gefreut habe, aber du hast sicher recht. Wir wollen keinesfalls die Aufmerksamkeit der Menschen, die uns so sehr hassen, auf unsere Gastgeber hier in Chizé lenken, die bisher in Frieden leben konnten."

Dann sprach Grondin, der zwar immer noch seine schlechte Laune zu überwinden hatte, aber bereits eine gewisse Fröhlichkeit erkennen ließ: „Was mich betrifft, so möchte ich dem Eid noch eine Klausel hinzufügen: Egal, wo Plantagenet sich zu leben entschließt, schwört dieses Ungeziefer, ihn in Ruhe zu lassen, hier oder dort, und ihm nicht den geringsten Schaden zuzufügen."

„Das versteht sich von selbst", sagte Hurlaud, und alle anderen Waldtiere nickten.

„Die Schwierigkeit besteht nun darin, unter diesem Pack einen verläßlichen Sprecher zu finden", sagte Hurlaud, sich verächtlich den Hunden zuwendend. „Ist einer unter euch, der genügend Autorität besitzt, um für die anderen zu sprechen, und genügend Integrität, einen Eid zu leisten, der auch gehalten wird? Wir hier im Wald haben die Tradition, daß man besonders auf den Ältesten hört. Soviel ich weiß, wird bei euren Herren und daher auch bei euch weniger dem Alter und der Erfahrung als der Kraft Achtung gezollt. Kraft ist Recht. Der Tyrann ist Freiherr. Du wolltest offenbar etwas sagen, Taquin", wandte er sich an den Hund, den Hargneu zu seinem Stellvertreter ernannt hatte.

„Nein, ich nicht", wehrte Taquin ab.

„Doch, du, du sprichst jetzt. Taquin soll reden", murmelten mehrere Hunde, die feige eine Entscheidung herbeizuführen hofften.

Nach einigem Zögern trat Taquin – mehr tot als lebendig – etwas aus der Gruppe hervor. „Wenn ich es also sein soll", sagte er, „so muß ich festhalten, daß ich den gewünschten Eid nur im Namen der Hunde von Maître Jacquet leisten kann. Die anderen Hunde kenne ich nicht, und ich wüßte nicht, wieso der Eid sie binden sollte."

„Wir beauftragen dich, auch für uns zu sprechen", sagten die anderen Hunde. „Du hast unser Mandat. Schwöre den Eid, er bindet auch uns."

Taquin seufzte, schluckte schwer und versprach dann bei seiner Ehre und der aller anwesenden Mitglieder der Meute, daß alle von Hurlaud ausgesprochenen Forderungen respektiert werden würden.

Hurlaud nickte grimmig und wandte sich dann an die Armesünder-Mannschaft: „Ihr Hunde seid euch wohl bewußt, daß ihr und euresgleichen die niedrigste Gruppe in der Tierwelt darstellt. Ihr wart die ersten, die sich von den Menschen domestizieren ließen, und unter ihrer Schulung seid ihr so ekelhaft geworden wie sie. Ihr habt versucht, uns zu töten – nicht weil ihr hungrig wart oder um euer Leben zu retten, sondern weil es den Menschen gefiel, uns töten zu lassen, und ihr wart ihnen ... gehorsam. Jetzt habt ihr etwas geschworen. Vergeßt nicht, daß, wenn dieser Eid auch nur von einem von euch gebrochen wird, wir euch alle ohne Mitleid oder Nachsicht, einen nach dem anderen, töten werden."

Er wandte sich an Flandrin: „Laß sie bei der Hintertür raus." Flandrin und die Bären traten zur Seite, die Hunde wandten sich um und trotteten schweigend ab. Noch nie waren Jagdhunde so gedemütigt worden. Völlig niedergeschlagen kehrten sie zur Farm zurück, von der aus sie wenigstens mit reinem Gewissen am zweiten Akt der Treibjagdfarce teilnehmen konnten.

Als sie gegangen waren, schien Hurlaud wieder etwas Kraft zu gewinnen. „Bin ich froh über dieses gute Ende", sagte er. „In Chiz habe ich eine Feier geplant, und ihr seid natürlich alle eingeladen. Wie steht's mit die, Plantagenet? Kommst du mit uns, du Scheißkerl?"

Plantagenet war völlig überwältigt. *Du Scheißkerl* hatte Hurlaud ganz deutlich zu ihm gesagt – eine Beförderung mitten auf dem Schlachtfeld –, jetzt waren sie Intimfreunde! Er schwankte vor Erschütterung. Mochte dies auch eine Ehrung sein, ihm kam es mehr wie ein Bolzenschlag vor. Aber dann riß er sich zusammen, rannte der schon marschierenden Kolonne nach und schritt Seite an Seite mit seinem edlen Kameraden und Freund Hurlaud vom großen Wald.

17

Die Suche

Die Reise in den Wald dauerte länger, als man vorausgesehen hatte. Ihr Tag hatte lange vor der Dämmerung begonnen, und neben den Anstrengungen der Schlacht waren viele Meilen zu bewältigen gewesen. Sie marschierten jetzt in einem rhythmischen Trott dahin, der alles Argumentieren über Erschöpfung verscheuchte, einer Erschöpfung bis an Grenzen der Trance, in die sie sich gewiegt hatten. Endlich erreichten sie die Lichtung von Paitout, auf der man sie mit einer unglaublichen Ovation begrüßte. Nach den ersten überschwenglichen Ausbrüchen gingen Hurlaud und Grondin in die Höhlen, die ihre Gastgeber für sie vorbereitet hatten. Grondin fand dort seine Frau nicht vor, nur die Frischlinge, die sehr besorgt wirkten und berichteten, die Mutter sei bei Pernale. Grondin eilte zu Hurlaud hinüber und fand dort die zwei Mütter, in Tränen aufgelöst. Puthet, der Führer der Gruppe, die Rohart ausgeschickt hatte, um Jungtiere zu holen, die auf der Flucht über die Ebene abseits geraten waren, war ohne Pielet zurückgekehrt – den mutwilligen Frischling, den Grondin und Albaine so oft hatten strafen müssen – und auch ohne Barthus, das zarteste Kleine aus Pernales letztem Wurf. Bei der endgültigen Musterung hatten nur diese beiden gefehlt.

Puthet war zwar ein hübscher, fleißiger, mächtiger Eber, aber nicht besonders intelligent. Jetzt stand er erschöpft neben Madame Albaine und schämte sich seines Mißerfolges. „Gut zwanzig Junge habe ich herangebracht", sagte er. „Die Felder um die Guirande kann ich allerdings nicht durchstöbern, ohne Aufmerksamkeit zu erregen, und das wäre für jeglichen Überlebenden höchst gefährlich. Die Ebene strotzt ja von Treibern und Speerwerfern. Zweifellos haben sich eure zwei Kleinen irgendwo eingegraben und wagen nicht, von dort wegzulaufen – und ihr Instinkt sagt ihnen das Richtige, denn es ist am besten, daß sie sich nicht sehen lassen. Wenn ihr meint, daß sie sich in den Niederungen auf der anderen Seite der Ebene befinden, die nahe eurem Gebiet sind, bin ich durchaus bereit, noch einmal suchen zu gehen. Aber ich finde, einer von euch sollte mit mir kommen – oder besser", fügte er rasch nach einem langen Blick auf Hurlaud und Grondin hinzu, „einer von euch, der weniger erschöpft ist, als ihr es seid."

Hurlaud stand mühsam auf und wollte Puthet folgen. Das Tageslicht wurde schon schwächer, in einer Stunde kam die Nacht. „Beeil dich, Grondin", sagte Hurlaud, „wir haben noch Zeit." Er schwankte jedoch so stark, daß Grondin sagte: „Bleib du hier, mein Freund. Es wäre schon ein Wunder, wenn du überhaupt bis dorthin kämst. Und wenn du ein paar herumstreunenden Hunden begegnest, ist das dein Ende. Ich gehe mit Puthet und Baclin."

„Baclin kennt diesen Teil der Ebene nicht", wandte Hurlaud ein.

„Aber er hat eine gute und scharfe Nase und kann uns sehr nützlich sein", meinte Grondin.

„Hol mal Baclin", sagte Hurlaud barsch zu einem seiner Jungen.

Als Baclin auftauchte, wandte Grondin sich an ihn: „Du bist so ziemlich der einzige Kampfwolf, der noch genug Kraft hat, um auf seinen vier Füßen zu stehen, und Melheu vielleicht auch noch. Aber du kennst die Biegungen des Flusses nicht und nicht die Wiesen im Gebiet von Les Fosses, wo wir besonders suchen müssen."

Baclin dachte kurz nach und sagte dann: „Uns fehlt noch einer. Ich weiß nicht, warum ihr ihn bisher nicht genannt habt. Wir brauchen Plantagenet."

Grondin fuhr empört auf. „Keinesfalls, mein Freund! Hast du nicht gesehen, wie schlecht es ihm geht? Er ist am ganzen Körper zerschunden und zerbissen. Er hat kein Haar mehr auf seiner Haut und kann sich nicht einmal ohne Schmerzen hinsetzen."

„Er braucht sich auch nicht hinzusetzen", erwiderte Baclin, „er muß nur laufen. Und das kann er noch sehr gut, das könnt ihr mir glauben."

„Hole Plantagenet her", sagte Grondin mißmutig zu dem Jungen, der die Botendienste verrichtete.

Als der Kurier kam, lag Plantagenet, herrlich satt von einem Festmahl aus Eicheln, auf einem samtenen Bett. Frisch und munter tauchte er kurz danach bei den unglücklichen Eltern auf, verbeugte sich elegant und stellte sich ihnen mit übertriebenen Beteuerungen zur Verfügung, die er erst dämpfte, als er das Ausmaß der Krise erkannte. Sobald er seinen Auftrag begriffen hatte, sah er Baclin fest an: „En route, Monsieur! Wir haben nur noch wenig Zeit."

„Ich komme mit", sagte Grondin, „und Baclin holt Melheu dazu."

Hurlaud gelang es durchzuhalten, bis er seine Freunde verabschiedet hatte, dann brach er wegen der Schwere seiner Verwundungen zusammen. Plantagenet führte die Gruppe rasch zum Waldrand, von wo aus man die Ebene in Richtung der Guirande überblickte. „Als wir beim Fluß ankamen", berichtete Grondin, „war die Kolonne noch in Marschordnung. Erst danach brach das Durcheinander aus. Albaine hat mir gesagt, daß viele der Kleinen den Großen unter die Füße gerieten und sie daher in Panik zum Fluß zurückliefen."

„Dann werden wir dort zu suchen beginnen", entschied Baclin. „Um ganz sicherzugehen, müßten wir bis zur Brücke und uns von dort zurückarbeiten."

„Die Nacht bricht gleich an; wir müssen schnell machen", sagte Plantagenet und raste in wildem Galopp zur Brücke.

„Der Teufel soll ihn holen! Da haben wir aber einen wilden Vorreiter", murrte Melheu. „Oder hat ihn der Teufel bereits am Schlafittchen?"

„Du solltest froh sein, daß er nicht eine Meute auf den Fersen hat", lachte Baclin. „Dann würden wir ihn vor lauter Staub nicht mehr sehen."

Von der Brücke bei Souligné bis zu den Hecken, die das Ackerland von Maître Jacquet umgaben, suchten sie in den Hainen und im Dickicht. Baclin und Melheu, die einen erstaunlichen Geruchsinn hatten, durchkämmten sorgsam beide Flußufer. „Nichts. Immer wieder nichts", stöhnte Baclin. „Wo haben die zwei Kerlchen sich nur vergraben?" Schon breitete sich Abendnebel über der Ebene aus, was ihrer Suche natürlich nicht gerade zuträglich war.

Grondin wurde inzwischen sichtlich von Angst geschüttelt. Plantagenet dagegen blieb optimistisch. „Ich bringe die zwei verlorenen Schafe schon wieder zurück zur Herde", versicherte er. Sie durchforschten jetzt die oberste Ecke der Fanonwiese von einem Ende zum anderen – ohne Erfolg. Baclin fluchte enttäuscht. Plötzlich legte Plantagenet seine Ohren an, was Grondin als Zeichen besonderer Aufmerksamkeit oder großer Angst zu interpretieren gelernt hatte. Nur einen Augenblick schnüffelte das Schwein, dann raste es wie ein böser Bulle quer über die Wiese. Die anderen folgten, so gut sie konnten. Hinter der zweiten Hecke am Ende des Feldes blieb Plantagenet stehen. Der Fluß machte hier eine gemütliche Biegung und hatte nach dem Überfluten eine Sandbank mit allerlei Treibgut, Holz und faul riechenden, schwammigen Resten gebildet. Dort, hinter einem Baumstumpf, lagen Pielet und Barthus, zu Kugeln gerollt und absolut bewegungslos, aber nicht allzu wirkungsvoll versteckt. Zwei Schritte davor, aber mit dem Rücken zu ihnen, stand der Beagle Rupert. Und ihm gegenüber, mit vor Wut und Haß verzogener Fratze, sah man Hargneu, den gräßlichen Hargneu.

Der Köter hatte keinen guten Tag gehabt, wenn er auch der Demütigung und dem Neutralitätseid durch die unmittelbare Wirkung des von Plantagenet eigens für ihn reservierten Bisses entkommen war. Als man die Treibjagd wieder aufnahm, klagte Hargneu Taquin öffentlich der Feigheit vor dem Feinde an – weil er den von Hurlaud geforderten Eid geschworen hatte. In der darauffolgenden Diskussion konnte er jedoch keine andere Reaktion vorschlagen und erinnerte nur knurrend daran, daß er nicht an das Versprechen gebunden sei. Es gab keine Möglichkeit, wirksam festzustellen, ob sich auch die übrigen Hunde der Meute an den Eid gebunden fühlten, da ihnen kein einziges wildes Tier zugetrieben wurde, an dem sie ihre Haltung hätten bezeugen können. Zirka um vier Uhr waren die einzelnen Gruppen wie geplant bei Les Combles aufeinandergestoßen, und die Treiber, Jäger und Reiter erkannten, daß sie sich noch nie in ihrem Leben so lächerlich gemacht hatten. Messire de Frébois beeilte sich, etwaige Aufstandsgelüste gleich im Keim zu ersticken, indem er alle einlud, ihre Sorgen auf Crespin zu „ersäufen".

Als die Burg in Sicht kam, eilte Hargneu haßerfüllten Herzens davon und war fest entschlossen, irgend jemandem – vorzugsweise Plantagenet, wenn er zu finden war – die diversen Unglücksfälle des Tages heimzuzahlen. Rupert, der einen Akt grundloser Aggression ahnte, hatte sich auch weggestohlen und folgte ihm in einiger Entfernung. Er war überzeugt, daß es mit seinem Freund Plantagenet zu Ende sein würde, falls er Hargneu in der diesen jetzt beherrschenden Wut begegnete. Hargneu war erfolglos das Flußufer hinaufgerannt und entdeckte dann ganz zufällig Pielet und Barthus, die verängstigt flohen und sich schließlich hinter dem Baumstumpf eingruben. Jaulend und mit tropfenden Lefzen bereitete sich Hargneu auf die Tötung vor. Ein Wolfsjunges und einen einjährigen Frischling im Freien anzugreifen, bedeutete wenig körperliches Risiko. Wenn er ihre Überreste in die Burg brachte, konnte er von Maître Brémand vielleicht doch Verzeihung erhalten für seine früheren Eskapaden. Und er würde das Prestige unter den anderen Hunden gewinnen, das er seit dem Tod Muquons am Vormittag so sehr benötigte – einem Vorfall, der ihm in seinen Hoffnungen auf die Hierarchie der Zukunft weite Tore zu öffnen schien.

Alle diese angenehmen Vorstellungen wurden brüsk durch das plötzliche Auftauchen des englischen Beagles überschattet, der von der Flußseite herbeigerannt kam und ihm den Weg versperrte.

Hargneu hatte diesen hochmütigen Ausländer immer schon gehaßt und konnte nun seine Wut auch nicht verbergen. Plantagenet, der das leise Knurren seines Feindes nur zu gut kannte, hatte diese Töne als einziger vom Rand der Wiese aus vernommen.

„Du bist mir im Weg", fauchte Hargneu.

„Wie schrecklich unangenehm für dich", sagte Rupert und übertrieb seinen englischen Akzent, um Hargneu besonders zu ärgern. „Versuch mich doch wegzuscheuchen. Ich bin allerdings nicht leicht zu fassen."

Hargneu lachte sarkastisch, aber doch etwas unsicher. Er war viel stärker als Rupert, und über den Ausgang eines Kampfes konnte es keinen Zweifel geben. Der kleine Hund behielt jedoch einen klaren Kopf und wußte mit der Situation umzugehen.

„Ein Schwergewichtler bist du verwöhntes Schoßhündchen ja nicht gerade", sagte Hargneu. „Ich gebe dir noch eine Chance. Hau jetzt ab, oder ich breche dich in Stücke!"

„Dann probier doch mal, wie scharf diese hier sind, du Riesenbastard", lud ihn Rupert mit gefletschten Zähnen ein und riet dann über die Schulter hinweg den zwei versteinerten Kleinen: „Sowie er auf mich losgeht, lauft, was ihr könnt, zum Wald zu Papa und Mama."

„Du hast es so gewollt!" brüllte Hargneu und spannte sich zum Angriff, aber irgend etwas hielt ihn zurück. Er hatte im Nacken einen unbekannten, aber sehr aufreizenden Atem gespürt. Baclin war durch die Hecke gekommen und glitt bis auf wenige Zentimeter an Hargneu heran. Da der Köter ihn in seinem Streit mit Rupert nicht bemerkt hatte, hielt der Wolf es für angezeigt, ein paar Stöße seines eindeutig abscheulichen Atems hinüberzuschicken.

Bewunderswert schlau tat Hargneu, als sei er gar nicht betroffen, und warf sich dann mit mächtigem Sprung auf Baclin, aber darauf war dieser vorbereitet. Er wandte den Kopf ab und wich so Hargneus Zähnen aus. Die Gewalt des Sprunges bohrte den Hund, Kopf voran, in den Schlamm. Mit einer raschen Bewegung packte Baclin ihn beim Nacken und wollte ihm schon das Genick brechen.

„Nicht so eilig, Baclin", sagte eine rauhe Stimme, die Rupert nicht gleich erkennen konnte, obwohl er sah, daß sie von Plantagenet kam, der auch plötzlich aus der Hecke geschlüpft war. „Laß das Ekel, wenn's dir nichts ausmacht. Bring ihn nicht um. Er ist ein Idiot. So schlimm ist er gar nicht, das weißt du doch."

Wildes Gelächter ertönte, und eine weitere Gestalt kam ins Bild ein. Grondin deckte rasch die zwei Kleinen. Hargneu erstickte inzwischen fast mit der Nase im Schlamm.

„Mit dem Kerl werde ich mich höchstpersönlich befassen", donnerte Plantagenet mit einer Stimme, die jedermann überraschte. „Laß ihn gehen, Baclin. Übergib ihn mir!" Der Wolf lockerte seinen Griff, und der zitternde Hargneu versuchte aufzustehen. Er hatte kaum Zeit, wieder richtig Stand zu gewinnen, als Plantagenet ihm mit seinem Schädel als Rammbock einen Schlag versetzte. Der Hund flog, alle vier Füße nach oben gestreckt, davon und landete halb betäubt auf dem Boden. Plantagenet raste ihm nach, gab ihm mit dem Rüssel einen linken und einen rechten Haken und fing dann zum Erstaunen aller an, wild an Hargneus Schwanz herumzubeißen. Als er dieses Organ genügend bearbeitet hatte, versenkte er seine Zähne im fleischigsten Teil des Hundes und zischte mit vollem Rüssel über Hargneus schrille Schreie hinweg:

„Mir aus den Augen, du elender Feigling! Und laß dich nie wieder vor mir blicken."

Hargneu gab gar keine Antwort mehr, sondern krümmte sich nur, um wegzurennen, aber nun fand er sich Grondin gegenüber.

„Einen Augenblick noch", sagte der Eber ruhig. „Sieh mich genau an. Ich bin Grondin, der echte Grondin. Gib dich mit keinen Imitationen zufrieden, auch wenn Plantagenet dir offenbar mit Hilfe von ein bißchen Ruß grausame Ängste eingejagt hat. Ich glaube, daß Plantagenet sich jetzt selbst schützen kann, trotzdem will ich dich warnen, daß du es mit mir zu tun bekommst, falls es dich je gelüsten sollte, auch nur eines seiner Härchen zu beschnüffeln."

Mit einem leichten Stoß seines Rüssels warf er Hargneu in die Guirande. Der Hund wurde von der Strömung fortgetragen, er kämpfte gegen sie an und heulte vor Angst, mühte sich langsam zum anderen Ufer und raste von dort als haariger Komet mit flammend rotem Schwanz zur Burg.

Baclin hatte ein kleines, bewunderndes Nicken übrig für Plantagenet, der trotz seiner Schlammschwärze sehr würdevoll zurückkam, um Rupert zu begrüßen! Grondin trat auch zu ihnen.

„Oh, Mylord", sagte der Eber, „leider hatte ich bisher nicht das Vergnügen, Ihre Bekanntschaft zu machen. Sie haben hier einen Beweis Ihrer Tapferkeit erbracht, von der ich schon immer hörte. Mein Cousin Plantagenet hat mir viel über Sie erzählt. Ich danke Ihnen für das, was Sie unter eigener Lebensgefahr für unsere Kinder getan haben. Ich würde gerne Ihr Freund werden."

„Mit Vergnügen", sagte Rupert. „Ich danke Ihnen meinerseits, daß Sie rechtzeitig kamen. Bei einem Kampf mit dem Kerl hätte ich doch wohl schlecht abgeschnitten."

„Es war mir ein Vergnügen."

„Ganz meinerseits."

„Auf Ihr Wohl."

Der Hund und der Eber tauschten ein höfliches Geschnüffel aus.

„Und wenn Ihr Fulgent seht, ich lasse ihn schön grüßen", sagte Rupert dann. „Ich muß jetzt leider fort. Lebt wohl, Baclin."

„Gute Nacht, Mylord."

„Bis bald, Rupert", sagte Plantagenet.

„Wie bald?" fragte Rupert mysteriös und trottete in die Nacht hinaus. Die kleine Gruppe schlug wieder den Weg nach Chizé ein. Es war finster geworden, und die zwei Kleinen stolperten müde dahin. Niemand schimpfte jedoch mit ihnen, und bei ihrer Ankunft gab es ein großes Hallo. Hurlaud hatte sich mühsam zur Begrüßung erhoben. Albaine und ihre Kinder waren vor Rührung ganz tränenüberströmt. Madame Pernale überspielte alles mit großer Geschäftigkeit und beschimpfte tatsächlich beinahe das Flüchtlingskomitee, weil es die Zahl der benötigten Betten nicht richtig erfaßt hatte. Von überall im Wald kamen Tiere herbei, die allgemeine Freude zu teilen. Plantagenet hatte sich gnädigst herabgelassen, noch einmal ein Festmahl von Eicheln zu genießen, und es gelang den anderen ohne große Schwierigkeit, ihn zu einem Bericht über die Widrigkeiten der Expedition zu bewegen. Er stand fest auf seinen Beinen, während er referierte, denn zum Niedersetzen hatte er wahrlich nicht viel Lust. Je nach dem Gang der Erzählung schwang sein strammer, beweglicher Schwanz vielsagend von einer Seite zur anderen oder ging rundherum wie eine wildgewordene Windmühle. Als er schließlich zu dem Augenblick kam, in dem er den überraschten Hargneu mit einem Kopfschlag betäubte, hielt er plötzlich inne und ließ einen hohen Kastratenschrei ertönen. Pielet hatte schon wieder angefangen, an dem faszinierenden Anhängsel seines Onkels herumzuknabbern.

18

Die Rückkehr

Die Tage vergingen ruhig und glücklich, und die Gastfreundschaft der Bewohner von Chizé war überschwenglich. Die Verwundeten spürten, wie sich ihre Wunden allmählich schlossen und die Kräfte langsam zurückkehrten, und man fing an, an die Heimkehr zu denken. Uhlan der Weise besuchte seine Freunde ein paarmal und berichtete über die Situation. Er hielt es für angebracht, noch eine Weile mit der Rückkehr zu warten, damit die Erregung sich legen konnte. Das Rotwild, das man absichtlich verschont hatte, schwärmte jetzt zwischen Les Combles und Malperthuis hin und her. Die Treibjagd war völlig ergebnislos gewesen. Nur den Dachs Pasquin hatte man ausfindig gemacht, aber die vielen Schlupfwege, die er vorher gegraben hatte, brachten die Menschen und Frettchen ganz durcheinander. Sie gaben das Zustopfen der Gänge wieder auf und sahen keine Chance mehr, ihn auszugraben. Messire de Frébois und seine Freunde befanden sich in tiefster Verwirrung, und der Bischof hatte schon Angst, daß sie den Kirchenglauben zugunsten des Pantheismus aufgeben könnten. Nur an der Witwe Bigotte war eine gewisse Beständigkeit zu bemerken. Sie hockte in ihrem Herdwinkel und brummelte vor sich hin, daß alles ein Trick der Wölfe gewesen sei, und die würden bald zurückkehren. Maître Brémand war am Ende. Drei Hunde hatte er verloren und Hargneu einen Teil seines Schwanzes. Seine Tochter Adele litt sichtlich in ihrer Trauer um Plantagenet. Hargneu, den man für das Unheil, das dem Schwein zugestoßen war, verantwortlich hielt, wurde an kurzer Leine gehalten.

Die Elster Brousse hatte von Hargneu einen umfassenden Bericht bekommen und erstickte fast, als sie von Plantagenets Triumph hörte. Sie wußte, daß sie jetzt keinen Freund mehr im Wald besaß. Der Spatz Bourcet und der Siebenschläfer Lupiot fühlten sich in den verlassenen Wäldern sehr einsam und sehnten sich danach, daß alle zurückkehrten.

Und das taten sie auch.

Hurlaud organisierte das Ganze, aber diesmal gab es keine Dringlichkeiten mit all den Ängsten und Ungewißheiten. Die Rückkehr war eine Feier, ein fröhlicher Ausflug, wenn sie auch mit weiser Vorsicht durchgeführt wurde. Als erstes veranstaltete man ein großes Fest im Wald, zu dem alle Bewohner ringsum eingeladen wurden. Den ältesten Gästen zollte man den größten Respekt, und Uhlan der Weise flog herüber, um zu präsidieren. Eine rührende Rede wurde von Ferlut de la Tranchée, einem Großonkel Baclins und Cousin des anderen, in Ausübung seiner Pflicht gefallenen Ferlut, gehalten. Er pries darin die Naturgesetze, die das Leben der Tiere regeln. Ferlut war mit den übrigen Verstorbenen bei dem Fest anwesend – Gerdoise, Fulmet, Flambert und dem edlen Bafrin –, denn Tiere haben nicht die Fähigkeit, zu vergessen.

Man flüsterte sogar, daß eines Tages, vor gar nicht langer Zeit, eines der ersten Gänseblümchen, das auf der

Wiese von La Ville durchgestoßen war, von einem winzigen grauen Spatz gepflückt und auf einen Ast der großen alten Eiche bei Casse Tombereau, wo die Toten liegen, gebracht wurde. Diese Eiche steht heute noch da, die Weide Bafrins aber gibt es nicht mehr.

Nach dem Fest wurde die Rückkehr gruppenweise arrangiert; nach und nach und unauffällig nahmen die Tiere ihr Gebiet wieder in Besitz.

Im Frühling war alles wieder in Ordnung. In einer Waldschlucht in der Nähe der Hirschkreuzung diskutierten Hurlaud, Baclin, Grondin und Plantagenet auf Männerart miteinander.

„Was wirst du jetzt tun, Plantagenet? Gehst du nach La Tranchée zurück oder bleibst du bei uns?"

„Ich glaube, auf La Tranchée bin ich nützlicher, zumindest im Augenblick. Ich kann dort von Sobrin und Rupert wichtige Informationen bekommen, die euch nützen könnten."

„So, so, wichtige Informationen", sagte Grondin so ernst wie möglich.

„Und es scheint, daß Mademoiselle Adele dahinsiecht. Sie ist ein hübsches junges Mädchen, und ich habe nicht das Recht, sie aus reiner Selbstsucht leiden zu lassen."

Hurlaud und Baclin fingen zu lachen an.

„Das ist wenigstens ein wirklich guter Grund, ein selbstloser und edler Grund."

„Hier geht's nach Pied du Fût."

„Auf bald, Plantagenet."

„Auf bald, meine Freunde", erwiderte das Schwein und verschwand im Unterholz.

Eine halbe Stunde später überquerte Plantagenet im Dämmerlicht den Vorplatz von La Tranchée. Seit seinem Weggang hatte sich nichts verändert. Der Esel Sobrin sah ihn zuerst und rannte ihm entgegen.

„Da bist du ja endlich! Ich hatte schon alle Hoffnung aufgegeben, dich jemals wiederzusehen. Ich muß dir viel erzählen, alter Freund."

Die zwei Gefährten wanderten nebeneinander in den Hof und sprachen nur wenig, obwohl es soviel zu sagen gab. Im gleichen Augenblick trat Maître Brémand vor dic Tür und fiel vor Überraschung fast um.

„Adele!" rief er. „Adele! Rasch! Komm mal schaun! Plantagenet ist zurückgekommen!"

Eine schlanke Gestalt im weißen Kleid rannte aus dem Haus und auf sie zu. „Plantagenet!" rief sie. „Plantagenet! Mein Bruder, mein Plantagenet!"

19

„Und jetzt wird's fidel"

Ein Bauernhof ist wie ein Schiff auf Seereise. Der Kurs muß immer eingehalten werden, die Mannschaft kann nie ganz untätig sein. Aber im Rhythmus eines Bauerntages gibt es eine Zeitspanne der Lethargie – nachdem die Kühe gemolken und die Ochsen in den Stall getrieben und gefüttert waren –, die sich durch die Stimmung des Augenblicks und die gute Laune des Herrn in einen für alle herzerwärmenden und gesegneten Abend verwandeln kann – was oft um so bedenkenswerter ist, weil es nicht erwartet wurde.

Die Rückkehr Plantagenets wurde nicht offiziell gefeiert. Das wäre unpassend gewesen, übertrieben und nicht im Einklang mit dem maßvollen Sprießen von Saat, Bäumen und Sinnen, dem Hinwachsen auf das wilde Maifest, das – o-la-la – nur noch wenige Tage vorauslag. Aber eine stille Freude der Wiedergenesung lag über allem. Eine nur halb zugegebene Wunde war verheilt – Plantagenet war zurückgekommen. Auf La Tranchée herrschte nun ein festeres Gefühl der Gemeinschaft. Das Gehöft lächelte in die milde Nacht hinaus, seine Lichter brannten länger, die vielen Stimmen muhten, meckerten und gackerten zufriedener vor dem leise rauschenden Hintergrund des wachsenden grünen Getreides jenseits der Mauern.

In diesen Tagen verbrachte Adele viele Stunden bei Plantagenet. Sie überfiel ihn nicht mit einer Flut von Neuigkeiten, als müsse sie ihn „auf den neuesten Stand bringen", sondern sie schien anzunehmen, daß er, wo immer er auch gewesen sein mochte, auf dem laufenden gehalten worden war. Also vertraute sie ihm nur Gegenwärtiges an, ihre Beschäftigungen, ihre Wünsche und Gefühle. Die Vergangenheit wurde gesprächsweise erwähnt, aber immer mit der Andeutung, daß hier keine Erklärungen nötig waren. In dieser Art deutete sie auch an, daß die auf einem Hof dieser Größe schon längst überfällige Schweineherde von Maître Brémand um Weihnachten nach La Tranchée gebracht worden war. Plantagenet war sich ihrer natürlich seit dem Augenblick seiner Rückkehr bewußt gewesen. Diese Herde lebte aber nicht in seiner Nähe, sondern in einem großen Stall am Ende der Getreidespeicher, und in dieser Jahreszeit und zum gegenwärtigen Zeitpunkt ihres Wachstums hatte man ihnen noch keinen freien Zutritt zu irgendwelchen Gebieten außerhalb ihrer Einzäunung gewährt. Plantagenet störten die Neuankömmlinge gewaltig, sie waren ein Kitzel und führten ihm seinen Status und seine Sterblichkeit nach allzu menschlicher Art vor Augen – ihren Stall schmückte ein Ginstersträußchen, und im bewußten Augenblick würde man bei ihnen das Messer nicht wieder von der Kehle wegziehen. Adele schien die Neuerwerbung nicht zu stören, die sie allerdings Plantagenet zart beibrachte, und es schien ihr nicht nötig, ihre Anwesenheit oder spätere Verarbeitung zu entschuldigen.

Sehe ich dank meines Aufenthalts im Wald jetzt einfach klarer, überlegte Plantagenet. Wird sie härter, oder werde ich weicher? Schließlich hat sie doch nie auch nur

mit der Wimper gezuckt, wenn das reife Korn geschnitten wurde, obwohl selbst Grondin meint, daß die Trüffeln möglicherweise aufschreien, wenn sie in das höhere Stadium in seinem Bauch übergehen. Aber irgend etwas ist anders an ihr, eine gewisse Reife, ein Selbstvertrauen, irgend etwas, das sie zu *amüsieren* scheint.

Und, weiß der Teufel, überlegte er weiter, im Grunde sollte *ich* ja am meisten mein Amüsement zu erkennen geben. Ich bin derjenige, der wirklich weiß, was bei der Treibjagd los war. Und natürlich weiß es auch jedes Tier auf dem Hof. Wir haben ein Geheimnis, in das die Menschen nie eindringen werden. Mangelnde Kommunikation – der Fluch von Babylon! Aber im Augenblick ist es praktisch und hat mir das Leben gerettet. Maître Brémand würde wohl nicht so freundlich sein, wenn er die Tatsachen über die Flucht der Herren des Waldes wüßte.

Brémand hatte Plantagenet tatsächlich in letzter Zeit viel öfter seine Gesellschaft gegönnt. Im Zwielicht der Dämmerpause zwischen Arbeit und Abendessen saß Adele oft bei Plantagenet, und Brémand kam mit Rupert zu ihnen; genüßlich sich entspannend, hörte er seiner Tochter zu, sprach gelegentlich mit dem Hund und auch mit Plantagenet. Dieses Quartett wurde ganz unerwartet durch den Esel zu einem Quintett, denn Sobrin zeigte immer deutlicher seine Anhänglichkeit an Plantagenet, stellte sich in die Wärme der windabgewandten Seite, wedelte mit dem Schwanz die Fliegen ab und stand so als freundlich-phlegmatische, völlig stumme Bastion des Friedens vor ihnen. Wenn Brémand und Adele zum Nachtessen hineingingen und die Tiere allein ließen, blieben Plantagenet, Sobrin und Rupert – falls dieser

Im Zwielicht der Dämmerpause zwischen Arbeit und Abendessen saß Adele oft bei Plantagenet, und Brémand kam mit Rupert zu ihnen; der Esel Sobrin stellte sich in die Wärme der windabgewandten Seite.

noch verweilen und den Verzehr seiner fürstlichen Lekkereien aufschieben wollte – noch zu spöttischem Kommentar und Erinnerungsaustausch über die alten Kameraden beisammen.

„Das Leben fängt an, recht langweilig zu werden", sagte Rupert eines Abends gähnend. „Können wir nicht etwas unternehmen?"

„Was denn?" fragte Sobrin.

„Ein Abenteuer, etwas Romantisches. Aktionen."

„Wir könnten uns zusammenschließen und etwas Tapferes tun", sagte Plantagenet. „Unter einem Führer", fügte er mit leicht angeschwollener Brust hinzu.

„Und wie sollen wir uns nennen?" fragte Sobrin.

„Die drei Hellebardier", sagte Rupert in einem plötzlichen Anfall von britischem Militarismus.

„Hellebardier?" grunzte Plantagenet. *„Rein* in die Gedärme? *Rumdrehen* in den Gedärmen? Aus den gespenstischen Überbleibseln könnte ich nicht einmal Wursthaut machen. Und selbst wenn es ginge, wäre es gegen meine Prinzipien. Wo bist du denn in die Schule gegangen? Ach, sag mir's gar nicht. Und wie wär's mit den drei Bukaniern oder Freibeutern?"

Rupert überdachte den Vorschlag sorgsam. „Wo ich zur Schule ging", sagte er dann, „behauptete man immer, daß wir unsere unternehmungslustigsten Leute, kaum daß wir die neue Welt gefunden hätten, als Piraten und Abenteurer verlieren würden. Die zögen dann auf eigene Faust los und machten aus dem Verbum *boucaner* – Fleisch überm Feuer grillen – eine neue Bezeichnung für Freibeuter. Seid ihr hier in Poitou sicher, daß ihr da nicht ein Wort vor seiner Zeit erträumt habt?"

„Die drei Maultiertreiber", sagte plötzlich aus heiterem Himmel eine Stimme, die sehr nach ansteckendem Gelächter klang.

„Maultiertreiber? Wer hat das jetzt gesagt?" fragte Plantagenet. „Du etwa, Sobrin?"

„Ich bin doch kein Maultier", sagte Sobrin so empört, wie er es bei seiner angeborenen Freundlichkeit zustande brachte.

An einem Abend sprachen sie auch vom nahen Maifest. Diese Festlichkeit begann immer vor Mitternacht; die jungen Leute gingen dann mit fröhlicher Musik und unter lautem Hörnerschall zum Waldrand und kehrten nach einem Treiben, über das man nur mit äußerster Diskretion flüsterte, mit Zweigen und Ästen zurück, die sie mit Sträußen geschmückt hatten. Frühmorgens holte man die Ochsen zum Einfahren des Maibaums heraus, schmückte ihre Hörner mit den Blumen und den Maibaum mit Kräutern, Blumen und Bändern – alles für den Maimorgentanz. Adele schlug boshafterweise vor, die Ochsenprozession solle von Plantagenet, ebenfalls mit Blüten geschmückt, angeführt werden, und sprang rasch durchs Tor, um Gänseblümchen zu pflücken, aus denen sie dann Ketten verschiedener Länge flocht und sie jeweils an Plantagenets Hals ausprobierte.

Dies schien Plantagenet jedoch zu deprimieren und ihm böse Vorahnungen einzugeben. „Ich mache mir Sorgen um Adele", sagte er einmal zu Rupert und Sobrin. „Sie sollte bei dem nächtlichen Fest nicht mitmachen. Sie hat ja keine Ahnung, was dabei passiert!"

„Ich kann schon selbst auf mich aufpassen", kam da wieder eine Stimme aus dem Dämmerschein hinter ihnen. Die drei blickten sich erstaunt um. Adele kam lächelnd auf sie zu, ging um die Gruppe herum und blickte in das durchsichtige Grün des verblassenden Himmels.

„Nur weil ich Freund und Feind, Opfer und Betrüger mit gleicher Liebe betrachte", sagte sie, „und meinen Herrn und Gott für all seine Kreaturen lobe, bin ich doch nicht dumm. Ich kenne die Welt und kenne mich selbst, ich kenne meinen Gott und Herrn. Glaubst du, jedes liebende Mädchen muß eine *törichte* Jungfrau sein?"

Plantagenet starrte sie völlig überrascht an.

„Du hast gesprochen!" sagte er.

„Natürlich habe ich gesprochen."

„Ich habe keine Lippenbewegungen bei dir gesehen."

„Ich bin keine Bauchrednerin. Bewegen sich *deine* Lippen immer, wenn du sprichst? Du sprichst doch so fließend wie du denkst."

„Aber du hast *unsere* Sprache gesprochen."

„Weil ich es müde wurde zu warten, bis du meine sprichst. Was dir sowieso nie gelingen wird, wegen der Muskelveränderungen im Kehlkopf, die sich aus dem aufrechten Gang des Menschen ergeben."

„Du hast unsere Sprache gesprochen", wiederholte Plantagenet. „Also *das* war die Veränderung. Darum hast du so überlegen gewirkt."

„Überlegen?"

„Amüsiert", korrigierte sich Plantagenet rasch. „Ich wußte, daß etwas anders war. Du warst auf einmal reif, selbstsicher. Habe ich das nicht eben gesagt?" wandte er sich verzweifelt an Rupert und Sobrin, die verwirrt zustimmten, obwohl sie sich eigentlich nicht an einen solchen Kommentar Plantagenets erinnern konnten.

„Ich bin nicht überlegen. Ich bin euch gleich", sagte Adele. „Ich gehöre zu euch ... zur Schöpfung", fügte sie eilig hinzu. „Denn ER schuf Mann und Weib, und nichts, das geschah, geschah ohne IHN."

„Was sollen wir nun tun?" fragte sie dann. „Auf Abenteuer gehen? Romantik erleben? Habt ihr Platz für einen Liebling der Kompanie bei euch drei Maultiertreibern?"

„Also das", sagte Plantagenet nachdrücklichst, „wird einfach *toll* werden!"